Afetos na Terra da Bandeira Estrelada

Dani Santos Lang

Este livro é dedicado ao meu melhor amigo americano.
James, meu amor, meu marido, minha outra metade.

E stranho não ter lugar, mas encontrar-se, ainda assim, dentro de si. E, dos elos feitos — alguns quebrados, alguns amparados de matéria concreta e, simultaneamente, intangível —, fica, sempre, só o que é essencial. É a natureza do viver — nem boa, nem ruim; ela apenas é. E o viver em si nem toca a eternidade; assim como as estações do ano, as estimas, os desamores, todas as totalidades, ele, um dia, também finda.

Um pouco de inverno

Aos vinte e poucos anos, agarrei-me aos meus poucos privilégios e embarquei em uma nova vida. Não buscava sucesso profissional, nem queria "me encontrar". Não estava perseguindo nada, apenas quis virar a página da minha história. Não tinha nada contra o meu país. Ao contrário, amava o fato de ter nascido na minha pátria, amava o meu povo, a minha língua e os meus costumes. Brasil, a terra de belezas infinitas, de gente acolhedora e verdades escondidas — o melhor e o pior lugar da Terra. Mas decidi deixá-lo para explorar o que mais havia do outro lado das coisas. E comecei por ver como a nação do "sonho americano" me acolheria.

Cheguei em Nova Iorque na época de natal. A neve, tão linda nos filmes, não tinha tanto glamour pessoalmente. Empurrada das ruas para o acostamento, para permitir a circulação segura de veículos, misturava-se à sujeira do asfalto, e sua brancura se maculava. Logo percebi que minhas roupas de inverno de país tropical não serviam ali. O frio de menos sei lá quantos graus Celsius machucava meus lábios e minhas mãos. O tempo seco me dava choques estáticos cada vez que eu encostava no portão do prédio em que morava. Mas não era de todo mal. As luzes, os espetáculos natalinos, as pistas de patinação no gelo traziam certo conforto ao coração.

Meu apartamento era minúsculo, e longe dos lugares ícones da cidade, mas o metrô me levava para todo canto — isso, claro, depois que aprendi a decifrá-lo e fingir que o lixo e os ratos não me incomodavam. As aulas de pós-graduação começariam na primavera e, enquanto isso, eu servia mesas, cuidava de crianças e até esfregava privadas de vez em quando para fazer um dinheiro.

Durante todo o meu primeiro mês ali, sentia-me como dentro de um filme, mas na qualidade de observadora. E minha identidade às vezes levantava questões dentro de mim; eu ficava tentando me lembrar "quem era eu". Que linguagem conseguia me definir melhor? O gosto por café forte se misturava à vontade de panquecas com calda pela manhã, e os dias passavam como uma névoa, numa atmosfera de quase sonho.

A minha única companhia era minha colega de apartamento, e eu conseguia ter com ela conversas triviais, que logo se esvaneciam no ar. Nossas mentes funcionavam de maneiras diferentes e, apesar de cordiais e sorridentes uma com a outra, não tínhamos uma conexão. Sentia-me só, mas isso, em verdade, não me incomodava muito. Sempre estivera só, afinal.

Passei meus primeiros muitos dias, quando não estava trabalhando, visitando a cidade, tão querida e odiada ao mesmo tempo, como qualquer grande metrópole. Quanto a mim, não sabia direito ainda o que sentia por ela — não há o que escolher sentir, na verdade, tão cheio de diversidade era aquele lugar. Nova Iorque se revelava diferente a cada dia, em cada canto. Podia ser uma puritana num momento e uma puta num outro. Artística, com seus rapazes barbudos e moças tatuadas, seus musicais e museus. Superficial, com seus bares de *striptease*, baladas e viagens imaginárias com ácido. Fedia a urina e também a Channel n°5. Eu me divertia tentando decifrar meu novo lar. Fui a todos os lugares obrigatórios para recém-chegados, claro, e era surreal estar ali, vendo pessoalmente o que há nos panfletos das agências de turismo. Claro que nem tudo me impressionou. A Estátua da Liberdade, por exemplo. Em minha cabeça, ela era o majestoso símbolo de poder da nação norte-americana: imponente, quase divina. Mas, ao chegar à ilha (até mesmo antes disso, vendo-a ao longe, do barco), senti como se perdesse uma ereção mental. A *Lady Liberty* era pequena — em tamanho e majestade. Não me intimidou — eu cheguei a desferir-lhe um olhar de desafio e ela apenas me fitou de volta com seus olhos mortos.

Meu lugar favorito era o Central Park — um pedaço de natureza em meio ao concreto. Eu gostava de sentar ali, na grama, e me encher com aquela energia. Havia sempre crianças brincando, por vezes com seus cachorros, e também casais de mãos dadas, famílias fazendo piqueniques. E havia os solitários, é claro. Pessoas com seus livros, seu tai chi, sua meditação, seus fones de ouvido...

Ali senti renascer uma inspiração que havia me abandonado muitos anos antes. Foi um domingo qualquer, e o sol acalentava-me com seu calor — na sombra, o frio congelante ainda prevalecia. Eu tentava me concentrar num livro, mas algo me deixava inquieta. Não sabia bem o quê. Deixei-o de lado, observei o entorno, sem expectativas. Uma brisa estranhamente morna chamou-me a atenção. Consigo, ela trouxe uma pétala de flor. Vermelha, viva; pousou em minha perna. Peguei-a — cheirava à esperança. Em meio às árvores secas e feias, feridas pelo inverno, aquela única pétala me fez sorrir. Ela trouxe uma memória da infância. Lá pelos meus oito anos, na escola, enquanto as outras crianças brincavam no parquinho depois do lanche, eu estava sentada com um livro de colorir, muito entretida com meus lápis de cor novinhos, determinada a usar todas as cores naquele mesmo dia, quando senti um leve toque no ombro. Levantei os olhos e virei a cabeça levemente. Era Fernando, um coleguinha de classe. Meu coraçãozinho encheu-se de ternura ao fitar seus grandes olhos castanhos e sorriso tímido.

— Oi, Clara — disse ele, a voz baixa, silenciando antes mesmo de terminar a frase, tal era seu nervosismo.

— Oi, Fe — respondi, lançando-lhe um sorriso encorajador.

— Eu... — longo silêncio. E então, sacudindo a cabeça, como para mandar o medo embora, continuou — eu estava no parquinho e achei uma coisa que eu queria te dar de presente.

Só então percebi que suas mãos se escondiam atrás do corpo. Lentamente, ele as moveu para a frente, revelando-me o tal presente que carregava em seus trêmulos dedos: uma pequena flor, com pétalas vermelhas. Peguei-a com cuidado, deixando os lápis e o livro de lado. Percebi minhas bochechas queimarem, muito consciente do que sentia, embora não conseguisse dar um nome àquele sentimento. Foi a primeira vez que me lembro de ter perdido as palavras, que embaralhavam-se desconexas em minha cabeça. Desviei os olhos da flor para Fernando, que tinha o olhar baixo e o rosto levemente corado. Sem pensar muito, nem entender claramente o impulso que tomava conta de mim, fui até ele e beijei-o nos lábios.

É difícil descrever aquele momento, posto que foram mil sensações ao mesmo tempo, todas mostrando-se a mim pela primeira vez. O beijo em si, um "selinho", não durou mais que meio segundo, mas pareceu-me um tempo infinito. Meu corpo todo sentiu calor e frio. Eu suava e tremia — uma culpa esquisita, uma vergonha e uma "coisa boa", tudo se misturava. Fernando parecia surpreso e transtornado, assim como eu, sem saber o que fazer com aquela explosão de novos sentidos. Quando voltei a mim, saí correndo, deixando para trás meus lápis, meu livro de colorir e meu amiguinho. Tinha na mão ainda a flor vermelha que ele havia me dado.

A memória se esvaiu e voltei ao parque, à pétala, ao sol, à solidão. Esta parecia um fardo pesado naquele instante. Desejei que Fernando estivesse ali comigo, por mais absurdo que fosse o pensamento. Guardei aquele pedaço de flor dentro do meu livro e, depois de mais alguns segundos de devaneios, decidi ir para casa. No metrô, enquanto um rapaz cantava e tocava violão, não conseguia me concentrar em outra coisa que não fosse aquela sensação. Era uma espécie de vazio, um tanto angustiante, mas, ao mesmo tempo, excitante, cheio de possibilidades. Enquanto vasculhava minha bolsa em busca de moedas para o músico, lembrei novamente do episódio do meu primeiro beijo. E, pela primeira vez em muito tempo, recordei-me também do que fiz depois do acontecido.

Teríamos aula de arte após o recreio. Ainda sobrecarregada pelos acontecimentos recentes, só percebi que estava sem meu material na hora da classe, quando a professora pediu que desenhássemos e coloríssimos uma cena que nos fizesse felizes. Entrei em pânico quando me vi sem meus lápis coloridos. Mas como explicar àquela pessoa adulta, símbolo de autoridade, que eu os deixara para trás depois de me aventurar a beijar um menino na boca? Não, eu morria de vergonha a esse simples pensamento. Olhei dentro do meu estojo e ali havia apenas meu lápis de escrever e uma borracha. Peguei o lápis, sem saber ao certo o que faria.

No papel que repousava em minha mesa, infinitas alternativas. Timidamente, aproximei o lápis da folha, usando seu grafite cinza para tentar expressar alguma felicidade. Muitos momentos da minha então curta vida haviam me alegrado, mas eu não conseguia pensar em nenhum deles. Nenhum que houvesse acontecido antes daquela última hora. Acabei deixando o lápis dançar sobre a folha, conduzindo-o quase inconscientemente. Ao terminar, ali vi a flor que, embora cinzenta na superfície, emanava sua paixão avermelhada.

A voz do condutor do metrô me acordou; havíamos chegado à minha estação. Desci do vagão e subi as escadas. Ao sair na rua, percebi que havia escurecido. A luz ia embora muito cedo no inverno. No apartamento, um bilhete da minha colega de quarto, dizendo que dormiria na casa do namorado. Bem, não era seu "namorado" de verdade, mas passavam tanto tempo juntos que podiam confundir-se a um casal comprometido. Abri a geladeira e encontrei sobras da pizza que havíamos pedido na noite anterior. Pepperoni. Senti saudades da pizza Portuguesa de São Paulo. Coloquei-a num papel toalha e esquentei-a no micro-ondas, a mente voltando, ainda, à minha infância. Depois daquele dia, da flor, do beijo, eu continuei a desenhar. Tudo o que via, sentia e imaginava, eu conseguia transformar em algo palpável, em qualquer pedaço de papel. Na verdade, em qualquer superfície. Passei do papel para quadros, paredes, até mesmo rostos quando descobri a maquiagem.

Enquanto comia minha fatia de pizza, perguntei-me o que teria acontecido que me fez parar. Concluí que fora apenas a vida, pura e simplesmente. Quando você precisa se preocupar em se formar na faculdade, trabalhar e pagar contas, os dias ficam cada vez mais curtos. Seu tempo "livre" ainda é em função do trabalho — de esquecê-lo, descansar dele. Talvez eu devesse voltar à arte. Afinal, logo começariam as aulas da pós e minhas horas seriam novamente tomadas.

Ao terminar de comer, fui ao meu quarto em busca de algo que pudesse ser minha tela em branco. Encontrei, em meio aos meus papéis, um rascunho do formulário da universidade. Coloquei-o na minha mesinha de estudos, abrindo espaço desordenadamente na bagunça e deixando a página limpa virada para cima. Ao meu alcance, naquele momento, havia apenas uma caneta preta e um marca-texto verde. Peguei a caneta e, quando encostei-a no papel, uma antiga sensação retornou a mim. Na verdade, acho que ela estava lá o tempo inteiro, mas adormecida. Senti-a despertando a cada traço, a cada forma e sombreado. Parte de mim queria gargalhar de felicidade e outra mal percebia minha existência. Eu era mero instrumento daquela arte; eu não tinha importância. Meu nome, meu rosto nada significavam. Quando acabei, fui tomada pela exaustão.

➤➤➤ ◄◄◄

A cordei no meio da noite, a cara amassada em cima do meu desenho. O papel agora carregava as marcas da leve deformidade que meu rosto pesado pelo repentino adormecimento lhe concedeu. Mas demorei alguns segundos para perceber — que eu havia caído no sono ali na mesa mesmo. Apaguei a luz, então, ainda cercada da confusão quase ébria da natureza da sonolência. Fui para a cama e, quase que imediatamente, adormeci de novo.

No dia seguinte, senti um raio de sol solitário atravessar a janela e pousar no meu rosto, despertando-me. Eu estava exageradamente descansada. Espreguicei-me lentamente e só então cheguei a hora no celular — um sobressalto: estava atrasada para o trabalho. Levantei-me de súbito, escovei os dentes, peguei minha mochila, saí correndo. A lanchonete em que eu trabalhava ficava há apenas três blocos de distância e consegui — que êxito! — chegar bem na hora de abrir.

Meu chefe, que destrancava a porta, olhou-me com irritação.

— Sinto muito, Sr. Alexander, meu despertador não tocou.

O velho resmungou algo em grego, sua língua nativa, e fez um gesto com a mão para que eu me apressasse a começar o trabalho. Corri para o banheiro, coloquei o uniforme. Naquele dia, os clientes pareciam mais agitados e exigentes, e meu turno (que durou café da manhã e almoço) pareceu passar voando. Mal tive tempo de parar para me alimentar. Servi refeições elaboradas e deliciosas a manhã toda e tudo o que comi foi um bolinho.

Não sei ao certo se foi a correria do trabalho, o fato de não ter comido muito ou a energia gasta na noite anterior, mas o que eu mais queria ao sair da lanchonete era tirar uma soneca. Arrastei-me de volta à casa, joguei minhas coisas no chão da sala, deitei-me no sofá, mergulhando num sonho maravilhoso, em que choviam cores, como se o arco-íris se tivesse despedaçado no céu e caísse sobre a terra. Eu não estava em Nova Iorque, mas, sim, no quintal da minha casa de infância em São Paulo. As gotas de cores que desabavam coloriam cada pedaço do muro mofado, do portão enferrujado e do chão desnivelado. Eu também era nada mais que uma mistura de pigmentos e tonalidades.

Acordei com o barulho da fechadura da porta. Era Kat, minha colega de quarto.

— Ei, desculpe, não queria te acordar — disse ela ao perceber meu despertar confuso.

— Sem problemas — respondi — Provavelmente já dormi demais, de qualquer forma. Como foi com o Jordan?

— Ah, o de sempre, você sabe.

Eu não sabia. Mas acenei com a cabeça, como se compreendesse.

— E o trabalho? — ela perguntou.

— Corrido.

Sentei-me naquele momento, bocejando, tentando encontrar alguma energia para seguir com o restinho de dia que ainda se arrastaria por umas boas horas. Ela foi para o seu quarto e aproveitei para ligar a TV. Um comercial de chocolate fez minha mente voar por desejos vorazes. Meu corpo concordou em sintonia, fazendo meu estômago reclamar num grunhido animal.

— Kat! — gritei — Você está com fome? Acho que vou pedir comida chinesa.

Minha colega saiu do quarto, sorrindo um pouco constrangida.

— Ahn... Clara, será que você tem absorvente?

— Claro. Está na gaveta da minha mesa de cabeceira.

— Obrigada!

Enquanto ela se dirigia ao meu quarto, peguei o cardápio de um restaurante chinês. A comida não era a melhor do mundo, mas era mais barata, e eu ansiava pelos seus sabores mais ou menos. Às vezes, isso bastava. Antes que eu pudesse decidir o que pediria, porém, Kat voltou, com um absorvente numa mão e uma folha de papel na outra. Tratava-se do meu desenho. Ela olhava ora para ele, ora para mim — uma expressão indecifrável em seu rosto.

— Clara, — disse finalmente, após longos segundos — você fez isso?

Ela virou o desenho em minha direção. Era o parque, com suas árvores mortas, gramado seco e sua calmaria. O lago, ainda congelado, também estava ali retratado. Mas isso era apenas o plano de fundo. Em primeiro plano, uma garotinha segurava uma flor, olhos fechados, parecendo sentir seu perfume.

— Sim, eu fiz ontem à noite.

Kat parecia muito impressionada, como se, naquelas semanas em que estivemos vivendo juntas, ela nunca tivesse me conhecido de verdade, até agora.

— Eu não sabia que você era tão talentosa!

— Ah, eu... eu não...

— Você devia postar esse desenho!

Fiquei confusa por um instante.

— Como é?

Ela fez um gesto me pedindo para esperar, correu ao seu quarto e, depois de alguns minutos, voltou, novamente segurando o meu desenho, e com sua câmera a tiracolo. Kat era fotógrafa.

— O que você...? — comecei a perguntar, mas ela me silenciou com um gesto.

Ela abriu a janela da sala e colocou o papel — amassadinho, mas, apesar, agradável de olhar; não era triste — numa mesinha que ficava logo abaixo dela. Posicionou-o algumas vezes, até que, quando ficou satisfeita, ajustou a câmera à luz e tirou algumas fotos.

— Aqui, dá uma olhada — me mostrou, então, as fotografias na tela da câmera. E a minha reação foi o pensar em como a arte na arte fazia sentido. Estavam tão belas as imagens capturadas!...

— Vou te passar por e-mail. Você devia postar em algum lugar.

Com isso, minha colega voltou aos seus afazeres, me deixando ali comigo mesma, como se não fosse nada o que me dera — para sentir, para pensar. Peguei o desenho da mesinha, coloquei-o de volta em meu quarto. Olhei-o longamente. Eu estava orgulhosa dele — só o percebi agora. Por que será?

Notificação de novo e-mail no celular. Eram as imagens de Kat.

Liguei meu *notebook* despretensiosamente, apenas porque eu queria ver as fotos em tamanho maior — foi o discurso que fiz a mim mesma. Na tela do computador, ainda mais magníficas estavam. "Por que não?", pensei. Abri uma das minhas redes sociais, carreguei uma das imagens, mas, no momento de clicar em "compartilhar", não pude fazê-lo. Desconfortável o expor-me para aquelas pessoas. Não sei bem porquê. Só não queria estar vulnerável para os antigos colegas de escola, ex-namorados, primos, amigos. Fechei aquela página, abri um buscador. Procurei um provedor de blogs e criei um, com uma conta de e-mail que não tinha meu nome no endereço. Escolhi um design simples, dei-me o apelido de black_rose — rosa negra. Sem significados ocultos, foi apenas o primeiro nome que me veio à cabeça ao olhar para a flor em tinta preta que eu havia criado no centro do meu desenho.

Carreguei a imagem e postei-a, sem legenda ou texto. Não sabia bem por que estava fazendo aquilo. Alguém ainda acessa blogs hoje em dia? Talvez por isso a plataforma escolhida. Não sei. Fechei o *note-*

book, fui pedir minha comida. Mas não conseguia deixar de lado certa inquietação. Meus pensamentos iam longe, tanto quanto podiam. E se ninguém visse meu desenho? E se alguém o visse? Certamente não importava, meu lado prático o sabia. Afinal, o que eu esperava? Um crítico de arte encontrando meu trabalho na infinidade da internet? Ri de mim mesma ao constatar que, por trás de toda a racionalidade que moldava meus pensamentos, parte de mim, de fato, esperava justamente o absurdo daquilo.

Passaram-se alguns dias, os quais preenchi com preocupações acerca das aulas que logo chegariam. Eu precisava me acostumar ao sistema de ensino americano, escolher aulas, começar a pensar na minha tese, blá, blá, blá — uma rebentação na solidez da minha mente. Meus amigos riram quando eu disse que aplicaria para o mestrado em Gestão e Desenvolvimento de Recursos Humanos. Minha formação superior era em Design, mas tudo o que fiz com ela foram logotipos e convites de casamento. Tudo bem. Ao menos eu sentia que estava na minha "área", sendo criativa e artística e tudo mais. Era o que eu dizia a mim mesma. Mas o dinheiro que eu fazia não compensava deixar de lado meu sonho, mesmo o trabalho me trazendo uma leve sensação de estar "onde eu queria".

Numa noite qualquer, enquanto navegava pelo site da universidade, recebi uma notificação de novo e-mail. Era do servidor do meu blog. Honestamente, eu havia até me esquecido daquele ímpeto de espontaneidade. Achei que a mensagem devia ser algo me lembrando de fazer mais posts; o melhor seria deletar a coisa toda. Entretanto, qual não foi minha surpresa com o que o e-mail me informou: novo comentário. Uma curiosidade irrefutável, insuspeita. Acessei a minha página com a agilidade que só a urgência acessa. O único comentário da minha postagem fora feito por um Dark Angel (Anjo Negro). Que clichê! Eis o que dizia:

"Vi a mim mesmo em seu desenho. Continue fazendo arte."

O fato de algo tão conciso ter me feito sorrir espontaneamente me desconcertou. Então, algum desconhecido, entre milhões de IPs, viu a minha arte. Não apenas viu: compreendeu e gostou do que eu expressei. Fiquei vários segundos olhando a tela do computador, relendo aquela pequena sentença, palavras poucas que, embora eu ainda

17

não soubesse, seriam o início do sentido de mim mesma por um longo tempo. Finalmente cliquei em "responder". Eu não era muito boa com as palavras e não acho que teria as certas de qualquer forma, mas fiz uma tentativa.

"Obrigada por me dizer isso. Continuarei."

Enviei e, imediatamente depois, esquecendo que eu deveria voltar a pensar na pós-graduação, fechei o *notebook* e abri minha gaveta em busca de uma folha de papel. Sem pensar muito, apenas deixando as formas fluírem das minhas mãos, fui me dando conta das imagens que surgiam no papel. Usei cores desta vez. Simples gizes de cera, que eu levava comigo quando ia trabalhar de babá. A paisagem era feita de dunas de areia e, ao fundo, o sol se punha, laranja, a cor se misturando ao bege dos grãos que compunham os montes, fazendo a imagem se iluminar. O mar estava próximo, sabia-se, embora não se mostrasse naquela composição.

Demorei-me a contemplar meu trabalho quando me dei por satisfeita. A apreciação sem grandes ganâncias. Então, tirei-lhe uma foto com a câmera do celular mesmo. E postei-a no blog logo em seguida. Dessa vez, com a legenda: "Luz". Depois disso, não consegui me concentrar em nada, nem insignificâncias, nem sobriedades. Nada além da arte em si, e dos seus frutos. Secretamente, num lugar do cérebro em que eu guardava as incoerências que queria esconder de mim mesma, esperava pelo Anjo Negro, que ele visse meu novo desenho e deixasse outro comentário. Meus pensamentos voavam longe, embora eu tentasse reprimi-los com a lógica da razão. Uma vez mais, é claro, ela (a razão) perdeu a batalha interna.

Não conseguindo mais pensar no que quer que fosse tangível e legitimamente real, decidi limpar um pouco meu quarto — eu limpava quando me sentia sobrecarregada. E o fiz, então. Uma música baixinha, umas roupas surradas... e, enquanto tirava o pó dos móveis, varria ou dobrava roupas, não pude ignorar aquela metáfora que se fazia presente. Quando, aliás, a vida não era metafórica? Livrar-me da sujeira, da bagunça, deixar tudo fluindo perfeitamente, até que, sem que eu percebesse, sorrateira e silenciosa, a imundície tomasse conta mais uma vez. Era um eterno ciclo: limpar, sujar, limpar...

Quando acabei a arrumação, acabaram-se também os devaneios. Afinal, pensei, de que adianta angustiar-se com algo que não há de mudar? Não sei como fazem umas pobres almas, cujo trabalho consiste nisso. Filósofos e poetas, por exemplo. Eu mesma mal conseguia lidar com as ocasionais divagações que me tomavam. Mas, enfim deixando de lado as abstrações, entreguei-me à calmaria que me trazia estar ali, sentindo o aroma doce, químico dos produtos de limpeza recém aplicados.

Sentei-me na cadeira, a música ainda no ar, uma canção que me lembrava do meu país. Peguei o celular e chequei uma de minhas redes sociais. Todas as vidas pareciam muito plenas pela tela do aparelho. Claro que era bobagem, eu sabia — que as pessoas se moldavam como queriam no mundo da internet. Não era algo ruim, eu achava. A humanidade precisa de uma fuga, e por que não olhar a si mesmo em uma *selfie* perfeita e inflar o próprio ego com uma chuva de curtidas? Fiquei imaginando, porém, o que estaria acontecendo no contexto de cada uma daquelas fotos e pequenos textos motivacionais dos meus amigos. Que queria mesmo dizer aquela moça quando postou uma foto com o namorado junto a uma legenda cheia de palavras doces? Talvez nada além do que diziam as palavras; talvez o exato oposto.

De novo, eu havia me deixado levar por esses pensamentos que não me pertenciam. Distraí-me um pouco, então, com vídeos engraçadinhos — e depois, checando meu e-mail, vi uma notificação de novo comentário no blog. Meu coração, por um segundo, pareceu, ao mesmo tempo, parar e pulsar com mais força do que nunca. Ao acessar minha página pessoal e constatar que Dark Angel havia me escrito novamente, senti algo no estômago, uma sensação parecida com a fome. Não era bem uma fome física, apesar de ter morada bem no meu âmago, mas algo difícil de explicar — um desejo que não era endereçado a nada em particular. Estava apenas ali, existindo, persistente. Fui até a parte de comentários do site e encontrei sua mensagem:

"Uau, essas cores são intensas! Pergunto-me o que passava pela sua mente enquanto trabalhava nessa criação."

Pronto. A "fome" havia passado. Era isso por que meu corpo ansiava, pelas palavras daquele estranho. Era uma parte de mim que, antes adormecida, agora despertava com uma vontade quase incontrolável. Vontade de quê? De ser apreciada, compreendida? De existir por meio da arte, mesmo que sendo apenas para aquela única pessoa? Não sei bem, mas me bastava a sensação. Eu não precisava dar-lhe um nome ou significado. E a euforia me alimentava. Respondi meu Anjo Negro:

"Não poderia te responder isso em um milhão de anos. Quando estou criando, não sei dizer o que se passa na minha cabeça. A arte apenas... vem."

Como um ritual que, embora houvesse acabado de começar, parecia parte de uma tradição que perdurava por vidas sem fim, senti o impulso de desenhar uma vez mais. Naqueles últimos dias, esse pulsar vivia em cada músculo do meu corpo e eu não conseguia imaginar como ficara tantos anos sem senti-lo. Era a razão de tudo quando deixava-o fluir; era o princípio da minha existência.

Em movimentos automáticos, alcancei uma folha de papel na minha gaveta e, de novo, usei gizes de cera para minha composição. Diferentes tons de azul e esverdeado agora tomavam conta do papel, formando, ao fim, a visão do mar em calmaria. O céu abrigava algumas poucas e claras nuvens e se podia ver um pequeno barco à vela junto à linha do horizonte. Tirei uma foto do meu trabalho, mais uma vez, seguindo o rito, mas não postei no blog imediatamente desta vez. Eu queria que o Anjo Negro dormisse com a sensação fresca do meu outro desenho ainda na mente.

Percebi-me exausta mais uma vez. Toda essa comoção dentro de mim era muito para lidar. E por quê? Alguns desenhos feitos em lápis de cera de crianças e comentários concisos de uma pessoa aleatória num blog. Era absurdo que coisas tão insignificantes me deixassem daquele jeito. Mas deixavam. Tudo bem. Entre o trabalho e a faculdade, eu não teria tempo de me ocupar com esses disparates. Ri de mim mesma enquanto ia para a cama, pensando em como, quando adolescente, eu jamais me deixara levar por esse tipo de coisa e agora, mulher adulta, lá estava eu. Caí no sono quase imediatamente ao me deitar e, na inconsciência daquele breve estado de paralisia, de repente, tudo perdeu a importância.

Primavera

A primavera chegou trazendo consigo suas formas e cores e cheiros gloriosos. O frio estava nos deixando, a neve derretia e minha alma sentia aquele calorzinho ameno cheio de expectativas. Era meu primeiro dia de aula. O campus da faculdade estava maravilhosamente enfeitado pela natureza, e uma mistura de tons cobria o gramado, repleto de flores que caíam das árvores. No Brasil, as estações não eram tão perfeitamente separadas. Não raro fazia um calor de trinta graus no meio do inverno. Ali em Nova Iorque, porém, eu podia claramente perceber a mudança do tempo — nas paisagens e nas pessoas, que também adquiriam mais cores naquela época do ano.

Eu estava adiantada para o primeiro dia. Foi a mesma coisa na semana anterior, em que tivemos a orientação para os alunos novos — quando entendi que seria uma adaptação bem mais difícil do que eu imaginava, por mais que eu tivesse lido absolutamente tudo o que fosse possível sobre como funcionam as faculdades americanas; é engraçado, por mais que se saiba do universo de diferenças entre a teoria e a prática, como nos surpreendem as irrefutabilidades das coisas. Acordei bem cedo naquela manhã; meu alarme foi a ansiedade. Levantei, preparei meus livros, gastei um pouco de tempo fazendo uma maquiagem... e agora estava ali, sentada em um banco perto do prédio onde seriam minhas aulas, apreciando a linda vista com um copo de café gigante na mão. Por mais que eu sempre pedisse o mais forte que eles tinham, acabava recebendo aquela bebida aguada num daqueles copos enormes, e eu só pensava no café coado, na xícara, que eu tomava no Brasil.

Enquanto me perdia na saudade, eu observava as pessoas que passavam ocasionalmente por ali. Não havia muita gente aquela hora. Alguns vestiam roupas de ginástica e faziam uma corrida matinal. Outros liam enquanto caminhavam, tomando cuidado para não topar com uma árvore ou algum outro distraído que também estivesse com a cara num livro. Outros, ainda, andavam com pressa, carregando suas mochilas e bebendo seus cafés gigantes, procurando alguma energia para começar o dia.

Chequei as horas no celular. Eu ainda tinha algum tempo antes de começar a primeira aula. Percebi-me, de súbito, um pouco nervosa com aquela coisa toda — de estar ali, num sistema diferente do que eu estava acostumada no Brasil, com aulas numa língua que não era minha, e trabalhos e a tese e provas, e tudo mais. Um pensamento solto no meio do caos: Dark Angel. Eu não havia publicado mais nada no blog desde o desenho das dunas. Perguntei-me o que ele estaria fazendo — e se pensava em mim. E, logo em seguida do acometimento, enfureceu-me o efeito que aquela pessoa, com a qual eu havia trocado duas mensagens, tinha sobre mim. Esse foi um dos motivos, acho, pelos quais eu não havia postado mais nada. E, ainda assim, ali estava ele, povoando minha mente sem ter sido convidado — invadindo, apossando, propagando.

Sacudi a cabeça, resolvi ir para a sala de aula numa tentativa de distrair-me dos surtos internos. Todos os lugares estavam vagos, claro, e sentei-me na fileira do canto, bebericando meu café — e esperando. Aos poucos, as cadeiras foram sendo tomadas por estudantes. As pessoas se olhavam timidamente por pouquíssimos segundos. Algumas murmuravam "bom dia", mas, no geral, não havia interação. Bem, típico comportamento de um primeiro dia de aula, ponderei. Eu não sabia que isso pouco mudaria com o passar do tempo. Eu era a única não-americana da turma. O mais próximo que havia de mim lá era uma mulher colombiana, mas não se encaixava de verdade na definição de estrangeira, pois chegou aos Estados Unidos ainda bebê. Mesmo assim, era diferente dos outros; criada na América, mas com traços da sua própria herança em casa. Latina, classificavam-na. E a mim também.

Elena e eu nos entendemos desde aquele primeiro dia. Ela foi uma das últimas a entrar na sala. Chegou muito sorridente e animada, balançando seus cabelos loiros tingidos enquanto olhava ao redor, descaradamente observando cada um dos seus colegas de turma. Eles estavam muito desconcertados com aquela mulher sem pudores. Ao virar o rosto para mim, sorri de volta, sem desviar imediatamente o olhar, como os outros. Ela balançou levemente a cabeça, sentou-se ao meu lado. Falando alto, com certo sotaque hispânico, apresentou-se:

— Bom dia! Meu nome é Elena.

Respondi da maneira mais gentil que consegui:

— Bom dia! Prazer, Elena, eu sou a Clara.

Ela me estudava sem sutileza e aproveitei para fazer o mesmo com ela. Elena era mais velha, devia ter uns quarenta e poucos anos, com família e filhos, como vim a descobrir depois. Tinha olhos castanhos muito curiosos e abertos, sem medo de serem lidos. Seu rosto cobria-se com uma maquiagem pesada e o batom vermelho era sua característica mais marcante. Ela era o oposto do que se esperava de um aluno de pós-graduação de uma universidade conceituada. E incomodava com sua presença tão honesta, via-se. Ninguém estava acostumado a conviver com verdades tão gritantes.

— De onde é esse sotaque? — ela perguntou.

— Brasil. São Paulo.

— Uau, que maravilha, Clara! — pronunciou meu nome sem aquele sotaque americano; ela era a única que o fazia.

Antes que eu pudesse respondê-la, porém, o professor adentrou a sala de aula. As próximas horas foram preenchidas pelos conceitos básicos de gerenciamento de pessoas, sem nenhuma outra voz presente que não fosse a do Sr. Clark. Havia aprendido que não chamamos os docentes de "professor", como no Brasil, mas sim, respeitosamente, pelo sobrenome (ou nome, se eles fossem mais jovens).

Minhas anotações, por entre bocejos, tomavam conta das folhas de caderno, tão desorganizadas que podiam ser confundidas com rascunhos de crianças começando a aprender a escrever. O Sr. Clark falava de forma vagarosa e entediante e, por isso, era fácil se perder em pensamentos que nada tinham a ver com gestão de pessoas. Meus rabiscos acabaram por se tornar esboços de objetos aleatórios. Desenhei uma tartaruga de expressão cansada, um piano com teclas faltando, um livro aberto com páginas amassadas... No verão, meu caderno teria mais figuras do que palavras. Ainda assim, eu não ia mal no curso — apesar.

Depois da primeira semana, eu fui me acostumando mais ou menos à nova rotina. Como qualquer assalariado aplicado, aprendi a otimizar meu tempo, lendo no metrô e nos intervalos do meu trabalho, por exemplo. A verdade é que eu mal tinha tempo de pensar em nada que não fosse a pós. Mesmo durante o sono, eu acabava vendo dançar perante meus olhos os *slides* das aulas, que misturavam-se às minhas anotações bagunçadas e uma tese feita inteiramente de ilustrações. Esse sonho recorrente sempre me fazia acordar no meio da noite, e era quase impossível voltar a dormir, então, eu geralmente ficava no celular. Mais de uma vez, fui à página do meu blog e reli os comentários de Dark Angel.

Sentia-me cada dia mais só, mesmo rodeada de pessoas na faculdade e no trabalho e nas ruas abarrotadas da cidade. Elena e eu conversávamos bastante até; no entanto, ao final das aulas, ela ia para sua casa, para sua família. Havia as meninas da lanchonete também, mas, como com minha colega de apartamento, nossas relações não iam muito além da cordialidade esperada de se trabalhar junto. E, por conta do curso, eu não tinha mais tempo para trabalhar de babá, e o sentimento de vazio e solidão me apunhalava com ainda mais força sem as relações doces e absurdamente honestas que nos dão as crianças.

Por conta desse sentimento, que eu via crescer perante minha impotência, uma angústia constante me tomava, principalmente nas raras ocasiões em que eu não estava ocupada com a pós ou o trabalho. As vídeo-chamadas com minha família e amigos no Brasil, cada vez menos frequentes pela minha falta de tempo, me davam certo alívio, mas este era temporário e, no momento em que nos despedíamos, a aflição retornava com ainda mais intensidade. Acabei por me render à única coisa que acalmava um pouco meu coração e voltei a postar no blog. Publiquei, numa daquelas noites insones, o desenho do barco solitário no mar azul-esverdeado. Só duas noites depois disso, as quais passei na mais absoluta expectativa, já com certa desesperança de receber uma mensagem dele, vi seu comentário que, antes mesmo de ser lido, já me acalentava. Percorri com os olhos suas palavras:

"Achei que não fosse ver mais seus desenhos. Fico feliz em saber que você não parou de fazer arte. Este barco... estaria ele perdido? Ou talvez apenas faça parte da imensidão de água que o rodeia. Ou ao menos, talvez seja o que ele almeja. Bem, estou apenas divagando. Mal posso esperar pela próxima postagem."

Apenas algumas linhas de considerações remotas sobre o meu desenho, e o vazio foi preenchido de um prazer egocêntrico. Ele sabia usar as palavras, arma forte naquele mundo virtual; e eu aproveitava desse poder, tanto quanto ele próprio provavelmente o fazia, para nutrir o ego. Mas o estranho: apesar das circunstâncias, eu confiava nele. Sentia a verdade no seu discurso, tão pouco, despretensioso. Apesar de existir em um mundo paralelo, de fácil manipulação, inventado, suas palavras vinham até mim com sinceridade quase ingênua. Acabei por finalmente respondê-lo:

"Talvez não seja importante para onde o barco esteja indo. Se estiver perdido, também, talvez isso não tenha relevância. Talvez o que importe seja o simples fato de ele existir."

Assim que cliquei em "enviar", me arrependi instantaneamente. As palavras digitadas pareciam por demais pretensiosas. Parecia que eu estava tentando demais. Tentando o quê? Aprofundar-me na minha própria obra — a coisa que me era completamente impossível. Que artista, que criador pode ousar ter qualquer consideração sobre seu trabalho? Que mente, em qualquer lugar ou época, poderia se atrever a julgar sua própria criação? Tolos os que intentam...

De qualquer forma, para o bem ou para o mal, não excluí minha resposta. E uma hora, ela chegaria a uma tela qualquer, aos olhos dele. E ele reagiria. Talvez sorrisse ao lê-la; talvez desdenhasse; talvez se deleitasse. Seus dedos, então, em um ímpeto incontrolável, teclariam uma nova mensagem, e nossas palavras, embora abertas a qualquer um que quisesse vê-las, chegariam um ao outro como um sussurro que conta um segredo impossível.

Os pensamentos tinham vida própria, e corriam pela superfície do meu espírito. Até que meu coração deu um pulo. Dark Angel havia me respondido novamente. Desta vez, o som da notificação me trouxe uma sensação diferente. Afinal, ele estava falando comigo naquele momento. Instantâneo. Brutal. Estava acordado em algum lugar, com os pensamentos harmonizados com os meus. Sentimento surreal, de não saber o que, como, porque. Abri a página que continha sua mensagem. Na verdade era uma resposta à minha.

"Você tem razão. O que importa é a existência do barco, e o que ele traz para quem o enxerga."

Não mais pensar para mim. Continuei a conversa. Eu queria que ele soubesse que eu estava ali, acordada também, viva, respirando um ar novo, vivendo aquele instante junto a ele, mesmo que de modo artificial.

"O que te traz o barco, então?"

Aguardei, ansiosa, esperando que ele estivesse sentindo algo parecido com o que eu experimentava. Quanta conexão! Há tempos não vivia isso com alguém. Há tempos também não me sentia tão infantil. Algo parecido com a sensação de quando eu era criança e, no meio do recreio, dei meu primeiro beijo. Com a diferença de que agora eu era adulta, com a plena consciência, tão cruel, dos meus sentimentos imaturos, simplórios... bobos. Antes que eu pudesse ponderar ainda mais, porém, recebi a réplica dele.

"Não há caracteres suficientes aqui para eu explicar. Quer conversar por e-mail?"

Fiquei um pouco confusa por um momento. Conversar por e-mail? Por que não por mensagens instantâneas? Será que Dark Angel tinha muito mais anos de vida do que eu. Escrevia cartas, mandava telegramas? Até então, eu não havia pensado muito no ser humano por trás daquelas mensagens. Referia-me a ele no masculino, mas só. Nossas breves conversas, para mim, eram um pouco como orações, em que você não se dirige a um alguém específico — no máximo, a uma vaga imagem parecida com aquelas que enfeitam igrejas ou templos por aí. Bem, a verdade é que não importava muito a quem pertencessem os dedos que digitavam do outro lado da tela. E acabei por convencer a mim mesma que eu não tinha nada a perder, o que era uma invariável verdade, dadas as circunstâncias. Finalmente, então, respondi-lhe:

"Claro, por que não?"

Escrevi meu endereço de e-mail também na mensagem e aguardei. Fechei brevemente os olhos, colocando o celular de lado, tentei clarear meus pensamentos por um instante. Minha cabeça fez um passeio ao passado, conectou-o com o presente, adivinhou o futuro — um apartamento em algum lugar do mundo, decorado com arte. Eu teria um quarto como estúdio e cerraria as cortinas para abraçar a obscuridade e pintar minhas telas. Depois beberia vinho e leria ou assistiria à TV. Talvez. Quem sabe, em vez disso, eu vestisse roupas formais e trabalhasse num escritório, bebendo café e lendo o jornal. Não, ninguém mais lerá jornais impressos nesse meu futuro. Decerto haveria ali um marido e um cachorro ou um bebê. E a babá viria todo sábado à noite para que eu pudesse jantar fora com meu companheiro. Mas eu não conseguia ver-lhe o rosto, embora soubesse que me casei porque ele me fazia rir e pensar e descobrir. Andávamos de carro pelas ruas da cidade, rodeada de luzes. Ele dirigia. Ouvíamos o rádio, mas eu não conhecia nenhuma daquelas músicas. O que me restava era o prazer que percorria meu ser por completo — tão insuportavelmente intenso que eu gargalhava, até começar a tossir. Até quase vomitar. O ciclo se formava e eu não podia controlá-lo.

Quando estava tomada pela intensidade por demais violenta para ser humano que sou, acordei alarmada pela repentina confusão que vem junto à lucidez que segue os sonhos.

⇝⇝ ⇜⇜

E stava ainda escuro lá fora. O relógio marcava quatro da manhã. Levei alguns segundos para ordenar meus pensamentos. Doía-me o pescoço. Levantei-me e, no movimento, derrubei meu celular no chão. Então, uma súbita angústia se fez presente quando me lembrei de Dark Angel. Ou teria eu sonhado com isso também? Cheguei meu celular e lá estava, junto a alguns e-mails com promoções de produtos que eu não precisava, uma mensagem dele. O assunto era apenas "Barco".

"Olá, Black Rose!

Como eu disse antes, fico feliz de você ter voltado a postar seus desenhos. Eu não sou o tipo de pessoa que fica muito na internet e, enquanto fazia uma busca, encontrei seu blog por acaso. Bem, não sei se acaso. Destino, talvez? O que quer que você queira chamar. Olhando seus desenhos, eu sinto que temos algo em comum, embora eu não saiba explicar bem o quê.

Bom, mas você me perguntou o que me traz o barco da sua última postagem. Primeiro ele me fez pensar em solidão. Afinal, é apenas um pequeno barquinho numa imensidão de água. E pensei também que poderia estar perdido. Mas depois percebi que ele faz parte daquele lugar, tanto quanto o mar e o céu que ali estão. Ele não está sozinho ou perdido, está apenas sendo, existindo. Claro que quem me ajudou a enxergar tal obviedade foi você.

Espero mesmo que eu veja mais da sua arte muito em breve e, quem sabe, podemos ter mais conversas sobre isso. Ou sobre qualquer outra coisa; o mundo é muito vasto. Sendo só mais um americano entediado, fiquei feliz de encontrar você por aí. Espero sua resposta ansiosamente.

Dark Angel"

Despertei completamente enquanto lia seu e-mail. Como uma criança abrindo um presente de natal, senti aquele calorzinho no peito e sorri, mesmo conscientemente tentando forçar-me a não fazê-lo. Eu resistia ainda, porque a lógica não me deixava em paz para curtir a boa sensação. A lógica me dizia que não era normal para uma mulher adulta estar acordada às quatro da manhã lendo uma mensagem de um desconhecido e sentindo tal entusiasmo. A intensidade daqueles sentimentos todos dentro de mim era muito superior ao que deveria ser. Mesmo assim, enquanto esses pensamentos surgiam como um alarme alto e irritante gritando na minha cabeça, com gestos quase automáticos, fui com a ponta do dedo até o botão "responder". Desafiando a mim mesma, quase como uma criança fazendo birra, digitei as palavras que enviaria em seguida.

"Dark Angel,

Você realmente sabe como usar as palavras. Eu queria ter esse dom, mas receio que não terei tantas coisas interessantes a dizer. Na verdade, jamais pensei que fosse discutir os significados ocultos dos meus rabiscos pela internet. Mas fico feliz que estamos fazendo isso.

Eu nunca conheci alguém que fosse tão sensível à arte. É bom ter uma pessoa com a qual eu possa conversar sobre isso. No geral, difícil encontrar outros apreciadores aqui nos EUA. Espero que continuemos nos falando sim, seja a respeito de desenhos ou de qualquer outra coisa.

Black Rose"

Não consegui voltar a dormir. Decidi me levantar e fazer um café, enquanto tentava ordenar minha mente. Daqui a algumas horas eu teria aula, depois iria ao trabalho e então à casa novamente. Esse ciclo me deprimia. Comecei a pensar no que faria depois que me formasse — pensamento que invariavelmente me perseguia vez ou outra. Os planos sempre foram de voltar ao Brasil com mais esse diploma, arrumar um bom emprego, ganhar muito dinheiro, blá, blá, blá. Mas agora eu tinha lá minhas dúvidas. Em certos dias, acordava com o desejo quase incontrolável de pegar o primeiro avião para o meu país e deitar no meu quarto na casa de minha mãe, e sentir o cheiro de sua comida fresquinha. Noutros, porém, sentia que meu lar era nesse lugar que se tornava cada dia menos estranho, com essa língua que começava a criar raízes em mim, embaralhando-se com o português dentro da minha cabeça.

O cheirinho de café impregnou o ar da cozinha, afastando-me momentaneamente dos anseios. Decidi que era bobagem me preocupar com tanta antecedência. Eu tinha dois anos para pensar sobre o depois. Por ora, deixei-me apreciar o gosto levemente amargo do meu café e foquei no futuro próximo: a prova que teria em alguns dias, o aniversário de Kat chegando, a mancha que eu precisava limpar no uniforme do trabalho... o trabalho. Será que eu deveria ter continuado apenas como babá? Servir mesas dava mais dinheiro, mas, também, mais dores de cabeça. No dia anterior mesmo, teve aquele cliente com um sotaque indiano muito forte. Entendi seu pedido errado. Ele perdeu a calma, fez uma cena e me deixou uma gorjeta de dois por cento. Meu chefe também não ficou feliz. Eu não entendi suas palavras em grego, mas ele se fazia compreender de um jeito que a linguagem formal quase mais atrapalharia.

Enquanto minha mente se ocupava de novo com essas preocupações inevitáveis e meu copo de café esvaziava-se aos poucos, ouvi um som familiar que vinha de fora. Uma leve chuva tomava conta da cidade. Fui até a janela, olhei as ruas abaixo de mim, já tomadas por carros e pedestres, mesmo tão cedo, sendo banhadas pelas gotas de primavera. Guarda-chuvas coloridos abriam-se nas calçadas, pessoas corriam para debaixo de coberturas ou dentro de táxis amarelos. Era um mini caos em meio à calmaria da manhã chuvosa. Lembrei-me de São Paulo com suas eternas garoas e suas pessoas sempre apressadas.

Terminei os últimos goles de café e fui tomar banho. Demorei-me um pouco. Kat não usaria o chuveiro hoje, então, aproveitei a massagem das gotículas caindo sobre o meu corpo sem o medo constante de acabar a água quente. Minha colega de apartamento achava muito estranho esse meu hábito de tomar banho todos os dias, especialmente no inverno. Eu precisava pensar no seu presente de aniversário, aliás. Teríamos uma pequena festa no apartamento, e ela havia me pedido para preparar caipirinhas para os convidados. Kat adorava tudo de "exótico" que eu trazia sobre o Brasil. Posso dizer que a desapontei ao dizer-lhe que usava o metrô no meu país de origem, e não uma canoa, para me locomover. Ri sozinha lembrando das suas primeiras perguntas: "Vocês têm mensagem de texto por lá?"; "Sua casa ficava perto da Amazônia?"; "Vocês não falam Espanhol no Brasil?". Eu não a culpava. Tenho certeza que faria perguntas idiotas como essas a alguém da Ásia ou da África. A Terra, apesar de imensa em extensão, parecia existir somente na Europa e nos Estados Unidos.

Acabei meu longo banho sentindo-me revigorada. Ainda chovia lá fora. Com a toalha enrolada no cabelo e um roupão, separei o guarda-chuva junto às minhas coisas da faculdade. Enquanto decidia o que vestir, meu celular apitou, o som de notificação de novo e-mail. Coração acelerado de leve, peguei o aparelho e vi que Dark Angel havia me respondido.

"Black Rose,

Você certamente acordou cedo hoje! Fiquei feliz de ler seu e-mail logo pela manhã. Deu-me ânimo para seguir o dia. Espero que você esteja também animada para a jornada.

Você falou sobre o dom de usar as palavras. Não sei se realmente o tenho, mas saiba disso: eu o trocaria pelo seu dom sem pensar duas vezes. Com a imagem, é possível expressar tão mais do que com as palavras às vezes.

Enfim, quero ver mais dos seus desenhos! Tenha um belo dia e, não sei como anda o tempo onde você está, mas, se estiver chovendo, não vá se molhar.

Dark Angel"

Um leve arrepio percorreu-me: estaria ele também em Nova Iorque? Não, certamente chovia em outros lugares dos EUA naquele momento. Talvez... e as possibilidades infinitas davam-me uma estranha sensação. Era uma excitação e um medo misturados na mente, no corpo. Não, eu não podia querer saber onde ele estava; gostava do mistério. Dark Angel podia ser quem eu quisesse que ele fosse. Nas minhas fantasias, era um homem jovem, com um trabalho significativo, como assistente social ou professor. Ele era solitário, mas por escolha; apreciava sua própria companhia. E tinha uma intensidade tão absurda que as pessoas mal podiam estar em sua presença sem se perderem.

Decidi respondê-lo mais tarde, depois que voltasse do trabalho. Isso me daria tempo de acalmar os anseios. Mesmo que ele de fato estivesse muito perto de mim, isso não tinha a menor relevância. Eu achava que, no momento em que ele se tornasse um alguém, com rosto e nome, o encanto se acabaria. As possibilidades infinitas não existiriam mais e eu teria que aceitar o que quer que ele fosse. Percebi logo que aquele cenário não era o que eu desejava. O melhor seria manter o enigma de sua existência. Não importa o que acontecesse, sempre teríamos esses seres invisíveis na internet para conversar. Sim, eu também era invisível, à mercê da imaginação dele.

A chuva apertou um pouco e despertou-me para o dia que reivindicava minha atenção. Vesti-me, saí para as ruas cinzentas abarrotadas de pessoas que fugiam da natureza e cumpri mais uma vez o que tomara como dever, para mais um dia de aprendizado técnico em sala de aula. O chão perto da entrada da classe acomodava uma pequena poça d'água, formada pelas gotículas que caíam dos alunos que chegavam. Capas de chuva, galochas e guarda-chuvas juntavam-se aos estudantes naquele dia, e o cinza do tempo de repente se transformava em uma mistura de cores e estampas, tão diversas que pareciam parte de uma tela de pintura abstrata. Sorri para a insistência da alegria de se impor àquele dia chuvoso.

Quando a professora da primeira aula começou a falar, mal podíamos ouvi-la, tal o vigor que o temporal demonstrava agora. Ela finalmente desistiu e nos orientou a ler um capítulo do livro daquele semestre. Tentei me concentrar na matéria sobre segurança do trabalho, mas o som da água caindo me distraía. Depois de ler a mesma sentença três vezes, desisti e deixei meus olhos enxergarem apenas letras aleatórias naquelas páginas. Eles foram do livro à professora, que lia também, mas o que parecia não ter relação alguma com a aula. Podia-se ver por seus olhos sonhadores. Depois deixei meu olhar passear pela sala, encontrando rostos sonolentos e entediados grudados em seus livros. Bem, nem todos. Algumas pessoas olhavam seus celulares e um rapaz abriu uma revista em quadrinhos. Meus olhos continuavam a perambular pelo ambiente quando, de súbito, foram surpreendidos por outro par que me fitava com curiosidade.

Desviei a cabeça, encarando novamente meu livro de palavras sem sentido. Do outro lado da sala, eu conseguia ver pela minha visão periférica que ele ainda me observava. Não sabia seu nome. Ele era quieto, mais ainda do que o resto dos alunos. Tão quieto que só o notei depois de uma semana de curso, e apenas porque ele escolhera sentar-se bem ao meu lado na ocasião. Devia ter em torno de trinta anos, cabelos castanho-claros, olhos azuis. Seus traços eram fortes, sérios. Ele parecia sempre zangado. Não falava com ninguém. De fato, eu nunca tinha-lhe ouvido a voz. Seus cabelos estavam encharcados hoje, graças à chuva. Uma jaqueta de couro pendia do encosto de sua cadeira e a camiseta branca que usava estava também molhada.

Durante todo o resto da aula, eu me forcei a ler o capítulo do livro, e foi um esforço descomunal manter meus olhos grudados naquelas páginas. Sentia ainda aquele estranho me observando e a sensação era desconfortável. Ele podia descobrir mil coisas sobre mim e não havia nada que eu pudesse fazer para manter intactos os meus segredos. Minha expressão corporal, minhas roupas, minha pele que eu sabia estar corada os denunciariam àquele homem. Odiei-o por me desnudar tão descaradamente, tirando-me do conforto da invisibilidade em que eu frequentemente me colocava.

Quando a aula finalmente terminou, a chuva já mais branda, suspirei de alívio e fui para o corredor esticar as pernas e fugir da situação. Acabei me dirigindo ao banheiro, onde lavei o rosto, ajeitei o cabelo e respirei algumas vezes em frente ao espelho. Minhas bochechas estavam, como eu havia imaginado, levemente rosadas. Elena, minha colega de classe, saiu naquele momento de uma das cabines de vasos sanitários. Ao me ver, sorriu alegremente e, com sua característica falta de discrição e clara ineficiência para detectar contextos, abruptamente perguntou:

— Então, Clara, como anda a vida amorosa? Você está saindo com alguém?

Aquela questão repentina me deixou um pouco desconcertada por um momento. Ela sempre fazia aquele tipo de pergunta ou comentário em horas aleatórias (ou talvez não fossem tão aleatórias assim). Com o tempo, acabei me acostumando, mas, naquele dia, minhas emoções estavam um pouco afloradas.

— Ah... não, não saí com ninguém desde que mudei pra cá.

Dizendo aquilo em voz alta, me dei conta do fiasco que se tornara minha vida social. Nunca mais havia ido a um bar ou balada, dançar, ver pessoas; ou eu estava ocupada demais ou cansada demais pra isso. Kat às vezes me convidava para sair com ela e conhecer seus amigos, mas, por um motivo ou outro, eu nunca ia. E essa inércia do relacionar-me já existia mesmo antes de ir para os EUA. Com as preparações insanas da viagem, os meses que a antecederam foram embalados em visto, malas, documentos, burocracias...

— Hum — voltou a dizer Elena, tirando-me de meus devaneios — Eu notei que o John estava te olhando hoje. Ele é muito gato, você não acha? Se eu fosse mais nova e solteira...

E a loira desatou a rir, como se fosse uma adolescente. Ri com ela, achando graça de seu entusiasmo, mas um pouco aflita. Ela também notou que ele me observava. Sim, John era seu nome, agora eu me recordava. E, realmente, ele era um homem bem atraente. Entretanto, eu não achava necessariamente que o fato de ele ter me olhado naquela manhã tinha qualquer coisa de flerte ou intenções, do lirismo apaixonado que inicia com a famigerada primeira troca de olhares.

— Não seja boba — respondi minha amiga — Ele estava só entediado.

Ela, que retocava seu batom vermelho, parou de súbito, me olhando com sua malícia típica.

— Eu estava entediada também, por isso resolvi matar o tempo olhando pro cara mais bonito da

47

sala. Foi quando eu notei que ele fazia o mesmo. Bem, com a garota mais bonita, claro.

Ela deu mais um risinho e uma piscadela em minha direção antes de voltar a passar seu batom. Sorri de seu divertimento, sem mais nada dizer. John nunca falava com ninguém. Mas, se ele quisesse me chamar pra sair, eu aceitaria de bom grado. Além da beleza clássica que encaixa nos padrões de qualquer um, o seu mistério era fascinante. Impossível lê-lo como se faz com quase qualquer pessoa, não apenas pelo seu silêncio. Suas feições graves permitiam uma gama de possibilidades. Talvez ele fosse apenas mal-humorado, mas, quem sabe, aquilo fosse só uma fachada — pra esconder o quê? Perguntei-me como seria o seu sorriso, se é que algo pudesse fazê-lo sorrir. E, se sim, o quê?

Elena deixava o banheiro agora, e eu a segui. A segunda aula logo começaria. Dessa vez, felizmente, provavelmente teríamos uma aula normal, com o professor dando sua palestra, e eu poderia me concentrar apenas no curso. Pela janela, vi que a chuva se transformara num leve relento. Os vidros estavam embaçados por dentro e, por fora, pingos caíam levemente, arrastando-se para baixo e por fim desaparecendo, como lágrimas difíceis que desvanecem nos rostos tristes de almas desiludidas.

Assim que me sentei, não consegui resistir ao ímpeto de olhar para onde John estava. Ele lia agora, um livro grosso, mas eu não consegui ver o título. Olhei depois para Elena, que sorria, fitando-me com sua familiar expressão de divertimento. Ri para ela e balancei a cabeça, voltando, então, mais uma vez, a atenção para o meu instigante colega. Ele olhava para o seu livro com paixão, que refletia-se em seu olhar muito claramente, embora sua expressão facial pouco houvesse mudado. Ouvi os passos do professor chegando à porta, mas, antes que eu pudesse me virar ou fazer qualquer coisa, num átimo, John voltou-se e olhou diretamente em minha direção. Senti-me como se tivesse sido pega em algum ato vergonhoso. A coisa toda durou apenas poucos segundos, mas pareceu-me, naquela hora, um tempo dolorosamente longo.

Desta vez, não consegui desviar os olhos tão rapidamente quanto gostaria. Ele também sustentou o olhar e só os afastamos quando os passos do professor já chegavam à frente da sala e ele começava a aula. John passou a dar atenção à fala do docente, fechando seu livro e guardando-o em sua mochila, mas eu não consegui me concentrar muito. Fazia tempo que não reagia a alguma presença com tal entusiasmo. Era uma contração no estômago e um arrepio nas pernas — uma avidez que há muito eu não experimentava. Senti também que, o que quer que estivesse acontecendo dentro de mim, era recíproco. Seus olhos tinham qualquer coisa de voraz que provava essa teoria.

O período todo de aulas daquele dia foi assim: olhares se cruzando e pequenas explosões corporais internas. Como eu não havia notado tamanha conectividade antes? Como eu não havia notado nem mesmo a presença daquele colega por tanto tempo? Agora era-me impossível ficar alheia a ele.

Ao fim da última aula, enquanto arrumava minhas coisas, cheguei meu celular, que estava desligado até então, e vi que havia recebido um e-mail de Dark Angel. Foi como se todos os meus sentidos, que já estavam em polvorosa naquele dia, aumentassem ainda mais. Quando estava prestes a abrir a mensagem, senti uma presença ao meu lado. Ergui levemente a cabeça e deparei-me com John, que me olhava como que esperando algo de mim. Ele não disse nada por alguns segundos, e ficamos ali, apenas encarando um ao outro, como havíamos feito naquela manhã, com a diferença de que ele agora se encontrava perigosamente próximo. Aquelas explosões, a excitação, voltaram imediatamente.

Finalmente, convencido de que não seria eu quem romperia o silêncio, ele disse, com certa hesitação:

— Oi, eu... eu sou o John — e sorriu acanhadamente. Então ali estava, seu sorriso. Apesar de desajeitado, era contagiante. Não pude evitar que meus próprios lábios se abrissem numa expressão de amabilidade.

— Oi, eu sou a Clara — respondi, deixando o celular de lado, já quase esquecida que há pouco eu estava ansiosíssima para ler a mensagem do meu amigo virtual.

— É, eu sei. Você é a garota brasileira, certo?

— Sim, essa sou eu.

Ele parecia agora um pouco mais à vontade, e seu sorriso se tornou mais natural, mais largo.

— Eu estava pensando — continuou — Você aceitaria tomar um café qualquer hora dessas?

Não tenho certeza, mas acredito que meu semblante tenha se iluminado. Nada mal para um dia de chuva sem perspectivas. Respondi-lhe, a voz sorridente:

— Eu adoraria. Na verdade, tenho ainda algumas horas até ter que ir trabalhar, se você estiver livre agora...

— Estou sim. Tem um café ótimo que fica a duas quadras daqui.

— Perfeito.

Peguei minhas coisas, guardando o celular na bolsa, sem nem mais pensar em Dark Angel, e fomos caminhando para a saída da faculdade. A chuva havia parado completamente agora e um sol tímido dava o ar de sua graça. Pensei, com euforia, que em algum lugar havia um arco-íris alegrando o dia de alguém. Não conseguia pensar em nada que o arco de cores no céu não pudesse tornar melhor.

Enquanto caminhávamos, falamos um pouco sobre as aulas do dia, o tempo, as miudezas da vida. Percebi ali que ele era uma daquelas pessoas que precisam preencher o silêncio de alguma forma — o não-falar certamente era desconfortável para ele. Notei também que ele mantinha uma certa distância corporal de mim, tomando cuidado para que nossos braços não se tocassem. Não pude deixar de comparar o comportamento ao dos homens brasileiros ao rememorar as experiências que eu havia tido com meus interesses românticos na terra natal.

Notei coisas enquanto andávamos; que sua voz era grave, combinando com seus traços — seu modo de falar era pausado, sem pressa; que ele ficava menos nervoso a cada vez que eu assentia com a cabeça em aprovação a qualquer coisa que ele houvesse falado ou quando sorria para ele com interesse; que sua fala se descontraía um pouco e, em alguns momentos, parecia que éramos velhos amigos; que, em outros, porém, ele voltava a se retrair, como se lembrasse, de repente, do contexto de princípio que consistia nossa interação.

Chegamos, por fim, ao café que ele havia sugerido. Era um lugar pequeno e aconchegante, com cartazes de bandas de rock dos anos 1980 pendurados nas paredes e jazz tocando baixinho ao fundo. Havia ali uma meia dúzia de pessoas. Certamente o lugar era frequentado sempre pelos mesmos clientes, aqueles fiéis que já o conheciam, pois a fachada era tão discreta que quase passava despercebida pelos transeuntes da ocupada cidade de Nova Iorque. Aliás, estes preferiam o tipo de lugar franqueado, que se encontra a cada esquina.

Sentamos-nos a uma mesa num canto que dava para uma janela pequena. Podíamos ver uma viela lá fora, com um latão de lixo, um gato vadio perambulando pelos arredores e inúmeras pontas de cigarro no chão. Assim que nos acomodamos, uma garçonete sorridente veio pegar nossos pedidos.

— Um *latte*, por favor, com leite desnatado — pediu John, a voz quase solene.

A moça fez uma anotação em seu caderninho e eu achei tudo aquilo extremamente pitoresco e retrô. Na lanchonete em que eu trabalhava, nós anotávamos os pedidos dos clientes num *tablet*. Ela então olhou para mim, à espera.

— Um café preto médio com dois shots de expresso, por favor.

Ela voltou a escrever em seu caderno.

— Creme, leite? — perguntou, numa voz doce.

— Não, obrigada, só adoçante.

Não havia ainda me acostumado ao fato de ter que explicar tão detalhadamente como queria minha bebida. No Brasil, você só precisa pedir um cafezinho e pronto. Um café com leite ou pingado são o máximo de variação, ao menos nas padarias de Sampa, onde as comidas gourmet ainda não chegaram. Enfim, a garçonete deixou-nos a sós.

— Café preto, han? — comentou John. A maioria dos americanos não tomava assim, achavam-no muito amargo.

— Bem, sou brasileira, lembra?

Ele deu um sorriso terno.

— É verdade. Melhor café do mundo?

— Com certeza!

Ficamos alguns instantes em silêncio. Ele logo o rompeu, dada a sua já notada ânsia por preencher as lacunas da quietude.

— E então, Clara, me conte um pouco de você.

— Ah, bem... eu nasci e cresci em São Paulo, no Brasil, me formei por lá e decidi fazer a pós-graduação fora do país. Cheguei aqui faz poucos meses. Trabalho como garçonete. Acho que é isso.

Ele prestava uma atenção imensa a tudo o que eu falava. Seus olhos reluziam com curiosidade, quase como se ele estivesse diante de um animal exótico. Ou talvez essa comparação não seja justa — quem sabe?

— Você certamente resumiu uma vida inteira muito bem — um pequeno riso irônico depois da frase. Não consegui decidir se o sarcasmo me agradou ou não.

— Bem, não sou muito boa com as palavras... por que não me fala de você primeiro?

A garçonete chegou com nossas bebidas. Enquanto eu colocava um saquinho de adoçante em pó na minha xícara enorme, senti que ele me observava os movimentos. O tilintar da colher que eu usava para mexer minha bebida tomou conta de nosso entorno, quase calando a música que vinha não se sabe de onde. Ao levantar meu café e levá-lo aos lábios, meu olhar encontrou o dele. Seu latte ainda repousava sobre a mesa, intocado. Seus olhos levaram-me, mais uma vez, a sentir um arrepio que percorreu-me o corpo todo e, mesmo sentada, percebi que meus joelhos bambearam. Coloquei o café de volta na mesa, com medo de perder ainda mais o controle sobre o meu próprio corpo. Pela primeira vez em muito tempo, eu era agora a pessoa que se incomodava com o silêncio. Dei uma leve tossida para limpar a garganta e repeti a pergunta de antes:

— E então? Não vai me falar de você?

Ele sorriu e balançou levemente a cabeça, como que se lembrando de algo.

— Ah, sim, sim, claro... bem, eu cresci no estado de Nova Iorque, numa cidade perto de Connecticut. Me mudei para cá quando entrei na faculdade e vivo aqui desde então. Minha formação é em Finanças, mas eu cansei de trabalhar tanto com números e decidi que queria me envolver mais com pessoas, por isso me inscrevi nessa pós.

Ele parou de falar por um instante e tomou um gole de sua bebida.

— Trabalho na área financeira de uma escola de educação infantil e dou aula de música como voluntário num centro comunitário.

— Sério? O que você ensina?

— Violão, basicamente.

— Interessante... que tipo de música você toca?

— Ah, bem, eu... eu não toco de verdade, mas gosto de brincar com jazz, rock, coisas assim... gosto muito da sua bossa-nova também.

— Hum, deixa eu adivinhar... Garota de Ipanema?

Ele riu, depois tomou mais um pouco de *latte* antes de me responder.

— Sim, é um clássico.

— Verdade.

— E você, que tipo de música gosta?

— Ah, bem, de tudo. Depende do meu humor. Gosto muito de música popular brasileira, incluindo a "minha bossa-nova". Também de jazz e rock, e curto pop contemporâneo, hip hop... enfim, como eu disse, depende do meu humor.

— E fora a música, do que mais você gosta?

— Ah, você sabe, o de sempre. Filmes, séries, livros, bares...

— Você não é muito específica, não é mesmo?

Fiz uma pausa por um momento, beberiquei meu café, pensei por um instante no que ele havia dito. Estaria eu sendo muito distante? De que tinha medo? De me expor? Eu já me sentia completamente desnuda com John apenas quando ele me olhava. Que diferença faria compartilhar coisas tão triviais como meus interesses e hobbies?

— Você tem razão. Às vezes posso ser um pouco evasiva demais... bem, vejamos: eu gosto de filmes de terror.

— Filmes de terror?

— Sim, tanto daqueles clássicos filmes *trash*, bem mal feitos, com vilões que surgem do mundo dos mortos, quanto aqueles novos filmes cult, com um terror mais psicológico.

— Uau, ok... isso é bem específico.

— Gosto de ler livros fáceis de serem compreendidos, não curto aqueles que me fazem pensar demais. Gosto de pizza com café pela manhã. Prefiro cerveja a qualquer outra bebida alcoólica, não importam as circunstâncias. Odeio discutir política. Odeio dirigir. Mas gosto de carros.

Parei de falar para beber mais um gole de café e observar a reação de John. Ele sorria com os lábios e com os olhos, parecendo querer me decifrar a todo custo. Era claro que uma parte de mim aparecia com transparência e outra... bem, essa outra parte que era um mistério para ele não estava exatamente muito bem definida para mim também.

— Você é uma pessoa muito interessante — disse ele por fim. Perguntei-me se isso era uma coisa boa ou ruim. Por sua expressão divertida, concluí que era bom ser interessante.

— Você também.

Continuamos ali por mais vários minutos, entre conversas, risadas e pequenos silêncios acolhedores. Quase me esqueci de que precisava trabalhar. Ao me dar conta do horário, disse-lhe que tinha que correr. Ele deixou um dinheiro na mesa e me acompanhou até a estação de metrô. Lá chegando, agradeci-lhe pelo café.

— O prazer foi todo meu.

— Te vejo amanhã na aula?

— Sim, claro. A não ser... — ele fez uma pausa curta, olhando-me com expectativa — a não ser que você queira talvez fazer alguma coisa hoje à noite.

Fiquei um tanto surpresa com tamanha espontaneidade, dadas as circunstâncias — vinda de um homem claramente tímido. Sensações incontroláveis estavam prestes a me tomar. Com medo de que ele percebesse o quão irregular estava minha respiração, respondi-lhe quase que num suspiro:

— Claro, eu adoraria.

Ele, então, anotou meu número de telefone nos seus contatos do celular e eu segui para a plataforma, ainda um pouco atônita, os sentidos meio adormecidos, quase novamente esquecendo que eu precisava me apressar para não chegar atrasada no trabalho. Entrei no trem ainda sentindo que minhas pernas não me obedeciam com a velocidade que eu gostaria. Moles, mas duras. Contraditórias. E, durante todo o caminho, deixei minha mente voar, imaginando como seria meu encontro. Seria meu primeiro encontro com um americano. Pensei em todas as comédias românticas que havia assistido, mas lembrei-me de que quase nenhuma das minhas experiências reais foram parecidas com aquelas que Hollywood me vendia. Quantos sonhos bobos destruídos. Mas não fazia mal. Às vezes, as realidades são até melhores. Às vezes.

Procurei parar de pensar no como seria, e ocupei a cabeça com outras coisas: aniversário da Kat, monografia da pós, a máquina de café que eu precisava limpar no trabalho... porém, os tais pensamentos aleatórios não voltaram com a firmeza das minhas pernas ou com as batidas normais do meu coração, que tocava seu ritmo próprio, acelerado, alheio. As imagens da minha mente voltaram para o futuro; a noite que aconteceria. O que eu vestiria? Será que eu esperaria ansiosamente por sua ligação ou mensagem de texto o dia todo? Pensei que houvesse há muito passado dessa fase. Pelo jeito, alguma coisa da Clara adolescente ainda remanescia em mim.

Cheguei ao trabalho a tempo, afinal. Coloquei minhas coisas no armário, não antes de checar meu celular. Esperava ver já alguma mensagem de John. No entanto, o que eu encontrei foi o e-mail de Dark Angel. Eu havia esquecido completamente do meu amigo virtual. Senti-me esquisita... culpada? Culpada. Abri-o para ler enquanto não começava meu turno.

"Black Rose,

Passei por um muro grafitado a caminho do trabalho e lembrei de você. Era o desenho de um barco. Claro que não tinha a intensidade do seu trabalho, mas perdi alguns segundos observando-o. Ele está no meu trajeto há anos e só hoje percebi sua existência.

Agradeço por me fazer mais consciente da arte à minha volta.

Dark Angel"

Eu não tinha tempo para respondê-lo. Fui trabalhar. Durante todo o expediente, fiquei como que sonhando acordada. Em minha cabeça, misturavam-se fantasias protagonizadas pelo John com outras em que Dark Angel e eu perseguíamos nossas aspirações artísticas. Ouvia os pedidos dos clientes e anotava-os, servia as mesas, limpava, varria o chão... automática. Perdi minhas noções de realidade. Minhas pernas e braços se moviam com agilidade, meu rosto estampava o costumeiro sorriso robótico, como se fossem independentes do resto de mim. E, por todo aquele dia de trabalho, senti-me como uma máquina programada.

Finalmente, ao fim da jornada, meu corpo e minha mente pareciam voltar a se unir num único ser — qual ser era esse, eu não o sabia. Eu estava exausta. Troquei rapidamente de roupa, peguei minhas coisas no armário, checando novamente o celular. Vi uma mensagem de John:

"Ei, que tal Frankie's hoje à noite? Umas 9 pm?"

Frankie's era um bar perto da faculdade. Eu nunca havia ido, mas muitos colegas de classe frequentavam o lugar. Respondi-o prontamente:

"Combinado. Te vejo mais tarde."

Depois, reli o e-mail de Dark Angel e escrevi-lhe de volta:

"Dark Angel,
Fico feliz por saber que você encontrou um pouco de arte no seu caminho. E que tenha pensado em mim.
Black Rose"

Ao chegar em casa naquele dia, ainda estava sobrecarregada pelos acontecimentos. Fui para o banho, então. Eu já havia me banhado pela manhã, mas a chuva e o suor do trabalho e a necessidade de relaxar demandavam que eu o fizesse novamente. A água era definitivamente o meu elemento. Deixei as gotas quentes caírem sobre minha cabeça, os olhos fechados contemplando o infinito nada. Concentrei-me apenas no calor gostoso que envolvia meu corpo, e minha mente acabou entrando num estado meditativo. Quando me dei por satisfeita e desliguei o chuveiro, senti-me renovada, as energias vibrando em harmonia.

De toalha enrolada no corpo, os cabelos molhados soltos, deixando escapar pequenas gotículas que desapareciam sobre meus ombros, fui para o guarda-roupa procurar o que vestir para o encontro com John. No geral, eu não gastava muito tempo pensando em roupas. Acabava usando quase sempre as mesmas coisas (calça legging ou jeans, camiseta e tênis), mas ah, naquela noite, não. Passei uns bons minutos olhando para o que eu tinha — dúvidas, dúvidas. Por fim, acabei optando por um vestido. Era simples, mas bem bonito, com estampa primaveril de flores amarelas. Vesti também uma sandália preta e coloquei um casaquinho jeans por cima de tudo. Dei um jeito no cabelo, fiz uma

63

maquiagem leve... tanto cuidado com essa minha aparência, que seria estrela por uns segundos, antes de descobrirmos as personalidades um do outro. Olhei-me já pronta no espelho. Gostei do que vi.

Ao passar pela sala, Kat, que, esparramada no sofá, via um *reality show* na TV, levantou-se de súbito e me examinou de cima a baixo.

— Uau, Clara! Você está linda!

— Obrigada. Eu meio que tenho um encontro.

Ela sorriu surpresa.

— Como assim? Você não me disse nada?

— Aconteceu hoje. Quando eu cheguei, você estava no seu quarto. Eu não quis incomodar.

— E quem é o cara?

— Ele é da faculdade. Tomamos um café esta manhã e agora vamos para um bar.

Ela estava super animada com a coisa toda, via-se.

— Depois que você voltar, quero saber tudo! Divirta-se!

— Pode deixar que eu te conto. Até mais!

Eram ainda oito da noite quando saí de casa. Eu estava ansiosa — percebi isso conforme ia me aproximando de chegar. Ao subir as escadas da estação de metrô, me dei conta, de repente, de que eu viveria algo completamente diferente do que estava acostumada, o que consistia num paradoxo da minha existência ultimamente. Afinal, eu estava começando a me acostumar com vivências novas. Pensei uma vez mais na familiaridade daquela cultura que eu sempre tive tendo nascido no Brasil. Consumimos tudo que é americano e acabamos pensando que os costumes desse povo tornam-se um pouco nossos — o que, de fato, acontece, por vezes. Entretanto, estar nesta terra e viver as coisas em vez de vê-las nas telas traz uma nova compreensão de mundo.

Cheguei rapidamente ao bar, que ficava a algumas quadras do metrô. Havia poucas pessoas ali — algumas mesas ocupadas por grupos ou casais e alguns solitários no balcão, que assistiam ao jogo de futebol americano na TV ligada ou conversavam com algum dos *bartenders*. O lugar, como muitos outros bares daquele país, lembrava um pub irlandês: ambientação mais escura, vários pôsteres e penduricalhos que faziam referências a times de baseball ou futebol americano e à cultura irlandesa. Num canto, havia uma mesa de sinuca, onde duas meninas jogavam.

Sentei-me no balcão, num canto perto da entrada, e pedi uma cerveja. O *barman* trouxe-me o copo alto preenchido com minha bebida preferida: cerveja de trigo com uma rodela de laranja — coisa que meus amigos brasileiros condenariam de pronto, tenho certeza. Tomei um gole e dei uma olhada

65

no celular. Ainda era cedo, oito e trinta e cinco. Fiquei olhando para a TV fingindo assistir ao jogo e me esforçando para controlar o nervosismo. Há tempos eu tentava entender as regras desse esporte tão popular por ali, mas sem sucesso. Kat tentara me explicar algumas vezes, assim como baseball, e eu compreendia uns 60% da coisa no momento da explicação, mas sempre me esquecia depois.

Enquanto me distraía com a TV, e depois de quase terminar meu segundo copo de cerveja, senti um toque no ombro. Olhei para trás e me deparei com John, que exibia um sorriso tímido. Abracei-o e beijei-o levemente na bochecha como cumprimento, o que imediatamente o desconcertou. Eu havia esquecido que minha brasilidade por vezes era demais para o jeito reprimido dos norte-americanos, mas, naquele momento, não me importei muito. O álcool me deixava alheia a essas coisas que tentamos reprimir. Ele sentou ao meu lado, pediu uma cerveja para me acompanhar — um tipo mais forte, com sabor mais amargo — e tirou o casaco de couro (o mesmo que usava pela manhã), revelando uma camiseta preta justa. Notei que os músculos de seu braço estavam evidenciados e fiquei um pouco surpresa, pois ele não parecia o tipo de pessoa que malha, mas logo depois me repreendi mentalmente por me deixar envolver por estereótipos.

— Então, faz tempo que você chegou? — perguntou ele, tirando-me de meus devaneios.

— Um pouco, mas saí de casa ainda cedo — respondi.

— Você está bonita — neste momento, John desviou um pouco os olhos do meu rosto. Era engraçado um homem tímido. Todos os outros caras com quem eu havia me relacionado antes eram o oposto disso. Sorri e agradeci-lhe o elogio:

— Obrigada. Você também.

Ele agradeceu, ainda sem graça, e se ocupou de sua cerveja. O início do nosso encontro foi assim, cheio de sorrisos tímidos, olhares desviados e murmúrios sobre amenidades — faculdade, trabalho, clima, esportes... Depois de um tempo, e de alguns copos de cerveja, a conversa foi fluindo melhor. Descobri que ele lutava boxe e que gostava de correr. Parecia apegado à família e exibia certa ternura quando contava alguma anedota que envolvia sua mãe. Era filho único, gostava de cachorros e seu feriado favorito era o dia de Ação de Graças. Acabei revelando algumas coisas sobre mim também, um átimo do que eu vivi no Brasil, meus gostos e alguns medos até. Compartilhei com ele histórias triviais da minha família, comparei um pouco da minha cultura à dele e nós dois rimos das ironias e sagacidades da existência.

Eu havia perdido as contas de quantas cervejas tomara, mas o tempo parecia passar de maneira diferente do normal enquanto conversávamos. Alguns minutos duravam eternidades e outros, nada mais do que milésimos de segundos. Senti o calorzinho bom da embriaguez tomar conta do meu corpo aos poucos. John parecia bem animado e suspeitei que esse estado era também produto do álcool. Nessa noite, o vi sorrindo mais do que em todo o tempo em que estudávamos juntos. Mais ainda: o vi rindo, gargalhando mesmo, tomado pelo prazer. Quando ele se soltava, deixava suas defesas vulneravelmente abertas e isso me dava segurança.

— E então? — perguntei em dado momento — Muito diferente sair com uma brasileira?

— Bastante — ele respondeu, rindo — o papo é outro, claro, mas, além disso, vocês parecem mais calorosas, acho. Não sei bem se essa seria a palavra, mas você entende, não é? Sinto-me acalentado por você, não sei... há um certo... não sei.

Ele se colocou a rir ainda mais de sua própria falta de palavras e eu ri com ele. Pedimos mais uma rodada de cervejas e lembrei-me de checar a hora. Eram onze e meia da noite. Uma pequena voz dentro da minha cabeça relembrou-me que eu precisava acordar cedo no dia seguinte, mas eu não conseguia me decidir a encerrar a noite. Há tempos não me divertia assim e um desejo incontrolável de que as horas não passassem era tudo o que eu me permitia sentir.

— E você? — perguntou John — Vê muita diferença entre sair com um americano e um brasileiro?

Seus olhos mostravam genuína curiosidade e uma pontada de... insegurança? Talvez. Sorri ternamente para ele.

— Sim, vocês são completamente diferentes. Os brasileiros são mais... ousados, digamos. No geral. Vocês são mais contidos e, talvez por isso, mais polidos, mais... cavalheiros.

Ele sorriu novamente para mim e, por alguns instantes, ficamos apenas nos olhando sem falar. A energia em nossa volta era muito gostosa: um misto de ternura e ardência, opostos que se complementam. John desviou um pouco o olhar para nosso entorno e voltou-se novamente para mim, encarando profundamente meus olhos.

— Posso te beijar? — perguntou então, e não pude conter uma leve risada, que fez seu rosto se abrir em uma expressão apreensiva.

— Desculpe, eu não estou rindo de você. Só não é comum ser perguntada se posso ser beijada.

— Eu não sabia se podia te beijar, ainda mais em público, num bar. Algumas garotas não gostam disso.

Enquanto ele completava sua frase, levei uma das mãos ao seu rosto e o acariciei levemente, sentindo a maciez de sua barba por fazer. Aproximei-me lentamente. Quando eu estava muito perto, a ponto de ouvir sua respiração ficando mais pesada, notei o aroma que emanava dele. Era algo de uma suavidade um tanto rústica, difícil de colocar em palavras. Aproveitei aqueles instantes antes do beijo o máximo que pude: os corações acelerando, a respiração apressada e a expectativa de algo que colocaria em sabor todas aquelas sensações.

Finalmente, depois de não mais conseguir conter o inevitável momento, aproximamos nossos lábios um do outro, primeiro com uma leveza que beirou a impercepção e, depois, deixando com o que o beijo se aprofundasse até que nos perdêssemos naquele toque tão íntimo. Minha mão ainda passeava pelo seu rosto, e ele segurava minha cintura. Encerramos o beijo depois de longos minutos e eu voltei ao mundo real, ou quase, não sem uma certa tontura, que, dessa vez, não vinha da cerveja.

John me olhava, sorrindo, e ficamos alguns instantes sem nada dizer. Ele deu um gole em sua bebida e depois, em tom descontraído, comentou:

— Então você realmente não se importa em ser beijada em público.

— Tecnicamente, o beijado foi você — respondi e acabei a cerveja em meu copo em algumas goladas. Ele riu, concordando, e terminou também seu copo de cerveja. Olhei para o relógio no canto da TV do bar. Meia noite e vinte. A vontade de voltar para casa e para a vida real era nenhuma. Ali, naquele bar, uma atmosfera de sonho, mas, relutante, percebi que era hora de ir.

— Eu não queria, mas acho melhor irmos embora. Amanhã tem aula, depois tenho que trabalhar, enfim...

— Sim, acho melhor mesmo. Ao menos um de nós precisa ser responsável.

Ele, então, pediu a conta e eu fui ao banheiro. No espelho, a imagem de uma Clara zonza e com as bochechas avermelhadas acalentou meu coração. Pude ver o contentamento e o prazer estampados em meu próprio rosto. Perdi alguns segundos contemplando a figura do meu reflexo, encontrando uma sincera beleza em cada detalhe de mim — até mesmo os que eu normalmente não achava belos. Interessante essa coisa de olhar a si mesma deixando de lado o que convencionalmente é considerado "bonito". Não durou muito, tão enraizadas essas ideias sociais estavam em minha cabeça, mas foi um bom momento.

Voltei para o balcão do bar; ele já havia pago a conta. Agradeci-lhe, saímos. Lá fora, a cidade ainda estava acordada, como qualquer metrópole que se preze. O ar frio da madrugada bateu em cheio em meu rosto, trazendo-me um pouco de sobriedade. Comecei a caminhar para o metrô, mas John me conteve com um gesto.

— Acho melhor pegar um táxi. Meio perigoso andar de metrô a essa hora.

Concordei e ficamos parados esperando algum carro aparecer. Depois de alguns poucos que tinham passageiros, finalmente conseguimos um táxi. Senti-me, por um instante, como ainda acontecia constantemente morando naquele país, em um filme ou seriado. Aquela cena clássica: um encontro acabando com a entrada num icônico carro amarelo na cidade de Nova Iorque. Surrealidades da minha vida.

Ao contrário do que eu esperava, porém, John entrou comigo no carro.

— Só quero ter certeza que você vai chegar bem em casa — disse ele depois de fechar a porta. Sorri em agradecimento e dei meu endereço ao taxista. Aproveitei para observar a cidade da janela enquanto nos dirigíamos ao destino. Na maior parte do tempo, eu me locomovia pelo metrô, o que fazia com que meus olhos raramente encontrassem com os da cidade. A noite ali não era nada diferente das noites em São Paulo. Assim como em minha terra natal, havia luzes e carros e gente. A corrida não durou muito. Ao chegarmos, enquanto abria minha bolsa para pagar o motorista, John foi mais rápido e, mais uma vez, acabou pagando a conta por mim. Repreendi-o levemente, mas, por fim, agradeci. Saímos do carro e ele foi comigo até a porta do prédio.

— Muito obrigada por ter me acompanhado. Você não precisava ter feito isso.

— Imagina, foi um prazer.

Hesitei por um momento enquanto pensava se deveria convidá-lo para entrar. Meu corpo ansiava desesperadamente por mais daquele beijo, daquele toque, mais de tudo. Por outro lado, era um dia de semana, e uma parte de mim, aquela parte irremediavelmente responsável, decidiu que era melhor deixá-lo ir.

Ao abrir meus lábios para despedir-me, John me surpreendeu com um beijo. Tão repentino, este me tirou o fôlego de tal modo que senti todas as minhas forças me deixarem. Desta vez, ele segurava meu pescoço e seus lábios estavam tão sedentos que me era impossível raciocinar. Abracei-o pelos ombros, completamente entregue, não me importando com possíveis vulnerabilidades ou julgamentos.

Com um leve gemido dado em sua boca e minhas mãos agarrando seus cabelos com avidez, fiz claros os meus desejos. Ele correspondeu à voracidade dos movimentos, suas mãos indo do meu pescoço aos cabelos e passeando por meu rosto com ganas que pude sentir pelo seu toque.

Interrompemos as carícias por um instante. Ele respirava fundo enquanto me olhava de uma maneira indecifrável. Enquanto isso, eu tentava com todas as minhas forças recuperar o ar, que parecia ter se perdido em algum lugar entre meus lábios e meus pulmões. Meu coração palpitava de um jeito irrefreável e minhas pernas tremiam. John pegou minhas mãos e beijou-as com força, embora seu gesto tenha sido também um tanto fraternal. De algum modo, consegui forças para falar, sorrindo-lhe:

— Você quer entrar?

Ele fechou os olhos por breves segundos, expressando o que pareceu ser uma batalha interna. Abriu-os novamente e, com um olhar que parecia de desacordo consigo mesmo, respondeu:

— Acredite, eu gostaria muito! Mas amanhã preciso acordar extremamente cedo. Eu não deveria sequer ter saído hoje à noite, mas não pude resistir. Eu queria muito te ver.

Sorri de maneira compreensiva, embora cada pedaço do meu corpo sofresse em agonizante frustração.

— Eu entendo. É melhor mesmo irmos descansar para amanhã.

Ele beijou ternamente a minha testa e depois, novamente, as minhas mãos.

— Obrigado por entender.

— Imagina! Eu me diverti muito hoje, obrigada pela noite!

— Também me diverti bastante! Te vejo amanhã na aula?

— Sim, nos vemos amanhã.

Naquele momento, vi um táxi vindo em nossa direção e fiz sinal para que parasse.

— Boa noite, Clara — John beijou-me nos lábios uma vez mais. Um beijo bem diferente dos que havíamos trocado anteriormente, apenas um toque de bocas sem muita profundidade. Mais um dos tantos contrastes.

— Boa noite — respondi enquanto via-o entrando no carro.

Busquei minhas chaves na bolsa, as sensações que a noite me proporcionara ainda pulsando em mim. Com certa dificuldade, adentrei o prédio. Foi árdua a breve caminhada da entrada até o elevador. Minhas pernas vacilavam, meus joelhos trêmulos exigiam certo esforço para se moverem. Quem imaginaria que um primeiro encontro pudesse ser tão intenso? Ainda mais com alguém que eu acabei de conhecer. Do cara introvertido que eu mal notara nos primeiros tempos de aulas ao homem que fazia meu corpo inteiro ansiar por mais foi uma transição súbita e imprevisível.

Cheguei à porta do apartamento e tentei, sem muito sucesso, ser o mais silenciosa possível. As chaves balançavam mais do que eu gostaria, o tilintar ecoando pelo corredor, alto, alto... quando finalmente destranquei a porta, deparei-me com Kat dormindo profundamente no sofá. Tirei os sapatos, andei nas pontas dos pés até meu quarto. Ali chegando, joguei minhas coisas no chão e deixei-me cair na cama e reviver tudo o que acontecera há pouco. De novo. E de novo. E de novo.

Ao fechar os olhos, consegui sentir novamente os toques de John em mim. Seu cheiro ainda estava fresco em minhas roupas e meus cabelos e inspirei profundamente aquele aroma, impregnando-me. Senti seus lábios fortes, o gosto da sua saliva, a suavidade da sua língua entrelaçada na minha. Revivi os arrepios que percorriam minha espinha, minhas pernas, minhas partes íntimas... esqueci-me de vivenciar o presente.

Não sei em que ponto adormeci em meio aos delírios em que me encontrava, mas lembro-me de acordar e perceber que eu estava ainda com as mesmas roupas, jogada na cama em posição desconfortável para o meu pescoço. Olhei pela janela do quarto; ainda estava escuro lá fora. Levantei-me, fui em busca da minha bolsa, para encontrar meu celular, onde cheguei as horas: três e meia da manhã. Ainda num estado de semi-adormecimento, levantei e coloquei um pijama. Guardei minhas coisas que estavam largadas no chão e deitei-me novamente.

Estava agora mais desperta, porém. Decidi ficar mexendo no celular até pegar no sono novamente. Mas, surpresa! Deparei-me com um e-mail de Dark Angel. Pensei mais uma vez na noite com John e concluí que o fato de ter estas duas pessoas na minha vida — um espectro artístico no mundo virtual e um palpável voluptuoso no mundo real — me enchiam de contentamento. Abri a mensagem do meu amigo online.

"Black Rose,

Pensei muito em você hoje. É engraçado como alguém que não conheço consegue me tocar de maneira tão intensa. Toda a arte que geralmente ignoramos em nosso dia a dia (logos em canecas, desenhos em cartões de aniversário, designs *de sites de trabalho...) passou a ser tão evidente para mim depois que começamos a conversar.*

Espero que você não pense que sou um louco por estar compartilhando esses pensamentos contigo. Sou uma pessoa bem comum e entediante na verdade. E, pra ser bem honesto, não sou nada ligado em tecnologia que não tenha a ver com trabalho. Enfim, estou dizendo tudo isso para que você não pense que eu sou um doido assustador que passa o dia todo vivendo uma vida virtual. Só quero que continuemos nossa amizade cibernética.

E, por favor, não deixe de postar seus desenhos.
Dark Angel"

Não bastassem as esmagadoras emoções daquela noite, ainda muito frescas em minha memória, agora eu vivia também a euforia de ter meu ego agraciado por aquele estranho que já fazia parte da minha vida. Explosões dentro de mim. Nunca antes havia pensado que teria qualquer impacto em outra pessoa, muito menos com relação à arte. Muito menos por ter postado rabiscos despretensiosos na internet. Respondi-o prontamente:

"Dark Angel,

Fiquei muito feliz em ler seu e-mail! Jamais tive a pretensão de alcançar quem quer que fosse ao expor meus desenhos online. Na verdade, não sei bem por que decidi fazê-lo, mas valeu a pena só pelo fato de acabar conhecendo você. Eu, mesmo produzindo arte às vezes, deixo passar todas essas coisas que você citou. Acho que somos feitos para não prestar atenção àquilo que não faz parte da vida prática.

Com relação a achar que você seja um doido, nunca pensei isso, nem por um momento. Talvez eu devesse, e talvez o fato de que eu não tenha desconfiado de você faça com que eu seja a doida da história. Mas apenas caminho seguindo meus instintos e eles me dizem que você, assim como eu, é apenas um ser humano 'comum', seja lá o que isso signifique.

Um beijo,
Black Rose"

Depois de tocar no botão de enviar, deixei o celular de lado, fechei meus olhos. Achei que fosse demorar a adormecer de novo, mas o sono logo abrigou-me em seus braços acolhedores. No resto da noite, fui tomada por sonhos coloridos e absurdos, que desapareceriam da memória assim que eu despertasse para a consciência. O cerne do ilógico, porém, ficaria vagando em minha cabeça, como deve ser.

❯❯❯❯ ❮❮❮❮

Meu amanhecer foi tranquilo, apesar das poucas horas de sono, da embriaguez e do arrebatamento da noite anterior. Sentia-me energizada, como se algo dentro de mim tivesse despertado depois de muito tempo de hibernação, dormência. E segui, naquele dia, meus rituais matinais de todos os outros dias, como se aquele em especial não estivesse acolhendo a mudança de dentro: tomei banho, escolhi a roupa para a faculdade (dessa vez, confesso com certo embaraço, com um pouco mais de cuidado do que no resto dos dias), tomei café da manhã etc etc etc.

A caminhada para o metrô, naquele dia, foi um pouco mais pausada. Procurei observar o que de arte havia em meu caminho, inspirando-me nas experiências de Dark Angel. Diferente de São Paulo, não havia grafites nos muros de todos os lugares da cidade. Alguns pontos específicos, como o Brooklyn, possuíam arte nas paredes, mas a prática não fazia parte da cultura de Nova Iorque. Entretanto, quando seus olhos buscam por aquele algo específico, os achados se tornam relativamente fáceis. Por exemplo, uma placa feita de lousa na frente de um café. Os especiais do dia escritos com giz branco, além dos pedidos mais clássicos e seus preços. Acima de tudo, a palavra *"Cafe"*, com giz verde e uma fonte caligráfica, se destacava e, ao lado do pequeno menu, uma xícara marrom desenhada. Não existia ali uma habilidade artística excepcional, mas havia sim um certo afeto, via-se. E aquela visão da simples placa numa cafeteria qualquer me fez sorrir.

Além daquela descoberta, outros pequenos resquícios de arte: adesivos em vitrines, letreiros de lojas, estampas nas roupas das pessoas que passavam por mim... quanto havia de beleza nas trivialidades da vida cotidiana! Continuei observando, encontrando encantos e formosuras, proporções, simetrias, harmonias... por todo o trajeto até a universidade. Apenas quando lá cheguei, recordei-me de que encontraria John na aula. O pensamento me fez desassossegar.

Antes de entrar no prédio onde seria a aula daquele dia, sentei-me num banco por um momento, ponderando, refletindo. John era um cara tímido e retraído, e mal falava com ninguém. Na noite anterior, por pouco não havíamos dormido juntos e hoje, curado do efeito das tantas cervejas que tomara, talvez estivesse mais consciente de que havia trocado beijos e carícias com uma pessoa que teria que ver quase todos os dias pelos próximos dois anos. Não que eu esperasse nada dele em particular — ou esperava? —, mas os homens, eles têm essa tendência a achar que as expectativas das mulheres são sempre demais para eles. E mania de achar que sabem o que nós queremos, claro. Ainda mais os americanos, com suas sombras de retraimento, falsas puritanas. Não queria que ele se sentisse desconfortável ou que achasse que precisava agir de alguma forma específica comigo. Mas, no fim das contas, concluí o óbvio: que eu nada podia fazer para controlar os pensamentos ou sentimentos alheios. Suspiro.

Estava prestes a levantar para me dirigir à sala de aula quando senti alguém se aproximando. Era John, claro. Ele parecia ainda mais bonito do que o normal naquele dia, talvez por eu estar em uma jornada de observar a beleza na vida, talvez por minha visão dele envolver agora o cativar que vem dos sentimentos. Vestia sua costumeira jaqueta de couro preta e carregava dois copos grandes de café nas mãos. Não contive um sorriso ao vê-lo, ao que ele retribuiu timidamente. Ao chegar até mim, ofereceu-me um dos copos e sentou-se no banco ao meu lado.

— Obrigada — disse-lhe, pegando o copo de café e tomando um gole.

— Preto com adoçante, certo? — disse ele, enquanto bebericava o seu próprio. Sorri mais uma vez ao responder-lhe:

— Isso mesmo. Você se lembrou.

Não dissemos nada pelos próximos segundos, aproveitando para apreciar as bebidas e o silêncio, que, ao contrário do que eu pensei, não tinha nada de desconfortável. Era, em verdade, o oposto. Aquela quietude com um algo de acolhedor, como se as palavras não fossem mais uma muleta necessária para estarmos na presença um do outro. Aconchego. Uma hora, porém, ele quebrou o silêncio:

— Como você dormiu?

— Bem — respondi — não tive muitas horas de sono, mas não me sinto cansada. E você?

— Pra dizer a verdade, devo ter dormido apenas umas duas horas. Eu precisava acordar muito cedo para resolver umas coisas do trabalho, e isso me deixou ansioso, o que fez com que eu não conseguisse dormir muito. Além disso — ele hesitou por um momento, baixando o olhar antes de continuar — pensei em você a noite toda, o que também me deixou acordado.

Mais uma vez, como se meu rosto tivesse vida própria, não pude conter um sorriso ao ouvir suas palavras. Ele parecia esperar minha resposta com inquietação. Disse-lhe, por fim:

— Eu também pensei em você a noite toda.

Por um momento, senti como se estivesse mentindo, visto que minha noite fora uma explosão de emoções que não só tinham a ver com ele, mas também com Dark Angel. Porém, a sensação logo passou, ouvindo meu lado racional. Afinal, como sequer comparar o intangível amigo virtual com o homem cujo aroma permanecera em meu corpo por todas aquelas horas noturnas?

Ele sorriu ao ouvir minha resposta e, para minha surpresa, aproximou-se de meu rosto e encostou os lábios nos meus num beijo terno. As sensações da noite anterior voltaram de imediato ao meu corpo, mesmo em face de toque tão brando e doce. As batidas do meu coração tornaram-se altas, ressonantes, num ritmo que lembrava as notas mais marcantes de uma música clássica — uma harmonia feroz, crua; mas tão bela quanto chamas inalcançáveis. Arrepios contínuos nas costas e nas pernas, o fogo, ardendo... nos poucos segundos que durou aquele beijo.

Voltamos nossa atenção aos cafés mais uma vez, casualmente, como se eu não estivesse completamente arrebatada. Percebi uma pequena movimentação à nossa volta, me dando conta de que eram os outros alunos que se dirigiam para suas respectivas classes. De repente, a vida voltava ao normal, e o mundo tinha mais habitantes que só nós dois. Pena.

— Acho melhor irmos entrando — eu disse para John, que concordou com um aceno de cabeça enquanto ia se levantando.

Seguimos, assim, sem nada mais dizer, até chegarmos à sala. Ali, quase todos os lugares já estavam ocupados. Sentamo-nos num canto, não muito distantes um do outro, mas não perto a ponto de podermos conversar. Avistei, então, Elena, que estava também um pouco distante, numa cadeira mais à frente da minha. Ela olhava em minha direção e sorriu-me cordialmente. Correspondi-lhe o gesto e, quando ela percebeu que eu havia voltado minha atenção a ela, piscou um olho com malícia. Ri internamente. Ela sabia das coisas, Elena. Provavelmente havia observado que eu chegara ali junto a John. Tirou suas conclusões, claro.

O professor não demorou a chegar e voltamo-nos todos a atenção a ele. A aula estava até interessante, mas nem por isso consegui me concentrar integralmente nas suas palavras. Em minha cabeça, todos os acontecimentos recentes, desde o encontro intenso com John, as mensagens de Dark Angel, até

85

o inocente beijo recebido poucos minutos atrás, circulavam com intensidade num plano de fundo de pensamentos. Eu queria — não, precisava —, de alguma forma, dar algum uso àquelas emoções todas. Senão, acabaria flertando com a loucura; já estava, na verdade. Abri um caderno, então, e comecei a rascunhar com um lápis de escrever. Não sabia o que sairia dali, mas o ímpeto de me expressar foi tomando forma rapidamente naquela página de papel, fluindo, fluindo...

Meus rabiscos, por fim, representavam uma mulher qualquer deitada nas areias de uma praia qualquer, nua, exibindo um sorriso brando. O mar, ao fundo, mostrava seu lado indomável, com ondas enfurecidas que se quebravam ao chegar à costa. De cada um dos lados da mulher, via-se ao longe duas silhuetas de homens que caminhavam em sua direção. Olhei aquele rascunho e senti vontade de fazer dele um quadro. Faltavam cores, algo além dos sombreados que me limitavam os materiais que eu tinha à mão naquele momento. Decidi, então: depois do trabalho, procuraria uma loja de materiais de arte. Aquela decisão tocou meu coração — com tal intensidade que mal pude conter a mim mesma. Explosão interna — implosão.

No resto das aulas, tranquilidade. Depois do desenhar, expressar, contentar, consegui me concentrar e os pensamentos que, de quando em quando, vinham-me à mente, não eram mais acompanhados pelas violentas sensações de descontrole. Em certos momentos, partículas de tempo quase imperceptíveis, John virava-se em minha direção — rápidos sorrisos. Fora isso, ele continuava o mesmo de sempre, quieto, o rosto enterrado em livros pela maior parte do tempo.

No fim do período, ele se aproximou de mim enquanto eu guardava minhas coisas na bolsa para ir embora.

— Hey, Clara — disse ele, e meu nome soou como algo de mágico ao sair de seus lábios. Pronunciara-o com o sotaque de sempre, mas, desta vez, de maneira vagarosa e suave, quase como uma canção.

— Hey — respondi, interrompendo o que estava fazendo e voltando-me a ele.

— Estou super ocupado com o trabalho hoje e pelo resto da semana, na verdade. Mas queria saber se você quer fazer alguma coisa esse final de semana.

Seu jeito de falar continha, como sempre, certa apreensão. Era fofo o jeito que ele não sabia, mas o fato de que ele estava tentando dizia algo sobre seu interesse por mim — senti certo poder. Mais uma vez, sorri-lhe de maneira a acalmar suas preocupações. E respondi:

— Claro, eu adoraria. Eu trabalho esse sábado, mas saio às sete.

Sua expressão manifestou alívio e, depois, uma súbita inquietação.

— Eu preciso correr agora, mas te vejo depois de amanhã?

— Sim, nos vemos na aula.

Antes de sair apressadamente, beijou-me no rosto suavemente, deixando-me um sorriso bobo na face. Mal percebi que Elena se aproximou tão logo ele nos deixou.

— O que está acontecendo com vocês dois? — indagou a loira, sentando-se numa cadeira ao meu lado e puxando-a para perto.

— Bem... nós saímos ontem à noite.

Ela fez uma exagerada expressão de surpresa, abrindo os olhos o máximo que podia e colocando as mãos em suas bochechas, como se eu tivesse acabado de lhe revelar um segredo de estado. Elena era sempre muito.

— Conte-me tudo!

Tentei, então, direta e neutra, detalhar o acontecimento. Ela sorria abertamente enquanto ouvia meu relato e me senti como uma adolescente de novo, compartilhando histórias do menino que eu gostava com uma amiga no Ensino Médio. Ao terminar, ela parecia extasiada.

— E vocês vão sair de novo essa semana?

— Ao que tudo indica, sim.

Ela bateu palmas de maneira entusiasmada e não pude conter um leve riso de contentamento.

— Você precisa me deixar viver através de você, então, não deixe de me contar todos os detalhes!

— Como assim viver através de mim? — respondi-lhe por entre risos.

— Ah, eu sou casada, né?! Amo minha vida e meu marido, mas nunca mais vou viver um primeiro encontro. Ou primeiro beijo, primeira vez na cama...

— Pode deixar que eu vou te contar tudo.

Ela sorriu em agradecimento e logo depois se despediu. Eu precisava ir também, pois meu expediente logo começaria. Coloquei-me a caminhar para o metrô e, assim como na vinda para a faculdade naquela manhã, continuei a observar a arte ao meu redor. Perguntei-me como algum dia consegui não enxergar aquilo tudo à minha volta, tão evidentemente a beleza saltava agora aos meus olhos. Era incrível como, em um mundo tão caótico como o nosso, as pessoas não esqueciam que as sutilezas de emoções expressas pela arte também importavam.

D entro do metrô, sentada num dos bancos abarrotados de gente, tirei o celular do bolso e chequei meu e-mail. Dark Angel havia me respondido — meu contentamento, já presente, gritante, quase dolorido, aumentou uma vez mais, atingindo níveis que jamais pensei serem possíveis numa rebentação de ondas que quase afogam, apenas quase. Eis o que dizia sua mensagem:

"Black Rose,
Uau, você me escreveu no meio da noite! Insônia?
Não importa, fico feliz que tenha usado esse tempo para me mandar esta mensagem.

Fico feliz também que você não desconfie de mim. Eu também não tenho nenhuma incerteza a seu respeito, mas, claro, possuo o privilégio de ter te conhecido por meio de sua arte, o que facilita bastante esse processo.

De fato, acho que o mundo em que vivemos é feito de modo a não apreciarmos essas pequenas grandes preciosidades da vida. É pena. Mas acredito que ainda podemos mudar isso, a começar por nós mesmos. Por isso, me propus a observar a arte onde quer que eu esteja, ao menos uma vez ao dia.

Agradeço uma vez mais por você ter despertado essas percepções em mim. Espero que o que te mantém acordada à noite seja uma coisa boa e, se não for, desejo que você seja capaz de transformá-la com seu dom admirável.

Um beijo,
Dark Angel"

Terminei de ler o e-mail e veio um afago no coração, como que acalmando o vendaval de tantas coisas dentro. Decidi respondê-lo de imediato e pus-me a digitar, mesmo desajeitada, segurando minha bolsa no colo, e rodeada de gente. Aqueles assentos do metrô de Nova Iorque ficavam encostados nas paredes do trem, e todo mundo se encostava e acotovelava com gentes à sua direita e esquerda e à sua frente nos horários de pico, do *rush*. Mas não tinha problema.

"Dark Angel,
Obrigada pela preocupação, mas eu não estava insone. Cheguei em casa tarde ontem à noite, por isso estava acordada de madrugada.

Por falar em arte, eu fiz um rascunho hoje que pretendo transformar num quadro. Estou bastante empolgada para voltar a pintar! Vou postar uma foto quando a tela estiver terminada.

Queria também agradecer-lhe por ter me contado sobre suas observações e em como você descobriu uma arte 'escondida' nas coisas do dia a dia. Come-

cei a fazer o mesmo e tentar enxergar a arte ao meu redor, e isso mudou completamente o meu dia.

Estou feliz de reencontrar a centelha artística dentro de mim e também de ter alguém com quem compartilhar o que produzo com ela. Obrigada mais uma vez por apreciar meu trabalho.

Um beijo,
Black Rose"

Depois de enviar a mensagem, me dei conta, de novo, do quão entusiasmada eu estava para começar a transformar aquele meu rabisco em pintura. Havia uma loja de arte e artesanato perto do trabalho e eu planejava passar por ali depois do meu turno. No dia seguinte, eu não teria aula e decidi-me a começar a pintar então. Tristemente, não conseguia lembrar qual havia sido a última vez que o havia feito. Provavelmente quando estava na escola ainda, para algum trabalho das aulas de Educação Artística. O pensamento assombrou-me um pouco: como era fácil, afinal, deixar de lado paixões que deveriam ser o pulsar.

Meu trem chegou na estação, encaminhei-me para a lanchonete. Não havia muitos clientes naquele dia, então, passei boa parte do meu tempo limpando. Eu gostava mais quando não tinha que lidar com pessoas no trabalho. Aproveitei o tempo da tarefa monótona para mergulhar em fantasias que tanto povoavam meus pensamentos ultimamente. Nos meus devaneios, separavam-se muito claramente, como sempre, John de Dark Angel. Era engraçado como minha mente não conseguia conceber um mundo em que eles podiam coexistir. Isso me fez refletir. Percebi, por exemplo, que eu não havia mencionado a John que gostava de desenhar e pintar. Sequer falávamos de arte, na verdade. Era como se eu fosse duas pessoas ao mesmo tempo, e elas fossem tão diferentes que vivessem em universos distintos. Mas as duas, em realidade, habitavam em mim. Paradoxos, em conclusão.

Minha cabeça vagava por entre reflexões e fantasias enquanto eu limpava a cafeteira quando meu chefe me chamou — despertei para a realidade daí. Coloquei os utensílios de limpeza de lado, fui até ele, que pediu que o acompanhasse até seu escritório. Fiquei me perguntando o que ele teria para falar comigo em sua sala. Se ele precisava chamar minha atenção por alguma coisa, não hesitava em fazê-lo na frente de todos.

Entramos, fechei a porta atrás de mim. Ele apontou para a cadeira na frente de sua mesa:

— Por favor, sente-se.

Acomodei-me desajeitadamente enquanto ele próprio sentava-se em seu lugar e dava uma olhada rápida em alguns papéis que estavam espalhados pela mesa.

— Clara, você é uma ótima funcionária — começou ele e, como em todas as vezes em que falava, eu tinha que me esforçar muito para compreender suas palavras devido ao forte sotaque.

Acenei com a cabeça em agradecimento à afirmação. Aguardei ele continuar.

— Mas você trabalha aqui sem papéis — ele fez uma pausa longa, como que para se certificar de que eu o havia compreendido. Eu sabia do que ele estava falando, claro. Meu visto naquele país era de estudante e, tecnicamente, eu era proibida de trabalhar enquanto fazia a pós. Desse modo, todos os trabalhos que eu tivera até então, incluindo o de garçonete, eram informais. Mais uma vez, fiz um gesto com a cabeça para certificá-lo de que eu estava entendendo.

— Eu não posso mais ter funcionários sem papéis. Vou tirar a cidadania americana. É muito perigoso não estar de acordo com a lei.

Fiquei um pouco chocada por alguns segundos. Com incredulidade, perguntei:

— Você está me demitindo?

Ele assentiu com pesar.

— Sinto muito, Clara. Você pode terminar seu turno e depois pegar o pagamento.

94

Fiquei ali. Parada. Sem saber o que fazer em seguida. Era a primeira vez na vida que eu era demitida. Uma coisa esquisita no peito me veio, uma coisa sem nome. Não, não, tinha nome sim: rejeição. Depois dos alguns segundos meio que paralisada, meu chefe tossiu de maneira que dava a entender que o assunto estava encerrado — o que me fez levantar e sair da sala, por fim. Voltei à tarefa de limpar a máquina de café, ainda um pouco incrédula, pensando, pensando... no que se seguiria. Eu precisaria procurar outro emprego. Havia juntado dinheiro por muito tempo no Brasil antes de vir para os Estados Unidos, mas as minhas economias eram basicamente para pagar os custos da pós. Eu precisava trabalhar para pagar o aluguel, as contas de casa, a conta do celular, a comida...

Aquele resto de dia passou como que em câmera lenta, povoado de pensamentos de porquê. Eu fui demitida e, ainda assim, sorri mais do que nunca para os clientes. Limpei as mesas com atenção cirúrgica. Tirei o lixo mesmo não sendo meu dia de fazê-lo. E, em algum momento que não vi chegar, o meu turno terminou. Fui até meu chefe para entregar o uniforme, apanhar meu dinheiro da semana.

Não era muito. Ainda estávamos na quarta-feira, e eu receberia apenas o equivalente àqueles dias. Eu não havia ainda totalmente me acostumado a receber semanalmente, por isso, minhas finanças estavam num pequeno estado de caos. Mas, apesar, agradeci a mim mesma por ter o hábito de sempre guardar um pouco de dinheiro, o que seguraria as pontas por um tempinho. Despedi-me dele e dos meus colegas rapidamente. Desejaram boa sorte, até logo etc, robotizados — sem grandes comoções. A vida seguiria como sempre pra eles: atendendo os clientes, reclamando, limpando, recebendo, voltando pra casa e depois de novo pro trabalho... só sem a menina brasileira, a única sem sotaque hispânico e que fazia todo mundo ter que falar inglês em vez de espanhol, língua nativa de todos os outros funcionários.

Saí da lanchonete ainda com a sensação esquisita, diferente. Estava preocupada, mas, ao mesmo tempo, se fosse sincera comigo mesma, um pouco aliviada. Essa coisa de lidar com gente o tempo inteiro era desgastante. Pessoas são uns bichos difíceis. Além disso, o trabalho exigia muito fisicamente também. Eu estava sempre correndo com os pedidos ou limpando e, ao final do dia, meu corpo estava sempre exausto. Pensando nisso, um pouco emocionada ainda, fiz um balanço rápido na minha cabeça e decidi voltar a trabalhar como babá. O dinheiro não era tão bom, mas eu gostava mais de tratar com crianças do que com adultos. Há a sensação de ser parte tão crucial na formação de uma pessoinha, e todos os ensinamentos e todo amor que eles dão sem se importar com as coisas que gente grande se importa.

Caminhei em direção à casa, meus planos de comprar os materiais de pintura esmaecidos, já que minha fonte de renda acabara de se esvair. Mas, ai de mim sem nada para ansiar de ocupar meu tempo, valia a pena "perder" alguns dólares para ajudar a mim mesma no encarar de tantos e tão fortes sentimentos que me assolavam ultimamente. Perguntei-me se a amplitude de tais sensações teria algo a ver com o fato de eu estar em um país diferente: sem família, sem amigos... e concluí que isso fazia muito sentido. Não era fácil essa coisa de lidar com a vida sozinha, e o peso de ser adulta, cada vez mais palpável, evidenciava-se em mim.

Cheguei à loja, por fim, o coração já cantando ao pensar que eu estaria pintando novamente em breve. Comecei a procurar os utensílios necessários e preencher minha cesta de compras. Aquele lugar era o éden para quem aprecia arte e artesanato. Desde arte em madeira até materiais de confeitaria habitavam as prateleiras quase mágicas — um mundo de possibilidades, arte a ser criada, esperando apenas para nascer. Tive que me controlar para me ater ao básico. Comprei três telas de pintura em tamanho médio, pincéis variados, tintas de diferentes cores e um avental.

Ao chegar em casa, fui direto para o meu quarto, tirei as coisas que ocupavam minha mesa de estudos e coloquei nela meus materiais de pintura. Troquei de roupa — camiseta e bermuda velhas —, coloquei o avental por cima de tudo, apanhei o rascunho que eu havia feito na aula, finalmente sentando para começar o trabalho. Iniciei o processo reproduzindo o desenho na minha tela em branco, adicionando mais detalhes enquanto o fazia. Depois de satisfeita, deixei o lápis preto de lado e abri minhas tintas, as cores prontas para serem parte da obra. Deixei os instintos levarem meu pincel às tonalidades que fariam parte da pintura, sem pensar muito nas combinações que nasciam a cada pincelada. Era certamente muito difícil não racionalizar cada passo que eu dava na vida, mesmo para coisas pequenas, mas, naquele momento, não precisei me esforçar para tal. Eu acho que estava sendo tomada por forças além da minha compreensão. Não me preocupei em como ficaria o produto final; apenas dediquei-me a apreciar o processo.

Não tenho certeza de quanto tempo havia passado enquanto eu pintava, mas finalmente cheguei ao final da jornada. Eu estava sentindo um cansaço gostoso, uma satisfação serena, como ao final de uma sessão de yoga. Ou logo depois de um orgasmo. Ou de uma massagem. Olhei para o meu quadro, por fim. O mar de fundo apresentava um azul límpido misturado a tons esverdeados e podia-se enxergar os movimentos violentos das ondas, que morriam ao chegar na areia clara. A mulher deitada na praia tinha os cabelos negros longos que cobriam-lhe os seios nus e suas partes íntimas estavam escondidas pela posição de suas pernas, uma estendida e a outra semi-dobrada. Os homens que vinham até ela de direções opostas eram apenas silhuetas negras distantes.

Contemplei meu trabalho por muito tempo. Um orgulho inominável. Era uma pintura bela, e eu havia me doado completamente para fazê-la tomar forma. Minha alma sorria com alegria e satisfação, e amei a mim mesma naquele momento, talvez mais do que em qualquer outro, por ser capaz de produzir algo que me havia dado tanto prazer e que eu podia admirar indefinidamente. Assinei meu quadro: C.S., de Clara da Silva. Não era de Black Rose aquele trabalho, embora fosse ela a enviá-lo ao meu Dark Angel — era meu, da Clara. Quis também criar um nome para a pintura. Eu sempre ficava muito frustrada quando os quadros de que eu gostava não tinham título, não sei por quê. Decidi chamá-lo de "Os mundos de uma mulher".

Depois de arrumar a bagunça, deixei o quadro secando na mesa e fui tomar um banho. Havia manchas de tinta em minhas mãos e braços e até um respingo de cor azul no meu rosto. Ao sair do banheiro, uma toalha enrolada na cabeça e outra em volta do corpo, dei com Kat, que havia acabado de chegar do trabalho.

— Oi, garota — cumprimentei-a casualmente e ela sorriu e respondeu enquanto deixava a bolsa no sofá.

— Oi, Clara. Como foi seu dia?

— Bem, eu... fui demitida.

Ela me olhou com um misto de surpresa, preocupação e empatia.

— Poxa, não acredito! Sinto muito! Você está bem?

Sorri-lhe de forma tranquila enquanto respondia:

— Estou sim. Não é como se eu amasse aquele emprego, de qualquer forma. E eu sei que consigo outro logo. Ah, e não se preocupe com o aluguel e as contas, eu tenho uma reserva.

— Não, você não se preocupe com isso, por favor! Pode ficar tranquila e leve o tempo que for necessário para arrumar outro trabalho. Eu posso segurar as pontas enquanto isso.

Comovi-me com sua reação. Talvez nós fossemos mesmo mais amigas do que eu pensava e eu apenas não tivesse me dado conta disso ainda. Cada dia mais eu aprendia que os americanos demonstravam seus sentimentos de maneira completamente diferente dos brasileiros, e essas nuances culturais aos poucos integravam-se a mim.

— Obrigada, Kat, de verdade.

Enquanto eu procurava um pijama para colocar naquela noite, cheia de planos simples — assistir a um filme, tomar uma indulgente taça de vinho talvez —, ouvi o familiar som de notificação vindo do meu celular. Olhei para a tela: novo e-mail de Dark Angel. Sorri empolgada; eu mal podia esperar para mostrar-lhe meu quadro. Abri, então, a mensagem do meu amigo virtual.

"Black Rose,

Enche-me o coração de alegria saber que você decidiu pintar, e o quanto isso parece te fazer feliz. Mal posso esperar para ver sua criação! Tenho certeza que será tão incrível quanto tudo o que vi até hoje da sua arte.

Fico contente que não foi a insônia que te atormentou naquela noite, visto que ela é uma companheira preferível de não se ter. Sofri com essa maldição por boa parte da minha vida e não a desejaria ao meu pior inimigo.

Essa coisa de olhar a arte ao nosso redor é realmente engraçada. Depois que se começa, não dá para ignorar. Hoje, por exemplo, quase não consegui me concentrar em uma reunião, tão envolvido estava com as formas geométricas da gravata ultra colorida de um colega de trabalho. A coisa estava tão gritante para mim que me era impossível desviar a atenção daquilo, embora ninguém mais parecesse notar.

Enfim, preciso colocar meus pés no chão e ater-me à realidade de novo, ao menos quando estou trabalhando. Mas sinto-me muito privilegiado por ter tudo isso acontecendo dentro da minha cabeça, abrindo-me a novas emoções e sensações que só a arte pode proporcionar. Decidi até mesmo visitar uma galeria de arte esse final de semana. Nunca fui antes a um desses lugares, mas, por que não, certo? Depois te contarei tudo sobre essa minha aventura.

Espero que seu dia tenha sido ótimo! Não deixe de postar sua pintura tão logo esteja pronta, ok?
Um beijo,
Dark Angel"

Terminei de ler o e-mail, e recolhi-me numa ideia — fantasiosa, talvez, mas nem por isso menos real. Dei-me conta do quanto havia influenciado aquela vida; que começou a observar a arte a ponto de fazê-lo se interessar em visitar uma galeria. Era um sentimento esquisito, como se ele, assim como meu quadro, fosse também uma "criação" minha. E, por um estranho e perigoso momento, eu quis que ele fosse mais do que um apelido online. Eu quis acompanhá-lo na galeria, admirar as pinturas, falar sobre como os artistas nos dão tantas pistas do que querem expressar com suas obras — pela maneira que pincelam, pelas cores escolhidas, pelos detalhes e materiais e sombreados e tons... Imaginei-me andando por entre as telas com esse homem sem rosto, bebericando vinho tinto, tentando desvendar os segredos da arte.

O pensamento se desfez. Que ganharia em arruinar a magia do que Dark Angel significava para mim? Se ele tivesse, de repente, um nome, uma face e uma história, deixaria de ser o mistério que dava sentido à nossa relação — tão platônica, mas tão real. Afastei as fantasias de minha cabeça e decidi responder ao seu e-mail.

"*Dark Angel,*

Divirta-se muito na galeria! Eu tenho certeza de que será uma experiência incrível para você, dada sua sensibilidade artística. Conte-me tudo sobre isso e me avise se decidir comprar algum quadro. Eu adoraria saber quais atributos uma pintura tem que ter para chamar sua atenção a ponto de querer levá-la para casa.

É, essa coisa de observar a arte no dia a dia pode ser perigosa, principalmente quando é preciso prestar atenção ao trabalho. Eu também me distraio muito com isso (e com meus devaneios sem fim). Espero que seus colegas de trabalho passem a vestir gravatas mais sóbrias, pois acredito que isso já ajudaria bastante. Em todo caso, você deveria usar também alguns apetrechos exageradamente coloridos para se vingar deles.

Eu também já tive insônia uma vez. Não é nada legal, e imagino que passar por isso por tanto tempo seja ainda pior. Eu espero que você não sofra mais desse mal. Quando tive essa fase de não conseguir dormir, a falta de sono afetou a minha vida toda. Eu vivia mal-humorada, não conseguia me concentrar em nada e meu corpo estava sempre cansado.

Com relação ao meu quadro, eu terminei de pintá-lo hoje. Estou esperando a tinta secar para colocá-lo na parede e, então, tirarei uma foto para postar no blog. Se bem que, você sendo a única pessoa que acessa a minha página, acho que seria mais fácil te enviar a foto por e-mail mesmo. Vou pensar sobre o assunto.

Espero que seu dia tenha sido muito bom. O meu teve seus altos e baixos, mas estou feliz por ter completado minha obra.

Um beijo,
Black Rose"

Depois de enviar a mensagem, fiquei ainda no celular, navegando pelas águas das redes sociais. Deparei-me com umas fotos de amigos no Brasil se divertindo em um churrasco. Comovi-me com saudade, essa palavra tão nossa, sem tradução. Pensei na era pré-internet, quando as pessoas eram obrigadas a se comunicar por carta. Não havia rostos, vozes e, se algo acontecia, não se podia ficar sabendo no mesmo instante. Eu vivi essa era na adolescência, mas não conseguia atinar pra como eu fazia as coisas. Sem GPS, sem internet no celular, sem câmera... sem saber. De repente, não havia mais muros entre a vida online e a vida offline. Deliberando sobre isso, descendo minhas todas *time-*

lines, curtindo, curtindo... Dark Angel respondeu ao meu e-mail. Corri para a caixa de entrada.

"Black Rose,

Meu dia foi bom, mas só porque eu o fiz assim. Você sabe, o trabalho, às vezes (na maioria delas) pode ser bem estressante.

Estou muito feliz por você ter acabado seu quadro! Mal posso esperar para vê-lo e, na minha humilde opinião, embora eu me sinta lisonjeado pelo prospecto de receber a foto dessa obra por e-mail, acho que você deveria publicá-lo no blog. Nunca se sabe, não é mesmo? Se eu "caí" na página por acidente, outros poderão também, e eu odiaria privá-los de admirar sua arte.

É, a respeito da insônia, eu sei bem o que você está dizendo sobre afetar toda a sua vida. Eu vivia tão cansado na época que não conseguia me concentrar nas tarefas mínimas do dia a dia, como fazer a lição de casa na fase de ir à escola, ou ler um livro ou as notícias de um jornal. Mas hoje, felizmente, não sou mais acometido por essa nociva enfermidade (se é que posso chamá-la disso).

Adorei a ideia da gravata extravagante. Acho que vou colocar isso em prática amanhã no escritório. Certamente meus colegas desviarão a atenção para mim (e possivelmente me mandarão para o RH a

fim de traçar um perfil psicológico ou algo assim),
já que eu sempre estou muito sóbrio com relação às
minhas roupas de trabalho. Vou dar boas risadas
com as reações das pessoas ao meu redor.

Eu não tinha pensado na possibilidade de adquir-
ir um quadro na galeria, mas agora estou animado
com a perspectiva. Seria a primeira vez que eu
compro arte. Sinto-me como um adulto refinado
agora. Eu deveria começar a dar uns jantares com
degustação de queijo e vinho ouvindo música clás-
sica de fundo para combinar com a sofisticação
recém-adquirida (espero que você seja capaz de
detectar o sarcasmo aqui presente).

Enfim, que seu dia amanhã seja ótimo!
Um beijo,
Dark Angel"

Eu ri enquanto lia seu e-mail, do seu senso de
humor sarcástico, um pouco como o meu. Percebi
que, aos poucos, as camadas de sua personalidade
iam se fazendo presentes nas nossas conversas e,
provavelmente, as minhas também. Era muito bom
ter alguém com quem falar, mesmo que eu não
pudesse me abrir totalmente com ele. Ia responder
ao seu e-mail, mas fui interrompida por Kat, que
bateu na porta do meu quarto e perguntou se poderia entrar.

— Claro, a porta está aberta.

Minha colega abriu-a então e pediu que eu fechasse o zíper do seu vestido. Ela estava estonteante. Os cabelos loiros haviam sido cacheados com um modelador e uma maquiagem leve realçava seus traços mais bonitos. Seus grandes olhos azuis saltavam à vista. O vestido vermelho justo acentuava seus quadris e as botas pretas, com um salto gigantesco, completavam a aura de fascínio. Depois de ajudá-la com o zíper, ela se voltou para mim, colocando as mãos na cintura, e perguntou:

— E então, o que você acha? Muito exagerado? Acho que sim, né? Será que eu coloco o vestido azul em vez desse? Ou então mudo o sapato?

Via-se que Kat estava nervosa, coisa nova para mim, que nunca tinha a visto assim, principalmente antes de um encontro. Tentei transmitir-lhe alguma calma com o olhar, sorri e respondi:

— Você está linda. Não precisa mudar nada na minha opinião.

Ela sorriu de volta e agradeceu com um gesto de cabeça. Depois sua expressão voltou a demonstrar apreensão.

— O que está acontecendo? — perguntei — Por que está tão nervosa? Já faz tanto tempo que você e o Jordan estão saindo.

Ela, então, sentou-se na ponta da minha cama e, depois de respirar fundo, explicou-me:

— Eu acho que ele vai me pedir em casamento.

Fiquei em choque por alguns segundos, pensando na relação dos dois. Eles já estavam juntos quando eu me mudei para o apartamento e, de acordo com a minha colega, haviam começado a sair quase um ano antes disso. Entretanto, não se definiam como um casal de namorados; eu inclusive presenciei Kat indo a encontros com outros caras nesse meio tempo. O fato de ela achar que ele a pediria em casamento era algo que eu não conseguia conceber.

— Como assim? Por que você acha isso?

— Bem, nestas últimas semanas, ele anda especialmente romântico, querendo me ver o tempo inteiro e falando sobre como sou importante na vida dele. E aí marcou esse encontro hoje, nesse restaurante mega chique, e disse que tinha novidades. Ele disse que era algo sério.

Precisei de mais alguns segundos para processar. Eu o havia visto poucas vezes, nunca nem havíamos conversado de fato. Mas, pelo que eu via, e pelo que Kat me contava, Jordan parecia ser a definição de um homem imaturo, daqueles que jamais se comprometeriam com alguém de forma tão séria; garotos serão garotos, como diz o ditado americano; homem é assim mesmo; etc etc. Eles não haviam sequer assumido um namoro, sendo que ele mesmo concordou que não queria estar ligado a uma pessoa daquela maneira. E Kat estava completamente de acordo com isso.

— Será que ele não vai só falar sobre transformar a relação de vocês em um namoro? — sugeri.

— Não, nós falamos disso há alguns dias. Eu fiz uma brincadeira sobre colocar um rótulo no nosso relacionamento e a resposta dele foi: "Se for pra fazermos isso, eu definitivamente colocaria um anel no seu dedo em vez de apenas trocar o status pra 'namorando' nas redes sociais".

— Uau... e o que você vai dizer se ele te pedir para se casarem?

Ela hesitou por alguns segundos, passou a mão nervosamente por uma mecha de cabelo.

— Eu... bem, eu vou ter que dizer não. Não posso casar com o Jordan, isso é loucura! Eu sou muito jovem de qualquer forma e, se fosse para me casar agora, não seria com ele. Quer dizer, não que eu não goste dele dessa maneira, mas... você consegue imaginá-lo como um marido?

Fiz um "não" com a cabeça.

— Exatamente! Isso é tudo muito doido! E o pior é que, depois desta noite, vamos ter que parar de sair. Não dá pra voltar ao normal depois de dizer não a uma proposta de casamento. E eu não queria terminar com ele. Eu... sabe, eu gosto dele.

Sem pensar muito, abracei-a. Não havia o que dizer — só uma tentativa de confortá-la parecia caber ali. Ela não teve reação no início e acredito que tenha ficado surpresa com meu gesto, mas depois retribuiu o abraço e assim ficamos por uns bons instantes. Depois me afastei e disse-lhe:

— Sinto muito que você esteja passando por isso, mas... talvez seja uma boa coisa que vocês terminem. Talvez desse jeito você consiga focar em si mesma e, quem sabe, depois de um tempo, ser capaz de se entregar inteiramente a uma relação. Eu não acho que isso acontecerá enquanto você tiver o Jordan à sua volta.

Ela sorriu com os lábios, embora seus olhos estivessem ainda tristes.

— É, você provavelmente tem razão. Bem, eu vou indo. Quando voltar, se você estiver acordada, eu te conto como foi.

Acenei com a cabeça e Kat desapareceu pela porta, fechando-a atrás de si. Pensei no que ela estava vivendo — eu definitivamente preferia estar solteira, sim. Repetia isso para mim mesma de novo e de novo. Imaginei, porém, se esse status ficaria assim por muito tempo, já que eu estava saindo com o John agora. Visualizei-o: seus traços, seu toque, as

111

nossas conversas. Já estava sentindo algo parecido com... saudade?... embora o tenha visto ainda no dia anterior. E também, eu já mal podia esperar para vê-lo na manhã seguinte, na aula.

Meus pensamentos voltaram-se, então, mais uma vez, para Kat. Seu aniversário estava chegando. Torci para que essa história com Jordan não arruinasse o seu dia. Eu ainda não fazia a menor ideia do que lhe dar de presente. Comprar para alguém que não se conhece não deixa muito espaço para criatividade. Tanto fazia. Uma bolsa, um perfume... algo neutro, para isentar-me, mas, ao mesmo tempo, mostrar que me importo. Também não poderia ser algo caro — mas, pensando bem, eu estava no país do consumismo, e certas muitas coisas eram ridiculamente baratas.

Minha mente era um infinito de pensamentos por vezes. Voava aqui e acolá.

Pensei, então, em seguida: que precisava, o quanto antes, começar a procurar um novo emprego. Assim que cheguei aos Estados Unidos, eu havia me cadastrado em um site que oferecia serviços de babá para famílias, onde consegui meu primeiro trabalho naquele país. Depois, uma amiga de Kat indicou-me o de garçonete que eu havia acabado de perder.

Liguei meu computador e acessei o tal site, reativando meu cadastro. Passei alguns minutos olhando as ofertas de vagas de trabalho. Nada mais deprimente que o deparar-se com as baixezas do capitalismo, mas candidatei-me a algumas; não havia remédio. Depois, decidi relaxar um pouco. Senti um senso de merecimento no confortar-me. Havia sido um longo dia.

Desliguei o computador então, fui até a mesa onde minha tela descansava e admirei o meu trabalho uma vez mais. Ainda não havia secado completamente — mas a excitante ansiedade me disse que já dava pra pendurá-lo. Não havia pregos por ali, mas um tipo de gancho que podia-se "colar" na parede sem estragá-la. Meu quarto estava cheio deles, alguns ocupados com fotos da minha vida no Brasil, outros segurando cachecóis e toucas e outros, ainda, vazios. Escolhi um bem acima da minha cama e ali pendurei o meu quadro. Gostei de como ele compunha o resto da decoração. Tinha algo de harmonioso sem ser simétrico, não sei. Com a câmera do meu celular, tirei algumas fotos. Decidi que publicaria a imagem no meu blog mesmo. Nunca se sabe. Foi o que me disse Dark Angel. Aliás, eu ainda não havia respondido seu último e-mail. Deitei na minha cama, voltei à minha caixa de entrada para escrever-lhe.

"Dark Angel,

Realmente, o trabalho pode ser bem estressante. Alguns, mais do que outros, claro. Apesar de que não tenho que me preocupar com isso por agora — eu fui demitida hoje. Mas está tudo bem, não era o emprego da minha vida nem nada do tipo.

Decidi publicar a foto do meu quadro no blog mesmo. Aliás, pretendo fazê-lo tão logo eu termine de escrever este e-mail. Obrigada por me encorajar a isso. Sabe, você fala que eu te inspirei a olhar a arte ao seu redor e tudo mais, mas você me inspirou a não parar de criar. Acontece sempre a mesma coisa comigo: eu tenho um fluxo de inspiração colossal e produzo e produzo até que, de repente, eu paro e não volto a fazer nada de produtivo por anos a fio. Mas não desta vez.

Fico feliz que a insônia não esteja mais em sua vida. São tantas essas enfermidades (acho que podemos, sim, chamá-las disso) que acometem o mundo moderno que é difícil não se encontrar vítima de pelo menos uma delas. Como você conseguiu vencer a falta de sono? Eu tive que recorrer a remédios por algum tempo, mas depois não precisei mais deles. É muito louco, aliás, como uma pequena pílula de três gramas é capaz de dar uma solução a

114

problemas que, muitas vezes, têm origem em eventos externos, experiências, sentimentos...

Acho que seria muito bom você, que se veste de maneira tão séria, adicionar um pouco de cor ao dia a dia, mesmo que isso faça com que as pessoas ao seu redor o vejam como um doido. Pode ser até que você inspire alguém. Vai saber o que há nas vidas de cada um dos seus colegas de trabalho, não é mesmo? Quem sabe você não começa uma revolução no escritório?

Adorei a ideia da degustação de queijos e vinhos. Isso definitivamente te deixa mais perto de conseguir a carteirinha de adulto refinado. É claro que só nos dão a definitiva depois de jogar muito golf, comprar um barco e erguer uma cerca branca ao redor da casa, mas você já está dando um passo nesse caminho.

Espero que seu dia seja incrível amanhã também!
Um beijo,
Black Rose"

Depois de enviar o e-mail, entrei na página do meu blog. Fiquei um tempão tentando selecionar a melhor foto para publicar, como se aquele espaço virtual mal visitado fosse de suma importância — para quê? —; finalmente escolhi uma delas, onde a luz me parecia melhor. A legenda: "Os mundos de uma mulher — óleo em tela".

⟫⟫⟫ ⟪⟪⟪

Não sei em que momento adormeci, mas acordei com o celular ao meu lado, a tela preta refletindo meus olhos sonolentos e ainda confusos, com o lapso de memória que acontece no despertar. Como primeiro instinto de toda manhã, alcancei-o, só para constatar que eu estava atrasada para a faculdade. Levantei-me correndo, vesti as primeiras roupas que vi pela frente, escovei os dentes, peguei minha bolsa, saí em disparada pela porta. Uma onda de adrenalina na rotina habitualmente pacífica.

Apressei-me até o metrô. Sentada no banco, pude finalmente respirar um pouco. Olhei o celular de novo, o tal do hábito, e vi que Dark Angel havia me respondido, mas decidi ler seu e-mail depois da aula, quando estivesse mais tranquila. A verdade é que eu não queria estar com uma memória dele tão fresca naquele momento, já que encontraria John logo mais.

O metrô, naquele dia, estava mais lento do que de costume e, ao chegar finalmente à universidade, a primeira aula já havia começado. Quando abri a porta discretamente, o professor estava apontando para uns slides enquanto falava e não me viu entrar. Olhei ao redor rapidamente e vi John de costas, sua jaqueta de couro pendurada no encosto da cadeira, como sempre. Para minha sorte, havia um lugar vazio ao lado dele e ali me sentei. Ele se virou para o meu lado e sorriu ao me ver. Retribui-lhe o sorriso. Murmurou, quase inaudivelmente:

— Você está atrasada.

E, enquanto falava, colocou um copo de café na minha mesa. Eu não havia notado que havia duas bebidas na mesa dele. Sussurrei:

— Eu dormi demais. Muito obrigada pelo café! Eu não tive tempo de comer nada antes de sair de casa.

Beberiquei-o, aproveitando a satisfação indescritível. Tudo o que eu precisava pela manhã era cafeína. Nem sei se a coisa me dava mesmo energia ou se era só mais um hábito que acreditamos fazer alguma coisa dentro de nós — pouco importa, em verdade.

Depois que a aula terminou, eu ainda anotava algumas coisas no meu caderno quando senti a mão de John segurando suavemente meu braço. Voltei-me para ele. Sorri. Era fácil sorrir. Ele disse:

— Não vejo a hora de chegar o final de semana!

Deixei minha caneta de lado e respondi-lhe:

— Eu também não!

— Eu ia te dizer que estou livre basicamente o final de semana inteiro. Podemos sair no sábado à noite e, no domingo, quem sabe almoçar juntos. Se você estiver disponível, claro.

— Por mim está ótimo. E, quanto a estar disponível, recentemente minha agenda ficou extremamente vazia.

Ele me olhou intrigado.

— Como assim?

— Bem, eu... fui demitida ontem.

John segurou ambas as minhas mãos e olhou-me diretamente nos olhos com compadecimento.

— Sinto muito, Clara. Você está bem?

— Estou sim. Era um emprego de garçonete; não é como se fosse meu trabalho dos sonhos. E já estou procurando por outras coisas, de qualquer forma.

— Bem, se você precisar de alguma coisa, me avise, ok?

— Obrigada, John.

Depois disso, ficamos ali parados, as mãos ainda unidas e os olhares ainda conectados, por um bom tempo. Aquelas coisas que eu sentia toda vez que estava em sua presença voltaram com força total naquele momento. Eu estava também emocionada com sua disposição em me ajudar. Em quê, não sei; não tinha importância. Eu não era capaz de distinguir se eram meras sensações físicas ou se tratava-se de algo além. Só sei que eu tinha que fazer um esforço descomunal para controlar o impulso de me jogar para cima dele com agressividade, beijá-lo, agarrá-lo ali mesmo na sala de aula, não deixá-lo ir embora de mim nunca mais.

— Eu preciso ir ao banheiro antes da próxima aula — John quebrou o silêncio, acordando-me para a realidade.

— Ah, sim, eu... eu também vou.

Deixamos a sala, então, e fomos cada um para o seu lado. Os banheiros masculinos ficavam um andar acima do nosso, enquanto os femininos estavam naquele mesmo corredor. Cheguei ali, lavei o rosto, respirei fundo. Toda vez que eu interagia com John, era a mesma coisa. Há tempos eu não conhecia alguém que me fizesse sentir tão freneticamente voluptuosa. Uma vez mais, joguei um pouco de água na cara e, enquanto a enxugava, uma moça entrou no banheiro. Eu a tinha visto pelos corredores algumas vezes. Ela pareceu ansiosa ao me ver. Acenei com a cabeça, sorrindo cordialmente, e ela sorriu de volta.

Voltei a atenção à minha imagem refletida no espelho. Minhas bochechas estavam rosadas e meus olhos, ansiosos. Abri a bolsa que havia levado comigo para ver se tinha alguma maquiagem ali, com o intuito ingênuo de disfarçar minha lascívia tão evidente, mas encontrei apenas uma base em pó que estava praticamente no fim. Esfreguei com força a esponja que vinha junto à embalagem no produto, mas ela pegou apenas uns poucos resquícios do pó. Apliquei-a no meu rosto de qualquer forma. Não houve lá muita diferença.

— Você quer a minha?

Virei-me para o lado e percebi que a moça estava me observando e oferecia-me sua bolsa de maquiagem. Ela continuou:

— Nossa pele tem um tom parecido. Eu tenho uma base líquida, pó compacto e corretivo, o que você quiser usar.

Peguei a nécessaire de sua mão, sorri aliviada, uma sensação de ter sido salva.

— Muito obrigada! Eu saí correndo de casa hoje e não tive tempo de me maquiar nem nada, e tem esse cara na minha aula... bem, ele me deixa um pouco... inquieta... e eu só queria que ele não notasse que meu rosto está tão corado.

— Eu entendo completamente.

— Ah, meu nome é Clara — estendi minha mão, que ela apertou firmemente.

— Prazer. Eu sou... meu nome é Alex.

— Muito prazer.

Dei uma olhada nos produtos que ela tinha e decidi passar um pouco de base e selar a pele com o pó, só para tirar a vermelhidão da minha face. Enquanto eu fazia isso, ela retocava seu batom nude.

— Eu estou no curso de Escrita Criativa — Alex começou a dizer casualmente —. E você?

— Sou dos Recursos Humanos.

— Legal.

— Não muito, na verdade. Mas Escrita Criativa... deve ser incrível!

— É, eu gosto bastante. Escrevo desde pequena. Não que isso seja uma ideia de carreira muito lucrativa, mas eu não queria gastar tanto tempo e dinheiro com algo que não me fizesse feliz, entende?

— Entendo — eu entendia, claro —. É preciso coragem para pensar assim num mundo como o nosso. Coragem essa que eu não tenho.

— Você não gosta do seu curso?

— Gosto, gosto sim. Mas não amo.

Ela assentiu com a cabeça e passou a ajeitar o cabelo. Naquele momento, vimos pelo espelho que uma mulher estava entrando no banheiro. Ela ainda segurava a porta com uma mão quando deu uma olhada em nossa direção e voltou-se novamente para a saída, fechando a porta atrás de si. Franzi o cenho intrigada e olhei para Alex em questionamento, que não parecia surpresa.

— Ahn... o que foi aquilo? — indaguei, mais para mim mesma. Porém, ela respondeu à minha interrogação.

— Ela não queria dividir o banheiro comigo.

Naquele momento, eu já havia terminado com a maquiagem e devolvia-lhe sua nécessaire. Ainda confusa, perguntei:

— Por que não?

Alex sorriu um sorriso estranho, um misto de tristeza e ironia em sua expressão.

— Eu sou uma mulher trans.

— Ah. Sinto muito que as pessoas te tratem assim. Eu queria que a humanidade fosse mais... humana.

Ela sorriu, dessa vez de maneira autêntica, e respondeu:

— Não foi nada. Essas coisas acontecem, eu mal percebo mais depois de tanto tempo.

— Obrigada mais uma vez pela maquiagem, você salvou meu dia. Preciso ir, a próxima aula está prestes a começar.

— É, eu também. Te vejo por aí?

— Sim, nos vemos.

Caminhei de volta para a sala de aula, pensando no olhar da garota que não quis entrar no mesmo banheiro em que Alex estava — de repulsa, náusea. Meu cérebro não computava direito tal reação, embora esta fosse, além de comum, em verdade, esperada. E doía-me pensar que aquilo nada era comparado às tantas outras coisas que ela devia passar na vida — um nó na garganta, incômodo e culpa por trazer a dor pra mim, no alto do meu privilégio. E tudo simplesmente por ser. Mas certas existências eram, se não invisíveis, intoleráveis.

⇝⇝ ⇜⇜

O resto das aulas correu com familiar monotonia. No fim do período, John se despediu com um rápido beijo no rosto e saiu correndo para o trabalho, deixando-me ali, me corroendo com a frustração. Acho que era até pior receber esses pequenos e apressados gestos do que não ter contato nenhum com ele. O aroma que seu afeto me deixava e os fragmentos do sabor de seus lábios só me faziam desesperar por ele ainda mais, dando-me a sensação de que meu corpo estava sempre doente e que ele era a cura que escapava das minhas mãos.

Mas respirei fundo, tentando pensar em outras coisas, e finalmente fui embora. No metrô, resolvi ler a resposta de Dark Angel ao meu e-mail.

"Black Rose,
Sinto muito que você tenha perdido o seu emprego. Mas fico feliz que você esteja bem. Se não era

o trabalho dos sonhos, quem sabe isso não foi um abrir de portas para encontrar algo que você realmente ama? Algo relacionado à arte, quem sabe?

Falando em arte, eu vi a foto do seu quadro no blog. Estonteante! Fiquei literalmente sem palavras enquanto admirava a sua bela obra. A maneira com que você trabalha com os detalhes dá a impressão de que o que se vê é uma foto, dado o elemento realista da pintura, mas, ao mesmo tempo, é possível detectar a irrealidade ali, como se a verdade fosse muito mais além do que é o mundo real. A sua verdade, eu digo. Enfim, não sei bem se dá para entender lá muito do que eu estou dizendo, mas o ponto é que eu gostei demais do seu trabalho e acho que ele pertence a uma galeria ou a um museu.

Estou lisonjeado em saber que eu te dei uma força para continuar produzindo, mas não se esqueça de que não foi muito mais do que isso: apenas um empurrãozinho. Você é quem detém o talento e a inspiração. Espero que você nunca deixe de criar. O mundo precisa de artistas.

A respeito da insônia, eu tive que recorrer a medicamentos também, por muito tempo. Mas depois fui deixando-os aos poucos até que não precisei mais deles. Hoje em dia um copo de leite quente e um filme chato já são o suficiente para me fazer pegar no sono.

Não acho que começarei uma revolução no meu trabalho usando roupas mais coloridas, mas, pra dizer a verdade, estou pensando nisso com seriedade. Com tantas cores nesse mundo, tantas estampas, por que me apegar apenas ao preto, marrom, azul marinho, certo? Talvez eu faça algumas comprinhas esse final de semana. Quem sabe depois da minha visita à galeria? Com certeza estarei inspirado.

Acho que não quero ser um adulto refinado, então. Você sabe quanto trabalho dá pintar uma cerca de branco? Não, obrigado.

Um beijo,
Dark Angel"

Como sempre, sua mensagem apaziguou aquela qualquer coisa que me agoniava. Consegui tirar John da cabeça e preenchê-la só com os sabores de sua apreciação por meu quadro — o que alegrou-me a alma de tal forma que eu não conseguia parar de sorrir. Tenho certeza que as pessoas ao meu redor naquele vagão do metrô pensavam que eu era louca. Ninguém sorri sozinho no meio do dia na cidade de Nova Iorque. Mas, como boa moradora de uma grande metrópole, eu dominava há muito a arte de ignorar tais insignificâncias.

Decidi respondê-lo mais tarde. Eu queria passar no mercado, comprar ingredientes para fazer um jantar para Kat — já que a tal proposta de casamento havia sido feita, e eu não tinha a menor ideia de como tinha sido; mas assumi que não muito bem. Decidi que eu faria uma noite mexicana, com guacamole e nachos e margaritas. Era o seu tipo de comida preferida. E, caso ela não quisesse conversar, pensei em assistirmos a um filme juntas. Nada como sair da própria realidade por um momento para ganhar perspectiva ou, na pior das hipóteses, distrair-se um pouco.

Minha visita ao supermercado foi rápida. Sem emprego, eu não podia me dar ao luxo de ficar dando voltas pelos corredores e ser tentada a comprar coisas que eu não precisava. Depois de lá, fui a uma loja de bebidas pegar tequila para os drinks de mais tarde. Essa era uma inconveniência daquele país. Não se podia comprar bebidas alcoólicas em qualquer lugar como no Brasil. Com os braços cheios de sacolas, então, andei alguns quarteirões até meu apartamento. Chegando em casa, deixei as compras na cozinha e fui até meu quarto guardar a bolsa. Ali, deparei-me com meu quadro na parede. Sorri. Cheguei rapidamente o meu blog e vi um único comentário na foto postada. Era de Dark Angel, claro. Dizia:

*"Como sempre, não estou chocado em ser sur-
preendido por uma obra sua de tal beleza e essência.
Nunca deixe de criar. Nunca deixe de mostrar ao
mundo a sua arte.*

Dark Angel"

Era, para mim, absurdo como esse ser, de certa
forma, etéreo, podia alegrar tanto a minha vida.
Quis respondê-lo logo em seguida, mas uma outra
coisa tomou conta de mim naquele momento —
como uma ânsia física ou não sei o quê. Peguei mais
uma das telas em branco que eu havia comprado, e
as tintas e os pincéis, coloquei tudo na minha mesa
de estudos. Sentei-me em frente a eles.

Como acontecia quando eu estava nesse estado de... inspiração?, deixei meus dedos buscarem
as cores de forma instintiva. Observei minha mão
mergulhar o pincel na tinta vermelha, começar a
pincelar o quadro com fluidez, passando depois
para tons de amarelo, marrom, preto e bege. Com
precisão e espontaneidade, minha pintura foi, aos
poucos, tomando forma. Vi nascer naquela tela a
imagem levemente distorcida de uma figura feminina envolta em chamas. Ela não estava, porém, com
medo. O fogo não era parte dela, mas pertencia ao
seu mundo e eles conviviam, como tinha que ser.

Depois de terminado, eu estava cansada e satisfeita. Vagarosamente, oposto à sofreguidão anterior, fechei os potes de tinta, lavei os pincéis, guardei todos os materiais. Depois, fui andando ao banheiro, ainda sem pressa, sentindo os pés tocarem o chão a cada passo. O intuito era tomar uma rápida chuveirada, mas, em vez disso, decidi que tomaria um banho de banheira. Basicamente todas as casas nos Estados Unidos tinham uma banheira, mas era engraçado o quão pouco elas eram usadas. Enquanto a água jorrava para enchê-la, fui até a cozinha e servi-me de uma taça de vinho tinto. Voltei para o banheiro, joguei alguns sais de banho que pertenciam à Kat na água, coloquei uma seleção de músicas no celular (de bossa nova à música clássica) e mergulhei na calmaria daquele momento.

Não sei por quanto tempo fiquei ali, bebericando meu vinho, ouvindo canções que me transportavam para outros tempos e outros lugares, alguns dos quais sequer estive, e sentindo os sais passearem pelo meu corpo coberto pelas águas, mas, quando decidi que o banho estava finalizado, senti-me extremamente renovada. Com uma toalha enrolada no corpo, olhei rapidamente no espelho do banheiro e o reflexo dos meus olhos pareciam com os de alguém que havia encontrado o que quer que seja que todas as pessoas procuram neste mundo. Eu era pura calmaria. Respiro.

Saí do banheiro, coloquei uma roupa confortável e fui para a cozinha começar a preparar o jantar, pois Kat estaria em casa em poucas horas. A música que vinha do meu celular ainda estava tocando e deixei que as melodias penetrassem meu ser enquanto cozinhava. Acompanhando os sons com maestria estavam os aromas que se originavam dos temperos e ervas e especiarias. O mundo, de repente, nada mais era do que um oceano de sentidos. Minhas mãos tocavam os ingredientes rústicos que, logo mais, como um milagre, virariam uma refeição. Meu nariz sentia a mistura de cheiros. Meus ouvidos acolhiam a combinação da música com os sons produzidos pelo óleo que refogava a carne e a cebola. Meus olhos viam a transformação de elementos crus em alimentos comestíveis. E, finalmente, minha boca sentia os sabores que surgiam a cada passo daquela extraordinária experiência.

Em dado momento, tudo estava feito. Coloquei a comida à mesa, com os pratos e talheres dispostos de maneira simples, e fui preparar as margaritas. Enquanto eu misturava as bebidas em uma jarra, escutei a porta sendo aberta e concluí que Kat chegara em casa. Ouvi seus passos até o sofá e quando ela jogou a bolsa em algum lugar e tirou os sapatos. Depois, escutei-a vindo em direção à cozinha. Ela, surpresa, passeava o olhar; para mim e para a mesa, alternadamente.

— Hey, o que é tudo isso? — perguntou.

— Espero que você não se importe, mas eu achei que podíamos ter uma noite divertida e jantar juntas.

Ela sorriu com entusiasmo e chegou mais perto da mesa, examinando as comidas, enquanto eu terminava de preparar a bebida. Coloquei a margarita em duas taças previamente preparadas com sal nas bordas, de forma bem tradicional, e ofereci uma delas à Kat. Ela pegou seu drink e deu um gole.

— Ah, deliciosa!

Sorri e tomei também um pouco do meu. O sabor agridoce fez uma espécie de cócega no céu da boca. Ela continuou a falar, enquanto sentava à mesa, seguida por mim:

— Poxa, muito obrigada! Tudo parece delicioso. Mas por que você resolveu fazer isso?

— Eu achei que você pudesse querer conversar sobre seu encontro com Jordan. Não tive a chance de te perguntar como foi e como você está se sentindo.

Kat, de repente, mudou sua expressão para algo que parecia uma mistura de tristeza com resignação. Ela tomou mais um gole de sua bebida, serviu-se de um nacho e, depois de comer, finalmente respondeu:

— Eu estava errada. Ele não me pediu em casamento.

Olhei-a aguardando o que diria a seguir. Ela comeu mais um pouco e deu uma golada generosa na margarita antes de continuar a falar. Eu também comecei a petiscar a comida enquanto a ouvia.

— Ele recebeu uma proposta de emprego na Califórnia. E, bem... aceitou-a. O jantar foi para me dizer que ele está se mudando para o outro lado do país.

— Sinto muito, Kat.

— É, eu também. Não entendi por que ele não podia ter me falado isso enquanto estávamos no apartamento dele ou aqui ou em qualquer outro lugar. Ele me fez... — ela fez uma pausa e sorveu o resto da bebida que havia em sua taça. Levantei para pegar a jarra que estava na bancada e enchi-a novamente — ele me fez considerar a possibilidade de casar-me com ele. E sim, eu sei o que eu disse antes sobre isso, mas, quando eu estava sentada em sua frente naquele restaurante chique, minha mente foi para um futuro que... bem, não vai acontecer de qualquer forma.

Tentei passar-lhe algum conforto através de um olhar amigável, pois não sabia o que dizer a ela que pudesse ajudar de alguma maneira.

— Eu fui muito estúpida de me deixar envolver desse jeito com alguém como ele. Logo no início, nós tínhamos esse entendimento de que não era e nem nunca seria algo sério e, mesmo assim, eu mergulhei nessa relação sem nem perceber.

— Você não foi estúpida, Kat. Essas coisas não estão no nosso controle. Eu acredito que toda experiência por que passamos nunca é uma total perda de tempo. Sempre dá pra aprender alguma coisa e tirar o melhor de tudo isso.

Ela sorriu tristemente e concordou com a cabeça.

— É, você tem razão.

— O que aconteceu depois que ele te disse que iria embora?

— Nada. Eu disse que sentiria sua falta, desejei-lhe boa sorte. Terminamos de comer e ele me trouxe em casa.

Ela virou o resto da margarita que estava em sua taça e estendeu-a a mim, como que pedindo mais. Servi-lhe a bebida.

— Quando ele se muda? — perguntei.

— Em duas semanas. Você acredita que ele teve a cara de pau de dizer que podíamos passar esse tempo juntos? Ele queria, sem brincadeira, que eu o ajudasse a empacotar as coisas para a viagem.

Kat bebeu mais uma golada de seu drink e eu comecei a ficar um pouco preocupada. Se ela ficasse bêbada, o dia seguinte seria difícil de levar.

— Você tem que trabalhar amanhã? — eu queria me certificar de que ela não perderia um trabalho por conta da ressaca.

— Sim, mas só à noite. Vou fotografar uma festa de noivado.

Seu tom guardava uma ironia tristonha e ela bebeu novamente. Tentei fazer com que ela comesse mais um pouco, mas ela não mais parecia interessada na comida. O resto da noite foi banhado em mais margaritas e nas suas lamentações. Não chegamos a ver um filme, pois ela estava embriagada demais até mesmo para sentar no sofá. Coloquei-a, então, na cama, um copo de água na sua mesa de cabeceira e um balde no chão caso ela acordasse para vomitar.

Depois de limpar a cozinha e guardar a comida que havia sobrado, eu mesma fui para a minha cama. Fiquei pensando na última vez que tivera meu coração partido por um homem. Na época eu estava, assim como Kat se encontrava agora, uma bagunça em forma de ser humano — até além, em verdade. Nós havíamos namorado por três anos e eu me apegara a ele como quem se apega a uma esperança distante. Havíamos tido uma relação de codependência, até o dia em que ele se libertou — muito embora eu mesma ainda não estivesse livre. Lembro-me de sentir como se o mundo todo estivesse desabando sobre meus ombros, um peso impossível de carregar com meus dezoito anos — ao menos assim parecia naquele tempo.

Espantei a memória em seguida. Não doía mais, mas lembrava-me de uma Clara que a de hoje tentava esquecer a todo custo. Peguei meu celular para reler o comentário de Dark Angel, e também o seu e-mail, que resolvi responder naquele momento. De repente, enquanto mergulhava na leitura, o resto do mundo desapareceu. Não pensei mais em Kat ou em John ou no meu passado, ou no meu presente. Ali, eu era Black Rose, apenas uma artista. Uma artista que havia encontrado um amigo querido com quem compartilhar os seus trabalhos. E ela era feliz. Sua vida era completa. Ela escreveu-lhe de volta:

"Dark Angel,
Eu adoraria que a minha perda de emprego fosse apenas uma pequena adversidade que, no final, me levaria a encontrar o trabalho dos sonhos, mas acho que não é o caso no momento. De qualquer forma, agradeço a simpatia.

Eu acabei de ler seu comentário no blog e fiquei extremamente feliz de você ter gostado tanto do meu trabalho. Para dizer bem a verdade, se posso tirar a máscara da modéstia por um momento, eu fiquei bastante orgulhosa da minha pintura. E gostei muito da sua interpretação. Você tem um olhar incrível para a arte. Quanto ao meu quadro pertencer a um museu ou galeria, não sei se isso é verdade, mas eu adoraria uma exposição que fosse além da internet.

Você não deu apenas "uma força" para que eu continuasse produzindo. Você é praticamente a única pessoa com quem eu divido a minha arte e saber que você a aprecia faz com que eu queira trabalhar nela ainda mais. O mundo precisa de pessoas que façam arte sim, mas ele também precisa das que consumam, respeitem e estimem essa arte. Sem você, eu não sou nada como artista.

Bem, fico feliz que você não precise mais de remédios para dormir. Acho muito engraçada essa coisa de o leite ajudar a pegar no sono, mas o que quer que te ajude a descansar...

Acho fantástica essa ideia de usar roupas mais coloridas. Eu não sei por que a sociedade relaciona seriedade à escuridão (pelo menos no guarda-roupa). Seu final de semana vai ser inspirado com certeza. Estou empolgada por você! Mal posso esperar para saber como foi.

É, ser um adulto refinado dá trabalho mesmo. Eu mesma prefiro nem tentar. Sem cercas brancas — apenas as boas e velhas crises existenciais, o álcool e ouvir músicas ruins sem julgamentos.

Espero que os próximos dias sejam ótimos!
Um beijo,
Black Rose"

Depois de enviar a mensagem, na minha leve embriaguez trazida pelas margaritas, não pude resistir a deixar minhas fantasias com Dark Angel tomarem conta dos meus pensamentos: arte, e flerte, e refinamento, e complexidade. Minha mente voava longe com ele, porque eu sabia que esses devaneios jamais seriam mais do que isso. Sentia-me segura em criar um mundo de faz-de-conta com meu amigo virtual, pois eu estava protegida pela tela do celular ou do computador, de onde ele jamais sairia.

O dia seguinte arrastou-se sem muitos acontecimentos. Acordei tarde, dei uma olhada em algumas vagas de emprego, sem lá muito empenho, pois povoava-me uma leve ressaca. E aproveitei a folga forçada para faxinar o apartamento. Kat era bagunceira e, se dependesse dela, o lugar acabaria devorado pelo caos da desordem e da podridão. Tentei não fazer muito barulho enquanto limpava para não acordá-la, embora eu duvidasse que ela levantaria da cama tão cedo depois da bebedeira da noite anterior.

Após a faxina, tomei um banho e, depois, deitei-me no sofá da sala com o computador. Olhei novamente meu blog e meu e-mail, mas não havia nada de novo. Ou melhor, nada que Dark Angel tivesse enviado. Resolvi trabalhar um pouco nas coisas da faculdade. Fiz uma lista de tópicos que poderiam fazer parte da minha tese, mesmo eu só tendo que entregá-la daqui dois anos — só porque. Pensei em John também. Eu mal podia esperar pelo final de semana. O tempo que eu tinha com ele na faculdade, entrecortado por aulas e interrompido pela correria do seu trabalho, não chegava nem perto de me satisfazer. Daqui a dois dias, eu o teria só para mim e apenas esse pensamento já me deixava em estado de euforia.

Enquanto meus pensares sobrevoavam essas coisas todas da vida, escutei um barulho vindo do quarto de Kat. Depois de alguns minutos, ela apareceu na sala.

— Bom dia — disse-me numa voz rouca, seguida de um bocejo.

— Bom dia — respondi-lhe — Como você está? Dormiu bem?

Ela se jogou no sofá e emitiu o que pareceu ser um gemido de algum animal ferido. Encolhi as pernas para dar-lhe mais espaço e ela espreguiçou-se longamente antes de me responder:

— Dormi como uma pedra até acordar por volta das duas da manhã e vomitar tudo o que já comi e bebi na vida.

Meu rosto se contorceu numa expressão de solidariedade.

— Obrigada pelo balde, aliás — ela continuou a falar — e a respeito de como estou agora, bem... minha cabeça dói e o apartamento todo parece estar girando. Fora a ressaca moral, mas vou ficar bem.

— Espero que você melhore logo. Tem café na cozinha e aspirina no armário do banheiro. E você deveria comer alguma coisa gordurosa, isso ajuda com a ressaca. E, claro, bastante água.

— Obrigada, Clara. E por ontem também. Desculpe ter bebido mais do que eu deveria.

— Ora, você não tem por que se desculpar. Mas, da próxima vez, talvez eu faça um suco de abacaxi no lugar da margarita.

Ela riu e jogou uma almofada na minha direção. Depois, foi para a cozinha e eu voltei a me concentrar nos assuntos da faculdade, mas só por um átimo de instante. Pensei de novo em John. Fechando os olhos, eu conseguia, naquele momento mesmo, sentir o cheiro que emanava dele e só aquilo já fez meus joelhos fraquejarem, tanto que tive que esticá-los no sofá para ter certeza de que ainda estavam ali. Sacudi a cabeça, como que a mandar embora aquele pensamento, mas ele teimava em voltar e voltar a reinar, beirando a obsessão.

Kat voltou da cozinha com uma xícara de café e uma torrada. Ela se sentou na poltrona ao lado do sofá em que eu estava. Deixei o computador um pouco de lado.

— Se sentindo um pouco melhor? — perguntei-lhe.

Ela encolheu os ombros e respondeu:

— É, acho que sim. Nada como um bom café, não é mesmo?

— Sim, verdade.

Voltei ao meu computador, um artigo aberto sobre... (o que mesmo?) enquanto ela comia seu café da manhã em silêncio. Ao terminar, Kat voltou a se dirigir a mim:

— Como vai a sua vida?

Fechei o computador e voltei meu olhar a ela mais uma vez.

— Ahn... tudo bem. Já estou procurando um novo emprego.

— Ah, bom, bom. Aliás, eu ia te falar que tenho um amigo que talvez precise de uma garçonete para o turno da noite no restaurante que ele gerencia. Posso arranjar uma entrevista para você.

— Ah, obrigada, mas estou procurando de babá agora. Acho que meus dias de garçonete se foram.

— Ah, ok. Bem, se eu souber de alguém que precise de babá, eu te aviso. Não que eu conheça muita gente com filhos, mas nunca se sabe.

— Obrigada.

— E a faculdade?

— Ah, está indo bem. Você sabe, o de sempre.

— Sei, sei... — ela hesitou por um momento, tomando um gole de seu café, mas logo continuou — E a vida amorosa? No fim das contas, você não me contou como foi aquele encontro com o cara da faculdade. E eu... eu sei que tenho sido bem egocêntrica, só falando da minha vida e tudo mais, mas queria saber de você.

— Ah, o encontro foi muito bom. Na verdade, temos outro esse final de semana.

Ela sorriu com entusiasmo enquanto eu falava.

— Uau, um segundo encontro tão rápido. Que empolgante!

Sorri também.

— Sim, eu estou animada.

— Meu Deus, Clara, você é a pessoa mais vaga que eu já conheci. É preciso espremer muito por uma informação mais precisa — ela riu antes de continuar — Conte-me mais: como ele é, como você está se sentindo? Vocês já se beijaram?

Eu ri discretamente com ela.

— Desculpe, eu não sei por que sempre faço isso. Bem, por onde eu começo? Ele trabalha com finanças, mas também dá aula de música como voluntário. Ele é bonito, charmoso, inteligente e tem um quê de mistério que me fascina. E sim, nós nos beijamos.

— Como foi o beijo? — a voz de um fervor entusiasmado.

Sorri para mim mesma enquanto pensava nos lábios de John contra os meus e em todas as sensações que meu corpo experienciara pelo gesto tão íntimo.

— Foi incrível. Um dos melhores da minha vida.

Kat pulou para o sofá ao meu lado.

— Estou tão feliz por você!

— Obrigada. Eu não quero me empolgar demais, porque nunca se sabe com os homens, mas, ao mesmo tempo, não consigo me conter quando estou perto dele. E, pra ser sincera, nem mesmo quando estou só pensando nele.

— Você está apaixonada!

Meu sorriso, de repente, se esvaiu.

— Não, eu não usaria a palavra "apaixonada". Eu mal o conheço. Só saímos para um café e depois para umas cervejas e mal conseguimos conversar nas aulas.

Ela deu de ombros com condescendência enquanto falava:

— Você pode dizer isso para si mesma, mas, para mim, você soa como alguém que está se apaixonando por esse cara.

Depois disso, ela foi para o seu quarto — a audácia de me deixar a sós com meus pensamentos... conflituosos? Não, não era o que ela pensava, com certeza. Embora assim pudesse parecer. Mas a obviedade: é claro que, estando sozinha num novo país, qualquer sensação teria uma proporção gigantesca. Solitária como eu me sentia, evidente que a atenção de um homem atraente me faria sentir... até mesmo um estranho virtual me fazia sentir... coisas. Qualquer pessoa em meu lugar teria vivências parecidas. É claro.

Decidi voltar-me aos estudos — obrigar-me, ser produtiva, não pensar —, o que fiz do meu quarto para não ser interrompida por Kat. Consegui tirar da cabeça, afinal, os pensamentos que assombravam. Já era noite quando decidi desligar o computador. Antes de fazê-lo, porém, chequei meu e-mail uma vez mais, mas não havia nenhuma mensagem dele. Decidi distrair-me com um livro que eu havia começado a ler há quase um mês, mas que não havia conseguido ainda terminar. Fui pegá-lo na gaveta da minha mesa de estudos e deparei-me com o quadro que eu havia pintado antes repousando ali. Eu havia me esquecido dele completamente (perguntava-me como). Era belo. Decidi chamá-lo de "Mulher nas chamas". Pendurei-o na parede, ao lado daquela primeira tela.

Peguei meu livro da gaveta, mas, antes de começar a lê-lo, observei demoradamente as minhas pinturas. Elas me faziam orgulhosa de quem eu era. Haviam nascido de mim. E aquilo era uma coisa incrível. E inacreditável. Eu mesma não sabia como acontecia o processo de criá-las. Eu apenas fazia pintar. Era simples, mas tão complexo quanto poderia ser. Imaginei se seria assim com todo artista. Provavelmente não. Mas pensei que alguns seriam capazes de me entender, sem dúvida.

Mergulhei no meu livro depois dos devaneios e ali fiquei até que as palavras começaram a se embaralhar pelas páginas e as frases pararam de fazer sentido. Era o sono que me chamava aos seus braços. Fechei o livro, coloquei o celular para despertar e adormeci rapidamente. Penetrei num sono profundo, sem sonhos, que levou-me ao nada tão almejado pelos que perecem.

※※※ ※※※

Ao acordar com o som do meu alarme, que parecia distante e irreconhecível por uns bons segundos, senti que havia acabado de pegar no sono e, ao mesmo tempo, pareceu que eu havia dormido por dias seguidos. Levantei-me, então, e aprontei-me para a aula. Era sexta-feira e as possibilidades do final de semana se faziam cada vez mais reais. Preparei-me mentalmente para mais uma manhã de pouco contato com o John, mas, sabendo que seria a última naquela semana, tudo ficava mais fácil.

No metrô, a caminho da faculdade, olhei meu e-mail mais uma vez, com a esperança de ter uma resposta de Dark Angel, mas, novamente, não havia nada. Embora eu não quisesse admitir, essa sua ausência, mesmo não sendo lá tão longa, estava me deixando inquieta. De repente, tive medo de perder o meu amigo virtual. Sem ele, a minha arte se tornaria vazia e sem sentido. E eu voltaria a ser, também, vazia e sem sentido. Mas, porém... provavelmente ele estava ocupado com o trabalho. Ou com a vida. Afinal, ele certamente tinha uma (vida) fora da internet.

Cheguei cedo na faculdade. Estava frio aquele dia, então, eu entrei no prédio e sentei-me num dos bancos que havia no hall de entrada. Mais duas ou três pessoas estavam ali e, entre elas, reconheci Alex, a garota que havia me emprestado sua maquiagem. Ela estava sentada à minha frente, do outro lado do saguão, mexendo no celular. Levantou os olhos por um segundo e, ao me ver, sorriu em cumprimento. Sorri de volta e decidi ir até ela.

— Bom dia — saudei-a enquanto sentava-me ao seu lado. Ela guardou o celular e voltou-se a mim.

— Bom dia. Clara, certo?

— Isso mesmo. E você é Alex.

— Isso.

Olhamo-nos, ainda sorrindo, por um tempinho, num silêncio um pouco desajeitado. Ela interrompeu, então, a quietude:

— Você chegou cedo hoje.

— É, hoje eu acordei no horário certo e o metrô estava estranhamente rápido esta manhã. Você também chegou cedo.

Obviedades.

— É, eu sempre chego aqui por esse horário. Moro no Brooklyn, então, se eu não sair de casa muito cedo, acabo chegando atrasada.

— Ah, sim.

Mais uma vez, entramos em um silêncio quase retraído. Eu era péssima com as palavras e Alex parecia sofrer do mesmo mal. Ou talvez ela fosse apenas tímida. Ou apenas quieta. Tentei pensar em algum assunto para puxar com ela.

— Então, você estuda Escrita Criativa. Quem é seu autor favorito?

Seu rosto pareceu se iluminar por um momento. Intuí que o tópico fosse um dos seus preferidos. Ela respondeu quase que imediatamente à minha pergunta:

— Poe. Edgar Allan Poe. Você conhece?

— Conheço, sim. Eu li alguns contos quando era adolescente e lembro de ter gostado bastante.

— Ele é incrível! A sua temática é meio sombria, mas eu gosto muito desse estilo mais gótico, sabe?

— Sei sim. Era o meu preferido quando eu era adolescente. Eu gostava de Goethe, Lord Byron e alguns autores brasileiros com estilo parecido.

— Autores brasileiros? Que diferente! Sua família é do Brasil?

— Eu sou, na verdade. Mudei-me para cá faz pouco tempo.

— Eu estava mesmo detectando um pouco de sotaque. Mas seu inglês é ótimo, eu jamais pensaria que você acabou de chegar aqui.

— Obrigada.

Continuamos conversando por um bom tempo. Contei-lhe um pouco sobre a minha vida no Brasil e os tais autores de quem eu gostava. Ela anotou alguns nomes para procurar traduções para o inglês. Falamos basicamente, quase o tempo todo, de literatura. Ela me disse que lia de um tudo quando era criança e sabia desde sempre que queria ser escritora quando crescesse. Alex era alguém de se admirar. Ela nunca sequer pensara em fazer coisas que não fossem passos para alcançar seus sonhos. Até os trabalhos que tivera ela via como oportunidades de desenvolver personagens, escrever poemas e tudo mais.

Engajamo-nos na conversa de tal maneira que eu não percebi quando John entrou no prédio. Só notei quando ele estava muito próximo, à nossa frente. Levei meu olhar até ele e cumprimentei-o com um sorriso, que foi logo respondido com o mesmo gesto. Levantei-me, trocamos um rápido abraço. Ele estava, uma vez mais, segurando dois copos de café e ofereceu-me um deles. Agradeci-lhe. Ele, então, olhou para Alex e disse oi. Percebi que eu não os havia apresentado.

147

— Oh, desculpem — comecei a dizer, alternando o olhar entre os dois — John, esta é Alex. Alex, este é John. Ele está no meu curso.

Alex estendeu a mão, que John pegou com cortesia.

— Muito prazer — ela disse baixinho, com nítida timidez.

— O prazer é meu — respondeu ele educadamente.

— Bem, eu vou indo para a sala — Alex continuou dizendo, o olhar baixo — Falo com você mais tarde, Clara.

Despedimo-nos e John sentou-se ao meu lado, onde antes ela estivera. Ele estava estranhamente sorridente naquela manhã. Usava uma camisa xadrez por baixo da mesma jaqueta de couro de sempre e calças jeans claras que o vestiam de maneira incrivelmente tentadora. Enquanto eu tomava meu café, ele começou a falar:

— Nem acredito que hoje é finalmente sexta-feira! Essa semana está sendo extremamente difícil no trabalho, eu mal tenho tempo para respirar.

— Bem — respondi — pelo menos isso ajuda o tempo a passar mais rapidamente.

— É o que se pensaria, mas, para mim, parece que esses dias estão levando uma eternidade para acabar. Mas isso provavelmente tem a ver com a minha ansiedade pelo final de semana.

Fiquei feliz em saber que eu não estava sozinha em meu anseio pelos próximos dias.

— Também não vejo a hora — respondi-lhe e, depois disso, a quietude tomou conta. Estávamos cada vez mais confortáveis com o silêncio quando juntos. Ficamos ali apenas bebendo nossos cafés até a hora de começarem as aulas.

A manhã, por sua vez, transcorreu com rapidez e calma. No fim do período, mais uma vez, John se despediu de mim com pressa, mas com a promessa de nos vermos logo mais. De resto, tudo se deu de acordo com a rotina de todo dia. Na volta para casa, decepcionei-me novamente por não ter tido ainda resposta alguma de Dark Angel. Entretanto, eu havia recebido, em vez disso, um e-mail com uma oferta de trabalho. Era para cuidar de um bebê. A mãe pedia-me para ligar pra ela assim que possível, o que fiz ao chegar em casa, e marcamos uma entrevista para a semana seguinte.

Depois disso, sem trabalho e sem tarefas, fiquei como que perdida no meu apartamento. Não sabia o que fazer comigo mesma. Pensei em pintar, mas não encontrei o ânimo para fazê-lo. Embora eu não quisesse admitir, o pensamento distante de existir a possibilidade de eu ter perdido o meu amigo virtual dava-me uma sensação de que não havia porque aventurar-me a começar um novo quadro. Eu podia sentar-me no sofá e terminar meu livro, mas a ideia também não me apetecia naquele momento. No fim das contas, desistindo, liguei a TV e ali me entretive, dando-me o presente de não ter que pensar, por horas a fio.

Vi Kat chegar em casa e depois sair novamente. Era sexta-feira e minha colega de apartamento se recusava a fazer qualquer coisa que não fosse curtir a noite de Nova Iorque. Eu, por outro lado, vesti um pijama e voltei a me anestesiar com a televisão até cair no sono, ali mesmo no sofá. Sonhei com os dias que estavam por vir. Mas, no sonho, não era com John que eu saía e, sim, com Dark Angel. E não estávamos nos Estados Unidos, mas em alguma ilha que não fora ainda descoberta pelo ser humano. Alimentávamo-nos com peras e bebíamos água do rio. E depois fazíamos amor nas areias da praia, mas de uma forma quase incorpórea, sem nos tocarmos de verdade, embora todas as sensações estivessem presentes com uma intensidade maior do que de costume.

Fui acordada de súbito com um barulho alto que parecia estar bem ao lado do meu ouvido. Ainda desorientada, deparei-me com Kat e um cara que eu nunca havia visto tentando conter uma risada.

Ao perceber que eu havia despertado, minha colega desatou a rir e depois disse, com voz claramente embriagada:

— Desculpa, Clara, minha linda. Eu derrubei o abajour.

Os dois voltaram a gargalhar como se a coisa mais engraçada do mundo houvesse acontecido.

— Sem problemas — respondi, levantando do sofá para ir até meu quarto. Dali de dentro, ouvi os dois se dirigindo ao quarto dela, não sem antes trombar com metade dos móveis.

Apesar do barulho, voltei a dormir rapidamente. Não tive mais sonhos com meu amigo virtual e acordei novamente apenas no dia seguinte. Era cedo ainda; o sol dava tímidos sinais de estar despertando. Fui para a cozinha, fiz um café. Cheguei minhas redes sociais e meus e-mails e dei uma olhada nas notícias do dia. Guerras, fome, fascismo. Era muito para um sábado de manhã. Olhei pela janela da cozinha e a cidade estava, enfim, ensolarada. Aproveitei para focar nisso — e a alienação consciente ajudou-me a encontrar beleza no mundo.

Muitas horas depois, as quais usei para aproveitar o nada, ouvi a porta do quarto de Kat sendo aberta. Voltei-me para saudá-la, mas me deparei com o homem da noite passada, de cueca apenas, que me deu um "bom dia" casual. Respondi-lhe educadamente e voltei-me para mim mesma de novo. Ouvi-o indo ao banheiro e, depois, para a cozinha, servindo-se de café e abrindo portas e gavetas. Kat nunca deixava ninguém passar a noite, com exceção de Jordan, e imaginei, então, que ela estivesse tendo uma espécie de reação ao seu recente coração partido.

Quando percebi que o seu "amigo" estava preparando ovos para o café da manhã, resolvi dar uma volta. O dia estava bonito e eu não tinha nenhuma vontade de interagir com um estranho naquela manhã. Troquei-me rapidamente, então, peguei minha bolsa e deixei a casa, sem saber direito o que faria ou para onde iria. Enquanto eu caminhava sem rumo certo pela rua, sem perceber, fiz aquela coisa de observar a arte no cotidiano. As cores do dia a dia, os sombreados e formas geométricas, as estampas nas roupas e os desenhos nas vitrines dos comércios saltavam aos meus olhos sem esforço. Pensei de novo em Dark Angel, claro. E em todas essas pequenas coisas que compartilhávamos, que faziam a nossa relação se expandir do mundo virtual. O que eu via agora, e sentia, fazia parte do mundo real. E o sonho da noite anterior — ele também pertencia ao real. E esses mundos de "verdade" e "quase-verdade" se misturavam, formando uma espécie de borrão de pensamentos.

No meu andar sem objetivo, acabei dando com uma pequena butique virando uma esquina qualquer. Parei para olhar a vitrine. Um dos manequins usava um vestido muito parecido com um que pertencia à Kat. O visual era completado por acessórios coloridos, que pareciam-se também, muito, com o estilo dela. Entrei na loja num impulso e acabei levando uma bolsa e óculos escuros — os da tal vitrine — de presente de aniversário para a minha amiga. Feliz com as aquisições, voltei, então, ao meu caminhar.

O trajeto acabou me levando a uma parte da vizinhança que eu ainda não conhecia. Era um pouco menos movimentada. Vi umas crianças brincando na rua, uma mulher passeando com um carrinho de bebê e um casal com um cachorro. Mais um contraste da cidade grande; e quantos ela tinha! Sorri para a vida naquela manhã ensolarada, sentindo-me como que flutuando, sem me deixar ser tocada pelo caos do dia-a-dia. Enquanto aproveitava aquele estado de prazer, senti meu celular vibrar na bolsa. Eu havia me esquecido daquele pequeno aparelho que tanto fazia parte da minha vida — como? Peguei-o para ver qual notificação me acordava, pensando que poderia ser um e-mail do meu anjo negro. Em vez disso, era uma mensagem de texto de John:

"Hey, bom dia! Posso passar para te pegar às sete hoje à noite?"

Era engraçado. Nos dias que antecederam o sábado, eu estava em tal estado de ansiedade pelo nosso encontro que mal conseguia me concentrar nas pequenas tarefas do cotidiano. E, agora que o dia havia chegado, aquela ânsia havia quase que completamente desaparecido. Eu ainda estava animada, é claro, mas nada que se comparasse às sensações anteriores. Respondi-lhe:

"Bom dia! Sete está ótimo."

Coloquei-me, então, a caminhar de volta pra casa. Lá chegando, encontrei Kat sentada no sofá, um saco de batatas *chip* na mão e a televisão ligada. Seu "amigo" havia partido, aparentemente. Dei-lhe um "oi" rápido e fui para o meu quarto deixar a sacola com seus presentes. Voltei para a sala, sentei ali com ela, assistindo ao que parecia ser um novo *reality show* — algo sobre adolescentes ricos fazendo festinhas em seus barcos, ou então sobre os perigos do sexo precoce, ou ambos. Não prestei muita atenção, ficando mais no celular do que na TV, mas ela parecia muito interessada. Quando o programa foi para os comerciais, ela abaixou o volume e começou a dizer:

— Desculpe pelo cara hoje de manhã.

Deixei o celular de lado e respondi-lhe:

— Não tem problema. Quem era ele, aliás?

— Amigo de um amigo. Ele estava no bar ontem com o pessoal. Peter alguma coisa.

Assenti com a cabeça. Ela continuou:

— Você sabe que eu não gosto que eles acordem comigo, mas eu acabei pegando no sono ontem à noite e, quando acordei, ele estava na cozinha comendo.

— Não tem problema, de verdade.

Voltamos ao silêncio, cortado apenas pela TV. Eu estava de novo mexendo no meu celular e pensei que o assunto estava encerrado quando ela voltou a falar:

— Clara, não quero que você pense que eu sou dessas mulheres que ficam com vários caras diferentes.

Olhei-a intrigada.

— O que há de errado com mulheres que ficam com muitos caras? — indaguei.

Ela pareceu confusa por um momento. Depois, respondeu:

— Nada, não foi o que eu quis dizer.

Olhei-a esperando que ela continuasse, mas não foi o caso. Respondi-lhe, então:

— Kat, você está chateada com o Jordan. Eu entendo a sua reação. Beber, transar, tentar se divertir um pouco para tirá-lo da cabeça, tudo isso é normal e super aceitável. E, mesmo que você não tivesse passado por nada disso, eu jamais te julgaria por fazer o que bem entende com seu próprio corpo.

Ela pareceu pensativa por alguns segundos, mas apenas assentiu com a cabeça, como em concordância. Passamos ali mais algum tempo, as vozes caladas, o volume da televisão entrecortando o pequeno incômodo do seu sexismo internalizado. Depois, ela foi arrumar suas coisas — Kat iria para a casa dos seus pais, em Nova Jersey. E eu teria o apartamento só para mim, uma circunstância que me agradava. Eu me dava bem com ela e convivíamos sem grandes problemas, mas eu gostava do prospecto de estar só, mesmo que apenas por uma noite.

Habitavam-me as borboletas, as tais faladas na cultura pop, quando recebi a mensagem de texto de que John estava na frente do prédio — estou certa de que elas voavam em círculos em algum lugar das minhas entranhas, comendo-me por dentro, talvez. Abri o portão para ele e dei-lhe o número do meu apartamento. Alguns minutos depois, ouvi suas batidas na porta. Em polvorosa agora, elas (as borboletas) planavam em direção ao meu coração. Abri a porta para recebê-lo. Ele vestia uma camiseta azul clara e calça jeans escura. Não estava usando sua jaqueta de couro daquela vez; em vez disso, segurava um casaco jeans nas mãos.

Cumprimentei-o com um beijo no rosto e conduzi-o a entrar. Ele olhou ao redor rapidamente e disse, provavelmente por educação:

— Lugar legal.

— Obrigada. Você quer sentar um pouco, beber alguma coisa?

— Claro. Obrigado.

Ele se sentou no sofá e eu fui até a cozinha abrir uma garrafa de vinho. Ofereci-lhe uma taça, que ele pegou, agradecendo novamente. Tudo muito *clean*, cheio de boas maneiras, por favor, obrigado. Sentei-me ao seu lado e nós dois demos um gole no vinho.

— Você está linda — ele disse depois de colocar a taça na mesa de centro da sala, olhando-me com intensidade. Eu estava mesmo, com minha maquiagem e meu cabelo enrolado e meu salto alto, que eu nunca usava, mas achei que a ocasião merecia.

— Obrigada. Você também.

Olhamo-nos por alguns instantes sem nada dizer até ele quebrar o silêncio uma vez mais:

— Você mora sozinha?

— Não, mas minha colega de apartamento está fora da cidade esse final de semana.

Ele fez um gesto de assentimento e voltou a bebericar o vinho. Imitei-o.

— Quais são os planos pra hoje? — perguntei, em dado momento.

— Fiz reservas para jantar num lugar italiano que eu gosto muito. Depois podemos tomar uns drinks no bar do Plaza.

O Plaza era um hotel mega luxuoso que havia na cidade. Sorri para ele:

— Parece ótimo.

Ficamos ali mais um tempo bebendo o vinho e conversando sobre amenidades sem importância. O calorzinho gostoso da bebida começava a se fazer presente no meu corpo, e a conversa ficava mais fluida. Tomamos mais uma taça cada um e depois saímos. Ele pediu um carro por aplicativo no celular e, em menos de vinte minutos, havíamos chegado. O restaurante era muito bonito. Via-se que era um lugar elegante, mas, ao mesmo tempo, o ambiente emanava uma sensação aconchegante — que despertava-me a impressão (falsa?) do não-despertencer.

Sentamo-nos em uma mesa num canto mais afastado — o que foi bom, pois o lugar estava cheio. Em meio à música clássica que tocava de fundo, as vozes das pessoas ao redor, algumas bem altas, a comunicação se fazia um pouco difícil. Mas, não obstante, conseguimos conversar.

— Espero que você goste do lugar — disse John assim que nos sentamos.

— Já estou gostando — respondi sorrindo — Há uma atmosfera acolhedora aqui.

— A comida também é maravilhosa. Eu recomendo o ravioli ao pesto.

Abri o menu, dei uma olhada rápida nos pratos, já meio sabendo que eu acabaria acatando a recomendação dele — uma afirmação de confiança. Um garçom veio até a nossa mesa, leu os "especiais" da noite, cheios de nomes de coisas que eu não conhecia. John pediu um vinho e um aperitivo, enquanto eu bebericava minha água, que, como na maioria dos restaurantes daquele país, veio sem que tivéssemos pedido. Uma cestinha com pães também repousava no centro da mesa; cortesias — pão e água — para os privilegiados. Claro.

Conversamos um pouco sobre frivolidades da vida. A companhia um do outro, por si só, já trazia uma sensação gostosa à aura do encontro. E a liberdade de rirmos e falarmos banalidades sem preocupações era um presente que eu aproveitava integralmente — cada segundo. Fomos interrompidos pelo garçom, que trazia nossa bebida. Ele despejou um pouco do vinho na taça de John, que experimentou-o e fez um gesto de assentimento. Só então fomos propriamente servidos.

Experimentei um pouco do meu vinho. O sabor acre e, ao mesmo tempo, adocicado da bebida de Baco desceu suavemente em minha garganta, acrescentando ao deleite da noite. Ele também sorveu um gole.

— Excelente escolha — exclamei.

— Fico feliz que você tenha gostado. Eu não entendo muito de vinhos, pra falar a verdade, mas esse é o meu preferido.

Enquanto ele falava, notei um certo brilho em seu olhar. Não pude identificar de certo o que era aquele lampejo que emanava de seus olhos, mas certamente estava ali. Aquele aspecto de John me fascinava. Era possível detectar um algo nele, mas

160

eu não conseguia nunca adivinhar do que se tratava essa coisa — que estava ali tão evidente. Era frustrante, mas, também, muito sedutor. Ele me fazia querer mergulhar mais fundo em suas águas para finalmente descobrir seus mistérios, mesmo que houvesse perigo naquelas profundezas. Naquele momento, porém, eu só queria me aventurar cada vez mais naquele homem, ainda que o temor rondasse os arredores das minhas vontades.

Continuamos a beber nosso vinho, que, de uma taça, logo passou a duas, três, uma garrafa. Nossa refeição foi uma festa de sabores, que compartilhamos um com o outro e desfrutamos com enorme prazer. A conversa passou aos campos mais profundos em dado momento. A inibição que, em certo grau, era um traço da personalidade dos dois, esvaiu-se completamente e deu lugar à espontaneidade.

— Eu cresci numa família pobre — as palavras saíram de meus lábios num átimo qualquer da noite — mas "pobre" de verdade, não "pobre" dos Estados Unidos.

— O que você quer dizer? Tem gente pobre aqui.

— Sim, sim, mas os pobres daqui tem carros e celulares e TVs a cabo. Eu não tinha muito mais que comer além de arroz com feijão às vezes. Mas estou sendo injusta. Tem gente que nem isso tem.

John olhava-me com um misto de empatia e admiração.

— Mas olhe para você hoje — disse ele, sua voz levemente alterada pelo vinho, como tenho certeza de que estava também a minha.

— É verdade — respondi — Estou vivendo o sonho americano.

Desatamos os dois a rir e depois ele continuou:

— Mas, falando sério, você conseguiu sair do seu país e agora está estudando na pós-graduação. Orgulhe-se de si mesma.

— Eu me orgulho. Obrigada.

Sorrindo um para o outro, sorvemos mais um pouco do vinho e ele continuou em seguida:

— Meus pais tinham dinheiro quando eu estava crescendo. Nós viajávamos todo ano e eu tinha todos os brinquedos que quisesse. Mas eles não se falavam. Bem, às vezes, mas era apenas para gritar um com o outro.

— Sinto muito.

— Ah, tudo bem. Eles acabaram se divorciando logo que eu saí de casa para a faculdade. Acho que não fizeram antes por minha causa.

— É bizarro como os pais acham que, por não se separarem, vão causar menos dor quando o contrário é tão verdadeiro.

— Pois é...

Ficamos ali mais alguns poucos minutos. Já havíamos terminado nosso jantar e o garçom nos trouxe a conta. Quer dizer, trouxe a conta para John, claro. Mas eu fui mais rápida e peguei-a. Ele quis pagar, obviamente, e eu podia argumentar o problema sistêmico que o fazia sentir naquela obrigação, mas, ah, o vinho e minha vontade de tê-lo sem as amarras da não-alienação fizeram sair da minha boca a explicação mais simplória:

— Você sempre paga por tudo.

➤➤➤ ⟵⟵⟵

John levantou-se da cadeira e ofereceu-me seu braço. Forte — senti-me pequena. E estava mais tonta do que eu imaginara. Fraca. Ele deixou que eu me apoiasse em seus ombros para andar melhor. Fomos até a saída do restaurante esperar por um táxi. O ar da noite havia esfriado; coloquei minha jaqueta. Ele ainda segurava a sua, sem parecer incomodar-se com o sopro gélido que vinha sei lá de onde. Não tivemos que esperar muito tempo. Um táxi parou alguns minutos depois que havíamos saído e nos apressamos a entrar.

Sem ter combinado com John, dei meu endereço ao motorista. Não tínhamos (ou eu não tinha) condições de beber mais e supus que pularíamos a ida ao Plaza. E, de qualquer forma, presumi que ele queria me acompanhar em casa. Suposições... só minhas? — mas que ele não opôs. Assim que nos acomodamos no carro e o homem começou a dirigir, John surpreendeu-me com um beijo. Em choque com o gesto súbito, fiquei sem reação no início, só aos poucos entregando-me aos seus braços. Aquele beijo não foi terno e romântico; havia uma urgência, uma sofreguidão, uma... seus lábios pressionavam os meus com avidez e seus braços seguravam-me com firmeza. Correspondi à carícia com a mesma ânsia, os sentidos ocupando o centro do meu universo.

O beijo deve ter durado pouco, mas pareceu a mim que havia se passado o tempo de vida da Terra. Depois de encerrá-lo, John olhou-me com ternura, mas não sem esconder o desejo que também se instalava nele, e sussurrou em meu ouvido:

— Eu adoro te beijar.

Seu murmúrio pareceu passear pelo meu corpo, deixando um rastro de pelos arrepiados por onde passava. Sem fôlego, apenas sorri para ele em resposta. Depois, puxei sua cabeça contra a minha e voltamos a nos beijar — com paixão. Enquanto nossos lábios e nossas línguas se entrelaçavam no toque, minha mão, ainda nas costas de sua cabeça, passou a acariciar seus cabelos, enquanto a outra apoiava-se no banco do carro. Já as de John alternavam carícias pelos meus cabelos, meu rosto, braços e cintura. Com certa hesitação, vagarosamente, senti uma de suas mãos deslizando para minha coxa. Como resposta, mordi levemente seu lábio. Ele, então, colocou um pouco de pressão no toque, apertando-me com lascívia. Deixei meu corpo ser tomado pelos sentidos, esquecendo-me de onde estava e mesmo de quem eu era. Tudo o que importava naquele instante eram as sensações que minha carne me proporcionava.

Paramos de súbito quando sentimos que o carro havia cessado de se movimentar. Estávamos estacionados em frente ao meu prédio. John pagou o taxista e descemos. Não precisei perguntar-lhe se ele queria subir comigo. Automaticamente, em silencioso acordo, ele apenas me seguiu enquanto eu abria o portão e andava em direção ao elevador. Ali dentro (ah, o clichê!), recomeçamos as carícias. Desta vez, com a plena certeza de que estávamos no mesmo barco, John foi mais destemido em seus gestos. Sua mão agarrava minha coxa com força agora, ajudada pela fenda em minha saia, e dali se aventurava a acariciar minhas nádegas. Eu mal podia respirar. Apenas respondia aos seus gestos com gemidos roucos e apertava-lhe os braços com força.

O elevador parou e — não sei como, já que minhas pernas mal me obedeciam — caminhei até a porta do meu apartamento, seguida por ele. Assim que entramos, mal fechando a porta atrás de nós, continuamos a nos beijar. Joguei a bolsa no chão e tirei minha jaqueta, colocando meus braços ao redor de seus ombros. John jogou sua jaqueta também no chão, abraçou-me pela cintura. Agora protegidos pela privacidade da casa, não havia mais gestos contidos. As mãos dele passeavam por cada centímetro do meu corpo com pressa e ansiedade. Ele acabou por levantar-me do chão e eu acomodei minhas pernas ao seu redor. Totalmente rendida aos seus braços, deixei que ele me conduzisse ao meu quarto.

Uma vez ali dentro, John colocou-me com cuidado na cama e deitou-se sobre mim, voltando a beijar-me, dessa vez com um pouco mais de calma. A pressa parecia ter desaparecido. Ele tirou minhas roupas lentamente, e depois as suas próprias, e contemplou-me por um instante, como se diante de uma obra de arte em um museu. Depois voltou a ocupar-se de toques e beijos e gestos. Misturavam-se nosso suor e fluidos e gemidos, como se tudo fosse parte de um só corpo. E, como parte de um processo tão natural quanto o tempo, John protegeu-se e invadiu-me, devagar de início, depois

166

aumentando o ritmo como demandavam os segundos seguintes. E eu deixei meu corpo experimentar a graduação de prazer que transformou-se, por fim, na contração da extrema satisfação.

＊＊＊ ＊＊＊

A dormeci nos braços de John. Foi um sono profundo o que me acometeu, como se eu estivesse, de repente, livre de quaisquer anseios que a vida trazia como parte de sua barganha. O conforto daquele abraço não se igualava a nada que eu já tivesse experimentado e, muito embora estivéssemos espremidos em minha cama de solteiro, eu nunca havia sentido tal comodidade.

Ao acordar, porém, eu estava sozinha. Abri os olhos devagar e, aos poucos, lembrei-me da realidade — jantar, vinho, gozo... John; onde estaria ele? Bocejei abertamente, espreguicei os braços, virei-me em meio aos lençóis, sentindo o seu cheiro envolver minhas narinas. Silêncio apenas rodeava o apartamento; por um momento, pensei que ele tivesse ido embora. Entretanto, no mesmo segundo que o pensamento cruzou minha mente, John abriu a porta do meu quarto. Alívio. Estava vestindo a calça do dia anterior e carregava duas xícaras de

167

café nas mãos. Ofereceu-me uma, beijou minha testa e falou:

— Bom dia! Espero que não se importe, mas eu acordei cedo e usei sua cafeteira.

Sorri e, depois de bocejar novamente, respondi:

— Imagina, sinta-se em casa. Obrigada pelo café.

Sentei-me para pegar a xícara que ele me dava. O lençol que me cobria deslizou para baixo, revelando meus seios nus. Tomei um gole generoso do café enquanto John sentava-se ao meu lado. Ele olhou ao redor por um momento e seu olhar demorou-se nos dois quadros acima da minha cama.

— Muito bonitos — ele disse por fim.

— Obrigada — respondi — fui eu que pintei.

John desviou os olhos das pinturas para o meu rosto, surpreso com a revelação. Ficou em silêncio por alguns segundos.

— Eu não sabia que você pintava. Você é muito talentosa!

— Obrigada.

Então, foi isso. Esperei que ele tivesse mais para dizer, mas o assunto encerrou-se por ali. John ocupou-se de terminar seu café enquanto recostado na cabeceira da cama e eu fiz o mesmo. Coloquei-me a pensar, mesmo tentando com todas as forças não fazê-lo, em como reagiria Dark Angel se estivesse ali — nada de elogios genéricos; a arte tomaria conta do meio, tanto quanto o oxigênio que respiramos. Mas... era injusto da minha parte comparar John ao meu amigo virtual. Era muito raro encontrar alguém que estivesse verdadeiramente interessado no assunto e partilhasse da sensibilidade artística que eu queria. Ele, John, afinal, era o que era.

Depois do café, ele foi para o chuveiro. Enquanto estava no banho, resolvi fazer café da manhã. Uma vontade nasceu, de alimentá-lo, cuidar, zelar. Eu tinha massa para pão de queijo — um achado —, comprada em uma loja brasileira que encontrei do outro lado da cidade. E, se havia uma coisa que era unanimidade entre os gringos que eu havia conhecido, era o encantamento que partilhavam com os sabores brasileiros. Evidentemente. Então, rapidamente, misturei a massa com os ingredientes pedidos (ah, o cheirinho de casa logo na preparação!), moldei as bolinhas, coloquei-as no forno. Depois, pus a mesa para o café da manhã — com cuidado, arrumadinha. Senti-me como uma boa dona de casa dos anos cinquenta.

Satisfeita, então, de pé na minha cozinha, vestindo apenas um roupão e segurando minha xícara de café, ocasionalmente levando-a à boca, me peguei relembrando a noite anterior — detalhe a detalhe. John certamente sabia o que estava fazendo, o que foi uma agradável surpresa depois de algumas decepções nessa área da vida. Raros os homens que ao menos fingem se interessar por um prazer que não seja deles. Mas o crédito não era todo dele (claro). Eu havia esperado por aquele momento com tanta ansiedade e desejo que me entreguei totalmente às sensações. Era incrível o prazer que meu corpo era capaz de me proporcionar — amei-o por isso.

Acordei de meus devaneios com o som do *timer* da cozinha, indicando que os pães de queijo estavam prontos. Tirei-os do forno e, enquanto esfriavam ainda na forma, John apareceu. Ele tinha uma toalha de banho enrolada na cintura e os cabelos molhados derramavam pequenas gotas de água que caíam por seus ombros nus. Sorri ao vê-lo. Ele sorriu de volta, andou até mim, beijou-me nos lábios.

— Que cheiro bom! — disse depois, sentando-se à mesa e servindo-se de um copo de suco de laranja que eu havia colocado ali.

— Fiz pães de queijo — eu falei o nome da iguaria em português, depois traduzindo o significado para o inglês — espero que você goste.

— Tem como não gostar de um pão feito de queijo? O cheiro já está incrível!

Coloquei os pãezinhos em uma vasilha e depois sentei-me à mesa com ele. John, claro, apaixonou-se pela comida — o que expressou com palavras e com o fato de que comeu metade dos pães. Ri-me de sua gulodice e de contentamento e de pura felicidade. Que deleite estar viva, e ali — quis pausar o tempo. Mas, ah, impossível, ai de mim!

— O que você quer fazer hoje? — perguntei. Não importava, na realidade, contanto que estivéssemos juntos.

— Eu consigo pensar em algumas coisas...

Ele lançou-me, então, um olhar cheio de segundas intenções. Olhei-o com fingida indignação por um momento, mas depois levantei-me, fui até ele e sentei-me no seu colo, colocando os braços ao redor do seu pescoço. Ele tinha na mão um pãozinho semi-comido, mas deixou-o de lado e voltou sua atenção para mim. Beijamo-nos. Suas carícias transportavam-me para aquele mundo de sensações agora já conhecido e apreciado. Por vezes, risadas incontidas misturavam-se aos sons do meu desejo, quando seus dedos me faziam cócegas. As carícias logo cresceram, e o chão da cozinha foi, então, o palco para nossa segunda vez. De novo, irrevogável prazer. Depois, ficamos os dois deitados no piso gelado, aproveitando a calmaria.

Finalmente levantei-me, um pouco perdida nos segundos (minutos?) passados, seguida de John. Fui para o banho e ele sentou-se novamente à mesa, voltando à tarefa de comer pães de queijo. Demorei-me no chuveiro, aproveitando a água quentinha envolvendo meu corpo e limpando os fluidos de há pouco. Ao sair, vi que ele havia limpado a cozinha e lavado a louça, e esperava sentado no sofá da sala, assistindo a um noticiário na TV. Agradeci-lhe casualmente, embora quisesse dar-lhe o mundo em troca. Fui me vestir.

Sentei-me ao seu lado no sofá, então, e fiquei assistindo à televisão com ele. Por entre as tragédias dos eventos mundiais, os roubos, assassinatos, abandonos, guerras, uma reportagem ou outra trazia até uma leveza à alma de quem quer ignorar a podridão de um mundo que vá além do sofá da sala. Contaram, por exemplo, a história de uma menininha que arrecadou fundos em prol de uma ONG que se dedica a tratar psicologicamente crianças que haviam sofrido *bullying*. Também falaram de uma lei num país distante que finalmente deixava pessoas do mesmo gênero se casarem. Comentei entusiasticamente as tais histórias com John, que respondia de acordo, mas não parecia lá muito interessado. Será que ele não entendia a relevância das coisas? Forcei-me a não me decepcionar. Porque eu não queria me desapontar com aquele homem. Tudo que eu desejava eram suas coisas boas.

Depois de um tempo vendo TV, agora em total silêncio, fomos almoçar numa lanchonete perto de casa. O dia estava bonito. Eu pedi uma salada e ele, um sanduíche — senti saudades dos PFs sujinhos da minha época de proletária em São Paulo. Conversamos, mais uma vez, sobre irrelevâncias do cotidiano. As palavras eram rasas, mas os sentimentos que eu tinha ao ouvi-las saírem de seus lábios eram carregados de significado, e isso fazia todo o sentido — e sentido nenhum também, mas eu estava começando a me acostumar com essas incongruências que conviviam dentro de mim. E a resignação era cômoda; deixei-a reinar. John me deixava sem ar mesmo ao falar do problema que era não ter um micro-ondas no escritório em que ele trabalhava, ou em como o amigo dele havia acabado de comprar uma moto sei lá o que, ou em como ele precisava de um tênis de corrida novo. Eu dava grande importância ao que ele dizia, como se tais assuntos fossem tão relevantes para mim como o eram para ele.

Depois do almoço, John disse que precisava ir. Meu estômago se contorceu em contradição. Voltamos ao meu apartamento por um momento. Eu caminhei devagar, prolongando os instantes, adiando a ocasião da despedida, como se nunca mais fossemos nos ver, como o fantasma do futuro assim sugere. Ele logo pediu um carro pelo celular e descemos para esperá-lo. Não falamos nesses últimos minutos juntos. Apenas ficamos ali, de mãos dadas, olhando, ora para a tela do telefone com o aplicativo aberto, ora para a rua, na direção de onde o carro viria. E eu aproveitei a oportunidade para memorizá-lo com os sentidos: o cheiro, o toque... Quando avistamos o veículo, por fim, ele me beijou superficialmente nos lábios e, enfim, nos despedimos. Observei o carro virar a esquina, sumindo na distância, antes de voltar para dentro do prédio, só, uma vez mais.

Quando Kat chegou em casa naquela noite, meu cérebro estava livre de quaisquer tramas significativas que faziam parte da minha vida como indivíduo ou como ser social. Minha tarde de assistir comédias na TV se encarregou da coisa; a alienação consciente sempre funcionava. Conversei um pouco com minha colega sobre o final de semana, contando-lhe, sem muitos detalhes, como foram as coisas com John. Ela parecia animada por mim, falou para convidá-lo pra sua festa de aniversário, que seria já na próxima semana. Depois me contou como foi em Nova Jersey: anedotas de família e similaridades. Ela parecia melhor agora. Não tocamos no assunto do seu ex, porém, seu semblante parecia mais leve. Nada como o afastar-se às vezes.

Naquela noite, antes de dormir, não pude mais conter o rumo dos meus pensamentos. Fiquei imaginando onde estaria meu anjo negro, que não dava mais sinal de vida. As possibilidades iam longe: talvez ele estivesse sem internet, ou ocupado com o trabalho ou outras coisas; talvez ele tivesse cansado de trocar e-mails com uma desconhecida; talvez ele tivesse viajado, ou estivesse doente, ou tivesse arrumado uma namorada que não gostava da nossa troca de mensagens. Seja como for, percebi o quanto eu sentia falta de suas palavras. Minha vontade de pintar parecia agora tão distante como qualquer sonho impossível.

Depois, meus pensamentos foram para John. Havíamos partilhado do momento mais íntimo que se pode pensar, mas parte de nossa conexão havia se quebrado um pouco naquele final de semana. E, negando todos os meus instintos, eu escolhi ignorar esse fato, porque ele me fazia sentir como eu nunca havia sentido antes. Afinal, as coisas que eu havia descoberto não eram de todo mal. Ele não era tão sensível artística ou socialmente, mas era isso. Convenci-me de que esses problemas eram tão pequenos que logo se tornariam insignificantes na nossa relação. Sim, eu já pensava em nós dois como estando em uma relação, mesmo que a coisa não pudesse ser rotulada (ainda) de namoro.

Enquanto minha cabeça viajava na névoa das incertezas e suposições, fui surpreendida por uma notificação de novo e-mail no celular. Ao olhar para a tela, meu coração disparou. Era Dark Angel. Todas as dúvidas se dissiparam quando abri sua mensagem e comecei a ler as palavras que tanto me acalentavam.

"Black Rose,

Primeiramente, desculpe a minha ausência. Eu tive um fim de semana bem corrido e acabei sem tempo de responder seu e-mail. Espero que você não tenha se esquecido de mim. Eu certamente não me esqueci de você. Muito pelo contrário: nesses últimos dias, tudo o que eu fiz foi pensar em você. Sábado, visitei minha primeira galeria de arte da vida. Foi uma experiência e tanto! Eu mal sabia para onde olhar, por onde começar. Mas a pessoa que estava trabalhando lá me ajudou e, adivinha? Comprei um quadro! Estou te mandando uma foto da arte anexada. Quero saber o que você acha, mas eu estou muito feliz com a aquisição.

Já hoje eu fui fazer umas compras e sair da minha zona de conforto. Comprei umas roupas que eu jamais sequer experimentaria antes. Confesso que não sei se elas sairão de fato do guarda-roupas, mas vou fazer um esforço para usá-las. Eu até comprei uma calça colorida, coisa que jamais usei em toda minha vida (você deve me achar a pessoa mais tediosa da Terra neste momento, não?).

Enfim, esse foi o meu final de semana. Espero que você tenha se divertido tanto quanto eu.

Respondendo ao seu último e-mail, acho que você está sendo pessimista demais. Acredito piamente que, quando nos livramos de algo, principalmente um emprego mais ou menos, é porque tem algo melhor e maior prestes a acontecer. Tenha fé!

Gostei mesmo do seu quadro. E eu honestamente acredito que ele pertença a uma galeria como a que eu visitei. Não vi nada ali que o seu trabalho não tenha. A qualidade da sua arte é inestimável, mas, mais do que isso, é possível ver paixão e dedicação em cada obra que você produz. É uma pena que, por um motivo ou outro, você tenha que usar a internet para ter alguma exposição. Porém, eu acho que você ainda fará grandes coisas. Mal posso esperar por isso, pois você certamente merece.

Bom, está tarde e eu preciso dormir, mas não queria que você pensasse que eu me esqueci de você, por isso resolvi te responder antes de o sono me pegar. Espero que sua semana seja incrível!

Um beijo,
Dark Angel"

Após terminar a leitura, senti uma leveza de espírito. Meu ego saboreava suas palavras com voracidade e um alívio tremendo tomou conta do meu ser. Ele não só não havia se esquecido de mim como também pensara em mim e fizera coisas com seus dias sob minha influência. Abri a imagem anexa ao e-mail e vi a foto do quadro que ele havia comprado. Estava já na parede, podia-se ver. A pintura representava um lago envolto numa floresta que parecia saída de um conto de fadas. Era realmente muito bonito. Respondi-lhe prontamente, ainda sem conseguir conter muito as emoções:

"Dark Angel
Que alegria receber sua mensagem neste final de dia! Fiquei imaginando se você havia abrido mão de nossa amizade virtual. Acho que posso chamar de amizade, não? Mas fico feliz de saber que continuaremos nossas conversas.

Que fim de semana emocionante! Achei lindíssimo o quadro que você comprou. Fico muito grata de ter te incentivado a consumir arte. Acho também muito bom que você tenha saído da zona de confor-

to no que diz respeito ao seu guarda-roupas. Espero que as experimentações continuem.

Meu final de semana foi bom, com seus altos e baixos. E, com relação a ser pessimista, acho que você pode ter uma certa razão. Mas eu tento não criar muitas expectativas com relação à vida, no geral, para não me decepcionar. Enfim, espero que você esteja certo, de qualquer forma, e que haja algo melhor que esteja por vir.

Obrigada, mais uma vez, por sua apreciação. Eu estava bem sem vontade de pintar de novo, mas as suas palavras me despertaram a faísca que eu precisava para pensar em continuar produzindo. Quem sabe um dia estarei também numa galeria, não é mesmo? (não estou me ajudando muito com a coisa de não ter expectativas agora).

Espero que sua semana seja ótima e que nos falemos mais em breve.

Um beijo,
Black Rose"

Deitei-me na cama, experimentando a suavidade da sensação branda que era saber que meu amigo continuava ali para mim. As incertezas e hesitações que por vezes eu tinha com relação ao meu próprio trabalho de arte desapareceram depois de sua validação. Era um terreno perigoso o que eu estava

179

pisando, sabia-o com clareza. Mas a consciência da coisa não ajudava no controle das emoções que dançavam em mim, levando-me em todas as direções com sua valsa de passos aleatórios.

Dormi logo, sem perceber que o sono chegava. Acordei algumas vezes durante a noite, o que era algo um tanto quanto raro para mim. Tive pesadelos, mas, ao acordar, não consegui me lembrar de nada do que se passara nos caminhos do meu subconsciente. Despertei antes de o alarme tocar e tentei voltar a dormir, sem sucesso. Enrolei na cama, chequei as redes sociais e o e-mail no celular, depois decidi, finalmente, levantar. A casa estava silenciosa e os barulhos da cidade, o nosso silêncio, eram a única coisa que se podia ouvir. Fui até a cozinha, preparei um café e voltei minha atenção, mais uma vez, ao celular. Preenchi o tempo com bobagens postadas pelos meus amigos, notícias irrelevantes sobre pessoas irrelevantes e uma ou outra coisa importante sobre o mundo.

Quando se aproximava a hora de ir para a faculdade, fui me arrumar. Depois do fim de semana cheio de revelações sobre John, porém, minha empolgação para vê-lo na aula não era mais a mesma de antes. Quando ele habitava o mundo das ideias, em que eu podia moldá-lo ao meu bel prazer, a animação para encontrar o alvo das minhas fantasias era tão intensa que eu mal conseguia respirar. Agora, algo havia mudado. Eu ainda queria vê-lo, claro, com uma gana igualmente forte, mas a parte em que eu viajava em devaneios pensando em um futuro mais presente do que qualquer realidade havia se esvaído.

O caminho para a faculdade foi mais do mesmo. A cidade seguia seu rumo cotidiano, com uma leve depressão a mais por ser segunda-feira. Caras cansadas, bocejos incontidos e um mau humor característico das manhãs do proletariado. O metrô estava lotado, me obrigando a ficar de pé durante todo o trajeto. Quando cheguei ao meu destino, a energia de monótona insatisfação havia me pegado. Senti a exaustão coletiva pesando em meus ombros. Era ainda um pouco cedo. A aula não começaria por pelo menos quinze minutos. Sentei-me num banco um pouco afastado, embaixo de uma árvore, e ocupei-me, uma vez mais, das inutilidades que habitavam os aplicativos do meu celular. Desta vez, com o intuito de pensar ainda menos, me prendi a joguinhos idiotas para passar o tempo. Quando dei por mim, já estava quase atrasada para a aula.

Ao chegar na sala, sentei-me no primeiro lugar que vi desocupado e, antes que eu pudesse me acomodar, o professor chegou, apenas alguns segundos depois de mim. Enquanto ele mesmo ajeitava suas coisas na mesa, olhei em volta rapidamente e vi John sentado várias fileiras à minha frente. Ele não havia ainda me visto. Ao avistá-lo, mesmo de costas, meu coração instantaneamente acelerou e o mundo ficou, de repente, mais colorido. E os meus anseios com relação a ele passaram a não ter nenhuma importância.

O professor começou a aula rapidamente e voltei minha atenção a ele, muito embora meu corpo se ativesse ao seu manifesto por sentir a presença do homem que tanto mexia comigo... tão perto. Vez ou outra, eu me pegava voltando o olhar para onde ele estava. Metade da aula havia se passado e ele ainda não me notara. Seu foco parecia estar cem por cento no que o professor dizia. Senti um certo... ressentimento? Não, não, era outra palavra, que talvez não existisse ainda no vocabulário das línguas que eu conhecia, mas assim o foi até o final da aula. Finalmente, só depois de o docente deixar a classe, John virou para trás e me viu. Quando reparou que eu estava ali, sorriu discretamente e foi até mim.

— Hey, pensei que você não viria à aula hoje. Você sempre chega cedo — disse ele enquanto apoiava-se na minha mesa, inclinado para mim. Seu cheiro (de sabonete e pós-barba) me embriagou um pouco.

— Na verdade eu cheguei cedo, mas acabei perdendo a noção de tempo e só entrei quando a aula já ia começar.

— Como você dormiu?

— Bem, bem.... e você?

— Bem também. Você tem tempo de tomar um café depois da aula?

Lembrei que eu teria uma entrevista de emprego para uma vaga de babá, mas isso seria só à tarde. Então, respondi:

— Tenho sim.

Ele sorriu e, antes que pudesse responder, a professora da aula seguinte havia chegado. John, então, voltou para a sua mesa. O resto do período transcorreu rápido e eu até que consegui manter o foco, entre um pulo e outro do meu cerne. No fim da última aula, John voltou para perto de mim, já com suas coisas em mãos, e fomos andando até a cafeteria onde tínhamos ido para a nossa primeira saída. Conversamos sobre amenidades no caminho. Como já havia acontecido, tudo o que ele dizia, por mais banal que fosse, chegava até meus ouvidos com uma importância anormal. Eu mesma não tinha muito o que dizer, mas gostava de ouvi-lo falar.

Ao chegar à cafeteria, senti o conforto imediato daquele lugar aconchegante. Pedi um café preto e ele acabou pegando o mesmo, embora tenha colocado creme no seu copo logo que a garçonete trouxe nossos pedidos. Tomamos alguns goles de nossas bebidas e John continuava a preencher o silêncio com insignificâncias do dia a dia. Em dado momento, lembrei-me da festa de aniversário de Kat e convidei-o para ir, não sem certo receio de que ele pensasse que isso fosse um pouco demais para a nossa tão recente... relação.

— Eu adoraria, claro — respondeu ele, com uma inesperada animação. Contente com sua reação, respondi:

— Vai ser na sexta-feira. Só alguns amigos reunidos, nada demais. Planejamos começar às oito.

— Parece ótimo, estarei lá.

Voltamos a falar de futilidades por mais algum tempo e depois ele disse que precisava ir para o trabalho. Pegaria um táxi, mas, antes, me acompanhou até o metrô, onde nos despedimos com um beijo rápido nos lábios. Era impressionante como o mínimo contato com aquele homem me deixava de pernas bambas. Entrei no trem ainda lidando com os arrepios na espinha que seu toque me proporcionava. Pelo caminho todo até em casa, fantasiei sobre tê-lo mais uma vez em meus momentos íntimos, com os pensamentos entre concepções imaginativas e as reais experiências que havíamos vivido juntos no final de semana passado.

Ao chegar em casa, percebi que não tinha muito mais tempo para divagar sobre John. Precisava me aprontar para a entrevista de emprego. Troquei de roupa rapidamente, peguei a carta de recomendação da minha antiga chefe, a mãe das crianças que eu cuidara por algum tempo antes de ficar só na lanchonete, e segui novamente para o metrô — o antro das correrias da modernidade. Aliás, a pressa devotou-se tanto à ocasião que nem tive tempo de perceber se estava nervosa. O lugar não era longe da estação que eu desci, mas precisei me guiar pelo mapa do celular, pois eu não conhecia aquele bairro. Depois de alguns desvios e de me perder pelo caminho, finalmente, cheguei na casa da família onde eu potencialmente trabalharia.

Fui atendida por uma sorridente jovem mãe, que segurava seu bebê no colo. A menina tinha um ano e meio e, como quase sempre acontecia comigo ao deparar com a meiguice inerente às crianças, o afeto foi imediato. Havia também dois cachorros na casa, que me receberam com hospitalidade, abanando seus rabos com empolgação e lambendo minhas mãos quando abaixei-me para acarinhá-los. Sentamo-nos no sofá para a entrevista e, entre perguntas e respostas, a garotinha já me presenteou com sua aprovação, rindo das minhas caretas, aconchegando-se no meu colo como se fôssemos velhas conhecidas. A conversa em si foi tranquila. Descobri que aquela mãe trabalhava meio período, à tarde, o que era perfeito pra mim, que estudava de manhã. Falei das minhas experiências e tudo mais, discutimos o salário, que nos Estados Unidos, no geral, é combinado por hora e pago uma vez por semana, e, ao final, ela basicamente disse que eu estava contratada. Fiquei feliz, com uma sensação de que estava no caminho certo. Havia uma aura de amabilidade na casa. Eu começaria já na semana seguinte.

Fui embora satisfeita com o balanço que fiz da vida: novo trabalho, John e Dark Angel — meus. Tive vontade de chegar em casa e pintar. No caminho de volta, aproveitei para observar as pessoas e as coisas e me inspirar, concentrando aquela sensação de felicidade no agora. Com o prospecto de ter novamente um salário, decidi que investiria mais na minha arte. Compraria mais aparatos de pintura e, com o tempo, quando tivesse condições de morar sozinha, transformaria um quarto em ateliê. Deixei minha imaginação navegar nas águas perigosas da fantasia mais uma vez naquele dia. Visualizei meu pequeno estúdio, com quadros por todo lado e pinceladas involuntárias nas paredes — erros que se transformam em decoração, crua, fresca! —, numa atmosfera própria, isolada do resto do mundo, onde eu poderia me conectar completamente com a arte.

Ao chegar em casa, a força inspiradora que me tomou mais cedo perdeu uma batalha árdua para a preguiça — o pecado brando foi me esmorecendo enquanto meu corpo derretia no abismo do sofá. Li um pouco e depois fiquei perambulando entre a TV e o celular, consumindo bobagens para me entreter. Kat chegou em casa à noite, trazendo pizza e uma caixa de cervejas. Comemos e bebemos enquanto eu lhe contava sobre o novo trabalho e ela me falava um pouco do seu dia. Em dado momento, lembrei de dizer-lhe que havia convidado John para a sua comemoração de aniversário. Ela ficou empolgadíssima.

— Finalmente vou conhecer o cara misterioso que está te deixando caidinha!

Eu ri, mas não neguei suas palavras desta vez. Kat estava certa, eu o sabia, e decidi admiti-lo ali, para o silêncio de mim mesma. John... ele me deixava em um estado de arrebatamento absoluto, irrefutável, por mais que tal cenário me inquietasse com suas incertezas. E, para ser sincera comigo mesma, a cada momento, eu ficava mais convencida de que ele sentia o mesmo por mim. Ou algo similar, ao menos. E essa certeza cada vez mais forte me fazia imergir na temida vulnerabilidade. Cada vez mais.

≫≫⟩ ⟨≪≪

N aquela noite, não consegui pegar logo no sono. Eu estava empolgada com o novo trabalho e tudo o mais que andava acontecendo ao meu redor, e a carga de vivacidade preenchia o meu existir. Pensei em ler um pouco, mas não me decidia a levantar da cama. Uma vez mais, como nos proporciona a modernidade, decidi ficar no celular apenas — muito mais fácil do que me aventurar por palavras que pudessem me fazer cair nas garras do pensar. O celular, claro, não me ajudaria a cair no sono, mas ao menos eu não ficaria sozinha com meus pensamentos. Olhei o marcador do relógio — meia noite e vinte. Eu havia deitado para dormir não eram onze horas ainda. Antes de entrar nas redes sociais, chequei rapidamente meu e-mail. Entre ofertas, promoções e *newsletters*, havia uma mensagem do meu anjo negro. Ele tinha acabado de enviar. Abri-a e comecei a ler, sentindo, como sempre acontecia, a carícia de suas palavras doces.

"Black Rose,

Certamente podemos chamar de amizade essa nossa relação. Embora eu sequer saiba seu nome de verdade, sinto que te conheço mais do que alguns amigos de longa data que vejo com frequência. É claro que não há justiça nessa comparação. Afinal, nenhum deles consegue traduzir com tanta maestria os mais profundos sentimentos humanos por meio de qualquer arte que seja. De todo modo, eu não pretendo abrir mão de nossas conversas tão cedo! Espero que seja recíproco o sentimento.

Eu também gostei muito do quadro. Agora, toda vez que olho para ele na parede da minha sala, lembro de você. Com relação às roupas, bem, eu ainda não tirei as etiquetas de nenhuma delas, mas, uma coisa de cada vez. Um dia, quem sabe, eu chego ao ponto de usá-las em público. E sem dúvidas vou continuar com essas experimentações, ao menos com pequenas coisas. É muito interessante fazer escolhas que normalmente não passariam nem perto de serem cogitadas por mim antes.

Eu entendo totalmente esse medo de criar expectativas. É um jeito de se viver, sem dúvidas. Mas há também de se dar a elas (as expectativas) o seu devido valor. Afinal, é o que nos faz seguir em frente, certo? Sonhos, objetivos, o que seriam

189

sem expectativas de sucesso, não é mesmo? Claro que criá-las em demasia pode acabar em decepção e sofrimento, mas estes também servem para nos ensinar alguma coisa. Enfim, escolhas...

Tenho certeza de que um dia verei seus trabalhos em uma galeria de arte por aí. No mais, não pare de criar, mesmo que a vontade se faça quase inexistente. Seria uma perda inestimável para o resto do mundo. Sim, eu sei que é egoísmo de minha parte. Espero que você me perdoe. Sua arte não pertence só a você e não é justo que as pessoas não a vejam.

Um beijo,
Dark Angel"

Sem pensar muito, apenas aproveitando as sensações frescas, toquei no botão de responder do e-mail.

"Dark Angel,
Sem dúvida é recíproco sim o sentimento de amizade. Ter essas conversas com você me fazem muito feliz. Acho que, de certo modo, conhecemos um ao outro mais do que a qualquer outra pessoa. Acaba sendo fácil deixar sair certas vulnerabilidades quando não existe medo do julgamento. De uma maneira estranha, eu confio mais em você

para isso do que em um amigo que conheça meu rosto, meu nome e minha história.

Bem, me fale sobre suas pequenas experimentações, por favor. Eu mesma talvez comece também a sair um pouco da minha zona de conforto. Nunca é fácil, mas pode trazer surpresas bem agradáveis.

A respeito de expectativas, mais uma vez, você está certo. É perigoso se deixar levar por elas, mas suponho que, sem esse senso de objetivo a ser alcançado, não faríamos metade das coisas que deveríamos fazer. De qualquer forma, por mais romântica seja a ideia de que o sofrimento é bom (o que reconheço ser verdade), não significa que queiramos necessariamente passar por ele (eu sei que não quero).

Não sei se um dia estarei em uma galeria. Afinal, não é só talento que conta para essas coisas. Na verdade, há mais talentos medíocres ocupando espaços de sucesso do que você imaginaria. Mas espero que um dia eu consiga algo. Por enquanto, vou fazendo o que dá. Aliás, falando em fazer o que dá, eu consegui outro emprego. Não é o trabalho dos sonhos ainda, mas sinto que será melhor do que o que eu estava antes. Já é alguma coisa, certo?

Por vezes (na maioria das vezes), acho que você vê coisas demais em mim. Não deixarei de fazer arte, mas dizer que o mundo perderia alguma coisa é um pouco demais. Não pense que estou usando de falsa modéstia ou que eu esteja procurando elogios seus, é que eu realmente acho isso. Reconheço e gosto do meu próprio trabalho, mas sei que o mundo estaria bem sem ele, pois há uma infinidade de artistas maravilhosos que nos agraciam com suas obras.

Espero que sua semana esteja indo bem.
Um beijo,
Black Rose"

Depois de responder ao e-mail do meu amigo, fui subitamente tomada pelo sono. A leveza do meu sentir me levara a fechar os olhos e embalara-me em sonhos doces, dos quais meu consciente queria fazer morada. Sendo esse um desejo impossível, foi com frustração que acordei no dia seguinte, ao violento som do alarme do meu celular.

Aquele dia seguiu como tantos outros dias que acabam esquecidos em algum lugar no fundo da mente — nada além da rotineira monotonia. Em verdade, foi assim com o resto daquela semana. Em dias de aula, eu passava até que bastante tempo com John. Quando ele não tinha que ir direto para o trabalho depois da faculdade, tomávamos café juntos. No mais, nada. Dark Angel não havia ainda respondido ao meu e-mail, mas eu já não me angustiava com incertezas. Eu sabia agora que ele certamente não havia se esquecido de mim e sem dúvidas sua ausência era devido à falta de tempo ou algo que o valha.

A sexta-feira chegou depois que os dias se arrastaram por uma eternidade de tédio. Finalmente alguma empolgação ressurgia em meu ser, com a festa de Kat que aconteceria naquela noite. Eu estava contente com o prospecto de apresentar John à minha amiga e de tê-lo comigo fora das horas de aula. Além disso, se eu fosse totalmente sincera comigo mesma, guardava um certo orgulho por poder exibi-lo naquele ciclo social. Sua extrema beleza tão padrão, tão esperada, e o fato de ele escolher estar comigo, alimentava meu ego sedento.

Naquele dia, depois da aula e do meu café com John, fui direto para casa. O entusiasmo de deixar tudo pronto para a noite me conduzia pelas mãos. Kat havia comprado salgadinhos e outros aperitivos, e enchido a geladeira de cervejas, além de garrafas e mais garrafas de todos os tipos de bebida possíveis. Pediríamos pizza à noite — nada de carne louca e coxinhas — e eu estava responsável por fazer caipirinhas. Enquanto ela trabalhava ainda, eu dei uma arrumada no apartamento e rearranjei os móveis para abrir mais espaço para os convidados. Embora ela tivesse dito que não chamaria muita gente, minha colega era extremamente popular e, além disso, os amigos dela também tinham amigos que tinham amigos que tinham amigos...

Depois de deixar tudo ajeitado, conectei pequenas caixas de som que pertenciam à Kat no meu computador e separei algumas *playlists* com músicas animadas que andavam tocando nas rádios. Já podia visualizar o deleite dos embalos hipnóticos que a poesia de frases grudentas e harmonia repetitiva traria; um gozo coletivo, a música. Também dispus guardanapos, pratos e copos descartáveis na mesa onde ficariam as comidas e bebidas. E usufruí, por um segundo, da delícia da organização. Quase no mesmo momento, ela chegou em casa; agradeceu-me por ter tomado conta da arrumação e fomos, então, começar a nos arrumar. O embelezamento da casa pronta, o irrefutável segundo passo, obviamente, seria o adornar de nós mesmas.

Não demorou muito até as pessoas começarem a chegar. Aos poucos, o apartamento foi sendo tomado pelos sons das conversas aleatórias, que, com o tempo e o álcool, iam ficando mais e mais entusiasmadas. Kat me apresentou a todos que chegavam e algumas pessoas tinham que ser apresentadas a ela também — os amigos dos amigos dos amigos. E ela fazia questão de dizer aos convidados que eu era brasileira. E eu sorria com desconforto a cada comentário que seguia a informação: você gosta de futebol?; que coincidência, a namorada do meu primo é da América do Sul; ah, carnaval, hein; etc etc etc. Eu estava quase acostumada. Mas, nas profundezas dos meus pensamentos, a coisa era problematizada ainda. Minha colega aniversariante também fazia questão de que todos os convidados experimentassem a "tal" caipirinha — muito forte para alguns, mas a maioria gostou da bebida tão *exótica*.

O tempo foi passando e, apesar de eu mesma já estar começando a desfrutar da animação com que os drinques todos me presenteavam, comecei a ficar um tanto apreensiva com o fato de John ainda não ter chegado — nem mesmo mandado uma mensagem. Pensei em perguntar-lhe, mandar eu mesma uma mensagem, mas não quis a humilhação de não parecer despreocupada. Então, a fim de empurrar a ansiedade para a caixinha trancada que fica no fundo da minha mente, engajei-me nas conversas e na comida e nas bebidas e na música. No fim de alguns minutos (ou seriam segundos? horas?), eu já não me lembrava mais de John.

Apesar de estar um clima legal, a festa nem de longe se comparava às que temos no Brasil. Havia um clima — ameno — de diversão. As músicas mais animadas tocavam, ninguém se mexia. Senti uma saudade dos churrascos na laje e todos dançando os axés dos anos 1990 milimetricamente coreografados, e das festinhas com coxinha, bolinho de queijo e brigadeiro da minha terra. Bem, ao menos a cerveja daqui era melhor, consolei-me. Enquanto eu devaneava sobre isso, uma batida na porta. Quando levantei e fui até ela, me peguei cambaleando de leve. Talvez eu devesse dar uma segurada com o álcool, uma voz no fundo dos meus pensamentos sussurrava. Abri a porta, deparei-me com John. Ele estava lindo, como sempre, em seu estilo usual: jeans, camiseta branca e a jaqueta de couro. Segurava uma caixa de cerveja na mão — a minha favorita. Sorrimos um para o outro e convidei-o a entrar.

— Você está linda — ele disse.

— Você também. Obrigada pela cerveja.

Ele me seguiu até a cozinha, onde guardei a caixa na geladeira. Depois, peguei seu casaco para deixar no meu quarto — tudo isso enquanto as batidas do meu coração precipitavam-se a quase atravessar o peito, rasgando a pele frágil numa dança bizarra e apaixonante. No caminho, esbarramos com Kat, toda sorridente e tão embriagada quanto eu; ou até mais; provavelmente mais. Ela nos olhava com expectativa e fiz as devidas apresentações:

— John, esta é Kat, minha colega de apartamento e aniversariante. Kat, este é John.

Ele apressou-se para estender a mão para ela, mas minha amiga resolveu abraçá-lo em vez do frio, típico aperto de mãos. Ele pareceu um pouco assustado, mas retribuiu, dizendo:

— Muito prazer e feliz aniversário!

— Obrigada, o prazer é todo meu — respondeu Kat e via-se, pela sua voz, que os espíritos da ebriedade tomavam conta dela. Segurando seu braço, ela continuou:

— Eu ouvi muito sobre você. Nem acredito que finalmente nos conhecemos. A Clara, ela... você é muito sortudo por ter essa mulher incrível.

Ele sorriu e respondeu:

— Concordo plenamente.

Nesse momento, alguém chamou seu nome e ela, sem pedir licença, sumiu por entre a pequena massa de pessoas. Seguimos para o meu quarto e, lá dentro, depois de jogar sua jaqueta na cama, voltei-me para John:

— Desculpe o jeito da Kat, mas, você sabe como é. Ela está bebendo desde cedo. Nós estamos.

Ele riu de maneira descontraída:

— Ora, não precisa se desculpar. É aniversário dela, hoje é sexta e um dia para celebrar.

Enquanto ele falava, num impulso incontido, aproximei-me e passei os braços ao redor de seus ombros. Uma quentura meio zonza era o que eu era, ali, naquele agora. Olhei em seus olhos com intensidade, beijei-o nos lábios; primeiro suave e, depois, mais forte, quase violenta. Não sei quanto tempo se passou, mas ficamos ali trocando afagos e carícias — nossos corpos pareciam ligados por magnetismo, aquele clichê tão real naquele momento — até que fomos interrompidos por alguém abrindo a porta. Susto, culpa?... Era uma amiga de Kat que estava procurando o banheiro. Depois de apontar a porta certa, acabamos também saindo para nos juntar ao restante da festa — uma outra forma de contentamento.

— O que você quer beber? — perguntei a John — Eu fiz caipirinhas, se você tiver interesse.

Ele respondeu de pronto:

— Hum, quero provar sim.

Peguei, então, a bebida, que estava em uma jarra, e coloquei-a num copo plástico, acrescentando um pouco de gelo. Ele tomou um gole e fez uma expressão de aprovação:

— Muito gostoso.

Apesar de já estar um pouco alcoolizada, servi-me de um copo também e ali ficamos, conversando sobre amenidades sem importância enquanto bebíamos. Nossos papos nunca eram muito profundos, mas eu gostava bastante de falar com ele de qualquer forma. Eu gostava de sua voz e entonação, do jeito que ele pronunciava as palavras e também dos gestos que as seguiam. O conteúdo da conversação passava a uma quase irrelevância quando estávamos juntos, já que os sentidos comandavam-me nesses momentos.

A noção de tempo, e até de espaço, foram se perdendo conforme a noite ia adentrando a madrugada. John e eu ríamos muito e, vez ou outra, engajávamos em conversas casuais com quem estivesse por perto. Os copos iam enchendo e esvaziando e as músicas continuavam a tocar, uma atrás da outra. Algumas pessoas se beijavam no sofá, enquanto outras se ocupavam de seus drinques ou iam fumar na varanda. Um cara havia apagado numa poltrona. Uma voz no fundo da minha mente sussurrou que deveríamos abaixar o som, mas o barulho da festa abafou seu murmúrio. Não sei como algum dos vizinhos não resolveu chamar a polícia, pois, embora eu não tivesse ideia de que horas eram, tinha a plena certeza de que passava de meia noite — pelo menos.

Em dado momento, porém, os convidados começaram a ir embora. Havia agora cerca de dez pessoas na casa quando ouvimos uma batida na porta. Certamente algum vizinho reclamando. Kat e eu fomos juntas atender e, quando abrimos a porta, demos com Jordan, seu ex. Por alguns segundos, nós três ficamos ali parados, sem pronunciar palavra. O choque me trouxe uma certa sobriedade instantânea. Olhei a hora no mostrador do aparelho de DVD: uma e quarenta da manhã. Depois, meus olhos foram até John que, percebendo que algo acontecia, andou até mim e se colocou ao meu lado. Finalmente, Kat se manifestou:

— Jordan?! O que diabos você está fazendo aqui a essa hora? — ela parecia também ter ficado mais sóbria abruptamente.

— Kat, como você não me convidou pro seu aniversário? — sua voz chorosa e alterada indicava que ele também andara bebendo naquela noite.

Minha amiga respondeu com uma expressão que misturava indignação e genuína raiva. Seus olhos flamejavam com tal vigor que tive medo que ela o agredisse fisicamente. Em vez disso, ela disse somente:

— Boa noite, Jordan.

E fez menção de fechar a porta, mas ele a impediu, segurando-a com a mão enquanto ia entrando. A esta altura, alguém havia desligado a música e todos prestavam atenção aos acontecimentos. John interveio, colocando-se entre Kat e Jordan.

— Ei, irmão, ela disse "boa noite". Acho melhor você ir embora.

Jordan olhou-o confuso e, por um momento, parecia pensar sobre o que fazer em seguida. Eu segurava a respiração, temendo que a situação se agravasse, a masculinidade tóxica misturada com o álcool que tomava conta do entorno fazendo questão de se mostrar ali viva. Finalmente, o ex da minha amiga respondeu:

— Olha, eu não sei quem você é, mas só vim desejar feliz aniversário pra minha namorada.

— Eu não sou sua namorada, Jordan! — Kat afirmou com fúria.

Jordan, então, voltou-se novamente para ela e, para espanto de todos, colocou-se a chorar como uma criança. Por vários segundos, apenas o som de seu lamento era ouvido no apartamento. Minha amiga olhava-o agora com desespero, provavelmente, como todo o resto de nós, sem saber o que fazer.

— Eu te amo, Kat — começou a dizer o rapaz por entre soluços — você partiu meu coração quando terminou comigo.

201

— Você vai se mudar — replicou ela, sua voz agora um pouco mais amena, mas ainda carregada de ressentimento — você escolheu me deixar.

Ele voltou a soluçar enquanto fazia um sinal negativo com a cabeça.

— Eu sei, eu sei, a culpa é minha...

O silêncio entrecortado pelos seus lamentos voltou a se fazer presente. Mais uma vez, John, que observava a cena de perto, resolveu intervir. Ele se aproximou de Jordan e, dando uma batidinha amigável em seu ombro, disse:

— Eu sei como você se sente. Mas é muito tarde, todos estão alterados. Vá pra casa agora, tome um banho, durma e amanhã, quem sabe, vocês podem conversar sobre isso, se os dois quiserem. Ok?

Jordan olhou-o num misto de dúvida e gratidão. Por fim, acabou concordando:

— Tudo bem, tudo bem. Kat, desculpe ter vindo sem te avisar.

Ela apenas encarou-o em silêncio.

— Vou chamar um carro no aplicativo — eu disse, enquanto pegava o celular.

John, então, desceu com Jordan para esperarem. Eles foram seguidos pelo restante das pessoas que ainda estavam ali — tchaus desconfortáveis: você sabe, está tarde, mas parabéns de novo, adeus. Nada como um climão pra fazer dispersar quem procura só uma animação de sexta à noite.

Estávamos agora sozinhas no apartamento. Sentei-me com Kat no sofá para tentar confortá-la — tarefa árdua quando se tem medo da dor alheia e não há, em verdade, o dom da palavra ao seu favor.

— Como você está? — perguntei, embora a resposta a essa questão já estivesse clara como água.

— Não sei — respondeu — uma mistura de raiva com tristeza. Eu realmente não esperava que ele fosse aparecer aqui, ainda mais no meio da noite e no dia do meu aniversário. Qual o problema desses caras?

— É, eu não sei. Mas ele estava bêbado. Amanhã vai com certeza estar arrependido e te pedir desculpas.

— Eu nem quero que ele faça isso. Não quero mais ouvir falar dele!

Seus olhos mudavam a todo momento, transitando entre a cólera e a mágoa. Tal amargura não era desconhecida por mim — nem por todas as mulheres que se relacionam com homens, provavelmente. Não havia consolo para ela, a não ser o tempo. De qualquer forma, como presume a amizade, eu tentei mesmo assim:

— Sabe, você vai encontrar alguém bem melhor que ele e, quando esse dia chegar, vai agradecer aos céus por ter se livrado desse cara.

— É, eu sei — disse ela com resignação — mas, enquanto isso, a dor vai continuar por um tempo.

Como extrair da verdade uma palavra de conforto? Não consegui pensar em nada para dizer, então, em vez disso, abracei-a. Ficamos ali meio deitadas no sofá, sem falar, apenas absortas no momento daquele compartilhar fraternal. Depois de algum tempo, percebi que ela adormeceu, a cabeça em meu ombro. Levantei-me, ajeitei-a ali, tirei-lhe os sapatos e a cobri com uma manta. Nesse momento, ouvi o barulho da porta sendo aberta. Era John que retornava.

— Bom, ele já foi — disse ele e, olhando para Kat, continuou — que bom que ela dormiu.

— Sim, ela precisa descansar — respondi — obrigada por ter tomado conta da situação.

— Imagina. Eu não queria me impor, mas, ao mesmo tempo, percebi que vocês estavam um pouco perdidas.

— Bastante perdidas.

— Qual a história dos dois, afinal? Enquanto esperávamos o carro, ele só fazia chorar e dizer que a amava.

— Ugh! — revirei os olhos com indignação — Bom, basicamente, eles costumavam sair, mas nunca namoraram oficialmente. Então, há pouco tempo, ele disse que se mudaria pra Califórnia e ela terminou com ele.

— Entendi — respondeu John, sem demonstrar nenhuma emoção em particular — complicado.

Eu apenas assenti com a cabeça. Perguntei-me qual seria sua real opinião sobre o assunto, se é que ele tinha alguma, mas minha energia estava drenada, então, em vez de lhe perguntar, ou *me* perguntar, preferi encerrar a coisa dentro da minha cabeça. Eu estava ficando boa em trancar reflexões desconfortáveis a sete chaves.

— Bem — eu disse casualmente — você quer ir se deitar?

Na verdade, eu nem tinha certeza de que ele dormiria ali, apenas assumi que sim. A suposição me fez pensar, logo depois de lhe fazer aquela pergunta, que podia parecer uma imposição. Mas ele apenas respondeu:

— Sim, sim. Foi uma longa noite.

⟿⟫ ⟪⟞

Deitada, os olhos abertos encarando o teto, percebi que, apesar da extrema sensação de cansaço mental, o sono não viria fácil. John já dormia profundamente, respiração leve, corpo pesado. Há alguns minutos, parecíamos um só ser humano, possuidores de dois corpos que se encaixavam perfeitamente. A harmonia encontrada no sexo, naquela noite rápido e descomedido, era tão ritmada e celeste que me era impossível não pensar naquele homem como sendo algum tipo de alma gêmea, se isso existisse. Com ele, me sentia etérea, espiritual e confortável, como se fosse conseguir relaxar até não haver mais sombras, mais medos.

Entretanto, agora que os gozos haviam passado, eu me encontrava desperta e desengonçada, espremida com ele na minha cama de solteiro, sem saber o que fazer com meu corpo para deixá-lo um pouco mais cômodo. Ao fim de alguns instantes tentando entregar-me a qualquer tipo de repouso, acabei por sucumbir ao estímulo que não me deixava dormir. E decidi, então, ficar no celular até que minha mente finalmente ouvisse o meu corpo exausto, que gritava e clamava por uma trégua. Qual não foi minha surpresa ao, nesse ato despretensioso, deparar-me com um e-mail de Dark Angel. Meu coração sorriu — sorriso que chegou aos meus lábios também, tímido, matreiro... culpado? —, e coloquei-me a ler:

"Black Rose,

Fico contente que você me considere seu amigo. Nossas conversas também me fazem feliz e acho que você está coberta de razão na conclusão de que acaba sendo mais fácil confiar um no outro do que em pessoas do 'mundo real'.

Desculpe pela demora em te escrever de volta, mas você sabe como é o trabalho, sempre ficando no caminho das coisas importantes. Vou tentar não deixar isso acontecer muito.

Das minhas experimentações, bem, vejamos: estou tentando novos restaurantes, dando uma chance para músicas que eu jamais ouviria antes e, mais recentemente, experimentei um novo vinho. Eu sei que não parece muito, mas, para mim, são mudanças significantes (eu bebo os mesmos vinhos há anos). Patético, eu sei... mas não desista de mim, por favor!

Fico muito feliz que você tenha encontrado um novo trabalho. Isso é ótimo! Pode não ser o emprego dos sonhos, mas é, sem dúvidas, um passo na direção certa. E é assim que, aos poucos, você deve ir aprendendo a comedir as tais expectativas e, claro, por fim, chegar a viver da sua arte.

Eu jamais achei que você fosse alguém que procura elogios mascarados de modéstia. Eu sei que você não se vê com os meus olhos. E esses olhos, eles

não veem 'coisas demais' em você, Black Rose. Eu
sei que há uma infinidade de artistas incríveis pelo
mundo, mas o que você precisa entender é que eu te
coloco entre eles.
Tenha um ótimo final de semana.
Um beijo,
Dark Angel"

Respondi-o logo em seguida. Era um pouco estranho fazê-lo com John dormindo ao meu lado —
uma sensação enigmática de transgressão. Não que
eu pensasse em Dark Angel como algo romântico
(ao menos era o que eu dizia para mim mesma), mas
ainda era impossível para mim conceber um mundo
em que os dois coexistissem.

"Dark Angel,
Sem dúvidas acaba sendo mais fácil confiar em
alguém que não se conhece o nome ou o rosto, mas
apenas pensamentos sobre tantas coisas tão impor-
tantes, como a arte. E não precisa se desculpar por
demorar em responder. Eu bem sei como a vida às
vezes se torna uma loucura, cheia de responsabili-
dades.
Eu acho que as mudanças que você anda ex-
perimentando são muita coisa sim. Afinal, quantos

de nós podem dizer que se aventuram por novos mares, por menores que sejam?

Estou até empolgada com o novo trabalho, para dizer a verdade. Com certeza é alguma coisa. Espero que eu consiga um dia, se não viver da minha arte, ao menos ganhar um dinheiro extra e ter algum reconhecimento que seja.

Bem, já tenho o seu reconhecimento, não é mesmo? Quem sabe um dia eu atinja algum crítico de arte ou dono de galeria ou algo do gênero da mesma forma que atingi você?

Tenha um ótimo final de semana também!

Um beijo,

Black Rose"

Depois de enviar o e-mail, fiquei apenas ali deitada, curtindo a sensação doce que as palavras do meu amigo virtual sempre me traziam, e que perdurava. Sem perceber, o conforto em meu coração manifestou-se no meu corpo afinal, que, agora aconchegante, subitamente acabou adormecendo.

❊❊❊ ❊❊❊

Vi-me em um lugar estranhamente familiar. Alguma parte do meu pensar sabia que eu estava dentro de um sonho. Essa parte se perguntou se eu já havia sonhado com aquilo antes. Era uma sala de estar — não, uma espécie de biblioteca ou escritório. Infinitas prateleiras preenchidas com livros de diferentes linguagens, algumas poltronas próximas de uma lareira acesa e uma mesa num canto. Sentado à mesa, um homem folheava alguns papéis que, por sua expressão preocupada, deviam ser documentos da mais extrema importância. O homem parecia saído de um filme de época: usava terno e gravata, um chapéu e ostentava um bigode proeminente. Ao perceber minha presença no recinto, olhou-me com o que pareciam ser olhos de pena.

— Então, Clara — começou a dizer o homem, e sua voz era grave e austera — você anda se comunicando com ele, não é mesmo?

Sem entender, olhei-o com uma expressão de dúvida. Ele parecia esperar alguma resposta mais concreta vinda de mim, então, repliquei:

— Não sei do que você está falando. Ele quem?

Ele voltou o olhar para os seus documentos e, com um gesto das mãos, ordenou que eu me aproximasse. Quando estava ao seu lado, ele apontou para uma das folhas de papel e, olhando-a, por algum motivo, eu não conseguia ler. Entretanto, mesmo sem a habilidade de decifrar aqueles signos, entendi que se tratavam dos e-mails trocados com Dark Angel. Voltei-me, então, para o homem:

— Como você conseguiu esses e-mails?

Ele me olhou como se eu fosse uma criança ingênua, que não sabe o mínimo da vida, e respondeu:

— Eu tenho o poder de conseguir o que eu quiser.

Seus olhos, então, transformaram-se em chamas. Assustei-me e tentei recuar, mas ele me pegou pelos braços.

— Você fez uma coisa muito errada, Clara.

Aos prantos, sem conseguir conter o temor gigantesco que me tomava ao me ver face a face com aquele homem, repliquei:

— Mas o que tem demais em trocar e-mails com alguém?

Ele pareceu ainda mais furioso e sua voz se transformou em algo de tenebroso quando ele respondeu:

— Você sabe da sua culpa.

Ainda segurando os meus braços, ele foi se aproximando de mim e, a medida que chegava mais perto, eu conseguia sentir cada vez mais o calor do fogo dos seus olhos queimando, ardendo, inflamando... quando seu rosto quase tocava o meu, acordei de súbito, o corpo todo banhado em suor.

John não estava mais ao meu lado, mas o barulho que eu ouvia de fora indicava que ele estava ao redor. O suor ainda escorria pela minha testa e grudava a roupa de cama em meu corpo nu. O coração palpitava. Balancei a cabeça, espantei o pesadelo. Levantei-me, passos rápidos para o banheiro — rosto lavado, alma lavada. Coloquei uma camiseta velha e shorts e segui para a cozinha, de onde vinham sons de vida acontecendo. Quando ali cheguei, vi John preparando alguns ovos. Kat também estava presente, sentada, bebericando uma xícara de café. Os dois pareciam confortáveis, papeando sobre o dia anterior.

— Bom dia — eu disse e ambos viraram-se na minha direção.

— Bom dia — respondeu Kat — John fez café e insistiu em preparar a comida.

Fui até ele, beijei-o no rosto. Ele sorriu.

— Bom dia. Dormiu bem? — perguntou depois de beijar minha testa.

— Como um bebê — menti — e você?

— Também. Eu acabei apagando bem rápido, estava exausto.

Virando-me agora para Kat:

— Como você está?

— Ah, estou bem, eu acho. Você sabe, fácil não é, mas temos que seguir em frente.

— Alguma notícia do Jordan?

— Não. E espero que ele não me procure.

Depois disso, silêncio. Ouvia-se, por longos segundos, apenas o barulho de John manipulando ingredientes e utensílios. O tilintar da espátula na frigideira, o chiado do encontro do alimento com a manteiga borbulhante, até o som da fumaça que se formava parecia existir dentro da cozinha, talvez até ecoando pelo resto do apartamento, e além. Em dado momento, ele anunciou que a refeição estava pronta. Todos à mesa; ele serviu ovos mexidos, torradas e bacon. Eu estava faminta. Meu corpo frequentemente clamava por nutrição e conforto depois de uma noite de bebedeira. Comemos enquanto conversávamos de coisas sem importância. Eles acabaram entrando em uma discussão sobre futebol americano e, na minha ignorância para com o assunto, aproveitei pra ficar a sós com meus pensamentos enquanto apenas concordava com a cabeça de vez em quando, como se estivesse um pouco ali — mas eu não estava.

Pensei em meu pesadelo. Será que eu sentia assim tanta culpa por manter uma relação, por mais platônica que fosse, com Dark Angel, enquanto saía com John? Não fazia sentido, mas talvez meu subconsciente não se importasse com a lógica. De qualquer forma, eu não abriria mão de nenhum desses homens na minha vida, e a decisão, cravada em pedra no meu interior, me satisfazia como a heresia satisfaz o pecador. John me completava física e emocionalmente e meu anjo negro, artística e intelectualmente. Se eles fossem uma só pessoa, eu tenho plena certeza de que começaria a acreditar em almas gêmeas. Acho que essa junção faria um ser humano completo e perfeito. Perdi-me, assim, sem perceber, nesses devaneios sem cabimento por não sei quanto tempo. Até que ouvi meu nome e me dei conta de que o mundo real solicitava minha atenção.

— Clara? — dizia Kat com insistência.

— Sim? — respondi, voltando-me para ela.

— Onde você estava?

— Ahn... eu só me distraí por um momento. Você sabe que futebol não é a minha praia.

— Mas esse assunto já tinha acabado. Estávamos falando sobre as férias de verão. Eu disse pro John que seus planos são "trabalhar na sua tese" — esta última fala foi dita com toda desaprovação possível.

— Bem... sim — respondi apenas, tomando, depois, um gole de café.

Kat revirou os olhos com reprovação. John deu uma risadinha e disse:

— Eu estava dizendo pra ela que pretendo usar uns dias para visitar minha família. Você sabe, comer uma comidinha caseira, fazer uma pequena viagem de carro...

— Ah, isso é ótimo — respondi sorrindo.

— Eu estava pensando — continuou ele — se talvez você quisesse ir comigo.

Surpresa. Lisonjeada. O coração, antes descansando em serenidade, parecia ter, ao mesmo tempo, parado de bater e começado uma sinfonia de aceleradas notas. Respondi-o de imediato:

— Claro, eu adoraria.

E, naquele momento, na minha cabeça, John voltou a ser o único homem que fazia sentido. O único homem possível. Ao menos por um instante, que era, afinal, o que importava — aquele instante presente. Quando chegasse o verão, a quentura do sol testemunharia nossa conexão se expandir e elevar, era o que me diziam as vozes interiores. E meu coração, corpo, mente e alma já palpitavam de ansiedade.

215

Verão

Nascida e criada em um país tropical, eu imaginei que o verão americano abraçaria o entorno com suavidade, e que eu riria de sua tentativa de amornar os espaços. Afinal, em São Paulo, as temperaturas beiram essa estação quase que o ano inteiro. Entretanto, havia algo de incômodo no calor dos Estados Unidos, ao menos na parte do país em que eu estava. Não sei bem descrever o quê. O clima parece ser mais úmido, mais denso, um ardor quase palpável. A sorte é que havia ar-condicionado em todos os lugares (que os céus proíbam os americanos de passarem qualquer tipo de desconforto). O finito espaço daquele carro alugado, portanto, era, mais que suportável. Em verdade, me sentia extremamente confortável.

John dirigia com perícia, exibindo um sorriso que caía bem com os óculos escuros que usava. O rádio estava ligado em uma estação que tocava músicas da moda, geralmente pop e hip hop. No porta-malas, duas malas de rodinha e uma mochila continham o essencial para um final de semana no subúrbio do estado de Nova Iorque. Demorei a me acostumar à definição de subúrbio daqui: cidades menores, as chamadas *towns*, habitadas comumente por pessoas de classe média ou alta. Minha cabeça ainda fazia confusão entre signo e significado e a palavra, quando pronunciada, sempre me levava aos aglomerados de pessoas nos morros, os carros surrados com música altíssima, o comércio ilegal nas barraquinhas de rua, as pessoas e suas dores.

Eu estava envolta em um misto de ansiedade e excitação. Ansiedade (com toda a carga negativa do vocábulo) porque conheceria a família dele — e nunca se sabe, de fato, o que esperar de tal encontro. Ah, as possibilidades incontáveis! Mas, no fundo, eu tinha a crédula esperança de que fossem legais — meu único porquê sendo John. Sua família de origem não podia ser tão discrepante de sua própria personalidade. Podia? De qualquer forma, havia também a parte excitante de toda esta história. Se John estava me levando em uma viagem para conhecer seus pais, nossa relação, sem dúvida, estava alcançando um novo patamar. Ele não tinha me pedido em namoro, mas havia agora uns bons meses que saíamos. Víamo-nos todos os dias que havia aula e quase todo final de semana. Ele passava muito tempo na minha casa. Eu também ia para o seu apartamento de vez em quando, mas preferia o contrário — a casa dele estava sempre uma bagunça, e era difícil fazer sentido ali.

Enquanto eu pensava nessas coisas e lidava com as emoções conflitantes, também prestava atenção na jornada. Da minha janela, a paisagem mudou, de repente, de prédios altíssimos, muito trânsito e concreto para um mundo que, até então, era encoberto pelo quase esquecimento em mim. Eu não me lembrava, no dia a dia, que havia, ainda, lugares em que predominava a natureza. Muitas e muitas árvores, algumas ainda floridas da primavera, enfeitavam agora o nosso caminho. Comovi-me com a vista. Ela se assemelhava a cartões-postais ou quadros encontrados em casas do interior. Parecia irreal, quase falsa, um cenário de filme feito de papelão e papel machê. Uma súbita inspiração me tomou. Uma pena. Eu não podia desenhar nada dentro de um carro em movimento. Mas prometi a mim mesma que seguraria a sensação.

— E então, o que você acha? — perguntou John de repente, me tirando de meus pensamentos.

— A vista é incrível! — respondi com empolgação — é tanto verde que não consigo conceber que vocês chamam meu país de "selva".

218

Ele riu com vontade e eu também.

— Bom, vocês têm a Floresta Amazônica, né?!

— É, é, eu sei. Mas pra mim, que sou de uma grande metrópole, é muito louco pensar nessa visão que o mundo tem do Brasil.

— Eu imagino — respondeu ele e acrescentou, depois de uma curta pausa — Você vai pirar quando chegarmos na minha cidade, então. Completamente diferente da cidade de Nova Iorque. O que você já viu de bichos lá até então?

— Ahn, esquilos, basicamente.

— É, se prepare pra ver vários desses e muitos mais.

Olhei-o com certa... apreensão.

— Tipo o quê?

— Ah, veados, guaxinins... se tivermos sorte, quem sabe até um urso?

Minha expressão surpresa deve ter sido hilária, visto que John voltou a rir, desta vez deixando a gargalhada tomar conta de si por um tempo considerável.

— Não precisa ficar com medo — disse ele depois de se recompor — provavelmente não veremos nenhum.

— Ah, bem, isso é reconfortante — respondi de maneira sarcástica.

Pelos momentos seguintes, entramos em uma acalorada discussão sobre a convivência com animais selvagens, coisa completamente normal para ele e extremamente estranha para mim. No fim das contas, concordamos que eles tinham mais direito do que nós de ocupar qualquer espaço que fosse.

Finalmente, chegamos ao nosso destino. Ele pegou a saída da estrada e, quando entramos na cidade, sentimentos me tomaram. A sensação foi como a que tive assim que cheguei à cidade de Nova Iorque — como dentro de um filme ou de um sonho ou em algum universo paralelo. As casas eram lindíssimas, com seus gramados e suas cercas brancas, que certamente serviam apenas como adorno, visto que a maioria não era mais alta do que uma criança. Algumas das casas não tinham nem isso, o que me fez pensar nos portões de ferro e muros altos de concreto de São Paulo. Além disso, raramente passávamos por algum comércio. No início, o que vi eram apenas essas residências fofas que mais pareciam feitas para serem habitadas por bonecas. Porém, quando chegamos na principal rua da cidade, segundo John, avistei algumas lojas e restaurantes. No mais, tudo em volta era muito bonitinho, no diminutivo mesmo, trazendo uma sensação de contos de fadas.

Depois de mais alguns minutos rodando pela cidade, minutos estes em que estive absorta em encantamento, chegamos à casa da mãe de John. Seu pai morava em um apartamento não muito longe dali, ele me disse enquanto eu pensava no absurdo que é por vezes a vida — eu estar ali, naquele ápice, o homem dos sonhos ao meu lado e a casa da sua infância em minha frente. A casa era, assim como todas as outras ao redor, bem grande e bonita. Não havia cerca em sua volta, apenas o gramado muito bem cuidado, com arbustos e flores coloridas. John estacionou na parte de concreto em frente à porta da garagem. Eles chamavam esse espaço de *driveway*. Por algum motivo, não utilizavam suas garagens para guardar os carros (John me disse que, em vez disso, usavam-nas para acumular tralhas).

Saímos do carro e John se ocupou em pegar as malas. E eu continuei observando. Havia um caminho para a porta de entrada no meio do gramado, feito de tijolos vermelhos em um estilo bem retrô. Em toda a sua extensão, rochas que pareciam falsas de tão perfeitas estavam espalhadas na beirada do pequeno caminho. Ao chegarmos à porta, notei que havia uma daquelas aldrabas, que parecia ter sido tirada de um castelo antigo. John, em vez de bater na porta com o batedor, tocou a campainha. Pronto, é agora — foi o que passou pela minha cabeça, a tensão crescente tomando conta. Eu estava prestes a encarar a realidade do que seria essa pessoa que, até então, existia apenas no que a minha imaginação era capaz de conceber como possibilidade.

Ouvimos passos se aproximando alguns instantes depois que o som estridente da campainha se desfez. A porta, então, se abriu para uma mulher sorridente, que abraçou o filho com carinho. Ela era muito bonita, e emanava uma energia jovem. Tinha cabelos loiros e olhos azuis, idênticos aos de John. Usava um vestido florido e seus pés estavam descalços. Depois das longas boas-vindas a ele, ela se desvencilhou e olhou para mim com simpatia e curiosidade. Porém, antes que pudéssemos ser apresentadas, fez um gesto para que entrássemos na casa.

Assim que passamos pela porta, deparei-me com uma sala de estar lindíssima, daquelas que se encontra em revistas de decoração ou nas redes sociais. John deixou as malas de lado e ambos sentamos no sofá. Sua mãe sentou-se na poltrona à nossa frente e ele finalmente disse:

— Mãe, esta é a Clara. Clara, minha mãe, Dorothy.

Levantei-me e fui até ela por um momento, estendendo a mão, que ela apertou com firmeza.

— Muito prazer — eu disse com o melhor sorriso que conseguia.

— O prazer é todo meu — ela respondeu, ainda também sorrindo.

Voltei a me sentar no lugar em que estava antes e Dorothy perguntou se queríamos beber alguma coisa. Ambos pedimos por água e ela foi até a cozinha por um momento.

— Tudo bem? — perguntou John num sussurro.

— Tudo ótimo — respondi.

Ele sorriu com alívio e satisfação e ela voltou trazendo dois copos d'água, que bebemos enquanto jogávamos conversa fora. Ela me perguntou da minha história e meus gostos e minha vida. Contei-lhe brevemente, sem muitos detalhes, como fora parar ali. Falei um pouco da minha família no Brasil, planos para o futuro e das minhas impressões sobre os Estados Unidos, enfatizando a gritante diferença que havia entre a cidade de Nova Iorque e a pequena e graciosa cidade natal de John.

Dorothy ouviu-me com atenção, balançando a cabeça em alguns momentos — polida, simpática até. O bate-papo permeou entre miudezas e trivialidades e elogios. Ela me felicitou pela coragem em deixar meu país e exaltou minha habilidade na língua inglesa e insinuou que me achava bela. E eu enalteci sua linda casa e seus modos e sua beleza também. Tudo muito desajeitado — da minha parte, é claro. Ela parecia muito diplomática, levando a conversa com uma graciosidade que eu jamais alcançaria. Depois, me mostrou o resto da casa. Cada cômodo me arrebatava mais que o anterior e eu sentia que estava atravessando um túnel que me levava a um mundo novo, antes desconhecido e tão distante quanto os confins dos conhecimentos ainda não-descobertos. Os detalhes de decoração, a extrema limpeza e arrumação evidenciavam o quão importante era seu lar para aquela mulher. Quando ela nos mostrou o quarto em que ficaríamos hospedados, decidimos ficar por ali e aproveitar para descansar um pouco.

Deitei na cama ao lado de John, que quase imediatamente acabou caindo no sono. Eu, por outro lado, embora tivesse acordado cedíssimo e sofresse o cansaço das emoções exaustivas, não consegui adormecer. A comoção dos acontecimentos daquele dia estava fresca na minha cabeça, como se estivesse, em realidade, ainda acontecendo — e talvez estivesse. Decidi guardar parte dentro de mim — o nervosismo, as expectativas esmagadoras e a dor boa da intensidade das coisas. E a outra parte, resolvi tentar dar vida — toda a inspiração que eu tivera ao longo do caminho. Levantei-me da cama, então, à procura de alguma coisa que me servisse de instrumento. Encontrei um caderno de anotações e algumas canetas na gaveta de uma das escrivaninhas e sentei-me no chão mesmo, abrindo-o e apoiando-o nas minhas pernas dobradas enquanto começava a desenhar.

Meu rascunho começou com uma paisagem metropolitana. Prédios altos, carros e um sol que, escondido atrás de um edifício, mal se fazia notar no desenho. Porém, no meio da página, essa vista se fundia ao espetáculo natural que era tomado por árvores floridas e folhagens cheias. Pássaros ocupavam uma parte do céu e via-se um coelho em movimento, correndo por entre arbustos. Sombreados simples, feitos com a mesma caneta preta usada para desenhar; traços despreocupados; rascunho pronto — desenho pronto. Levantei-me, então, e deixei a criação, o caderno e a caneta em cima de uma mesa de cabeceira. Depois, drenada de um tudo, gastei alguns minutos olhando pela janela, sem propósito. Ela dava para o quintal dos fundos da casa. Havia ali uma piscina, um vasto gramado, churrasqueira e uma mesa rodeada de cadeiras. Parecia o espaço perfeito para reunir os amigos. Por um segundo de tentação, imaginei-me ali sentada, uma taça de vinho na mão, jogando conversa fora com aquelas pessoas, como que pertencendo. Espantei o pensamento, em medo da minha própria esperança.

Distraí-me fácil, percebi logo, com essa vista e essas perspectivas que só existiam em mim. Eu "despertei" com um som de nova notificação no celular. Olhei para John com medo de tê-lo acordado com o barulho, mas ele só se virou um pouco e logo voltou ao estado de adormecimento em que antes se encontrava. Quase invejei-o. Olhei para a tela do meu telefone e deparei-me com uma mensagem automática do meu banco no Brasil dizendo que eu era elegível para um empréstimo ou algo que o valha — não li nada além do título. Meu dedo foi até a opção de apagar o e-mail e suspirei com uma resignação forçada, mas doída, ainda assim. Havia algum tempo que eu não falava com Dark Angel — ao menos duas semanas. E isso era uma imensidão, visto que, nos últimos tempos, trocávamos mensagens quase todos os dias.

Nossa comunicação, minha e de Dark Angel, aos poucos, foi se tornando cada vez mais casual, e passamos a falar sobre coisas além de questões filosóficas do ponto de vista social e de arte. Agora, misturado à discussão da elitização de expressões artísticas, falávamos de quando o carro dele teve que ir ao conserto ou quando cheguei quase uma hora atrasada para a faculdade por conta de um atraso no metrô ou quando sua cachorrinha passou mal e teve que ir às pressas ao veterinário — e de como a alienação toma conta dos espaços sociais e de como é difícil a vida para novos artistas e de todas as coisas que permeiam o mundo das ideias, mas também o mundo concreto, que tocamos e sentimos, cheiramos, provamos...

No topo de tudo isso, eu não me sentia mais culpada por trocar mensagens com meu amigo. Em verdade, ele fazia tão parte da minha vida como qualquer outra pessoa do meu convívio — até mesmo John. Ele não sabia de Dark Angel, é claro, mas a relevância da informação sobre essa parte da minha existência parecia nula agora.

Essas reflexões me levaram à saudade — uma saudade peculiar, não de algo que estava no passado, por assim dizer, mas uma falta, uma... não sei. Só sei que esse sentimento, seja lá o que fosse, me levou a reler algumas de nossas conversas. Eu havia criado uma pasta especial no meu e-mail para as nossas mensagens e abri uma delas — a ânsia por alguma coisa, qualquer coisa que fosse, dele.

"Black Rose,

Como está sendo essa primeira semana de trabalho? Espero que dentro das expectativas. Não sei o que você faz, em verdade, mas, seja o que for,

227

foque nos pontos positivos. A não ser, é claro, que os negativos sejam intoleráveis. Se for o caso, não vale a pena.

Falando em trabalho, vou começar um projeto com um novo artista. Estou animado com a perspectiva. Ainda não vi nenhum dos seus trabalhos, mas meu chefe disse que ele é muito bom. Quem sabe eu não consigo alguns insights sobre o mercado pra você?

Aliás, algum quadro ou desenho novo? Estou com saudades de apreciar sua arte. Espero que o trabalho não seja um impedimento para você produzir. É uma pena que tenhamos que dar tanto do nosso tempo para a tarefa de ganhar dinheiro, você não acha?

Enfim, me diga como estão indo as coisas. Torcendo por aqui.

Um beijo,
Dark Angel"

Minha resposta a esse e-mail estava logo a seguir, e coloquei-me a lê-la também, para reviver a conversa como um todo.

"Dark Angel,
É verdade, eu nunca te disse o que eu fazia. Bem, o emprego anterior era de garçonete e agora sou

*babá. Já fiz isso antes e, embora não seja meu ob-
jetivo de vida, eu gosto bastante. Minha primeira
semana está sendo ótima. Por enquanto, definitivamente não há pontos negativos intoleráveis nesse
trabalho.*

*Uau, que interessante o fato de que você vai tra-
balhar com um artista. Eu adoraria receber dicas
dele, sem dúvidas. Mas, me diga, o que VOCÊ faz
exatamente?*

*Não tenho nenhuma arte nova por enquanto, mas
não quero deixar o trabalho, ou o que quer que seja,
ser um obstáculo para eu continuar produzindo. De
fato, assim que eu acabar de escrever essa mensagem, vou trabalhar em alguma coisa.*

*E sim, eu acho que é muito triste termos que
dedicar a maior parte do nosso tempo ao trabalho.
Por isso é tão importante fazer algo que se gosta, na
minha opinião.*

Espero que tudo esteja bem.
Um beijo,
Black Rose"

O e-mail seguinte havia sido respondido quase
que imediatamente. Antes de lê-lo, notei: foi aquele
o momento em que nossa relação havia atingido um
outro nível. Abria-se, a partir de então, um novo
leque de entendimentos que tínhamos um sobre

o outro. Agora não éramos mais criaturas incorpóreas que existiam apenas no pequeno mundo cibernético criado. Éramos pessoas com empregos, que acordam cedo, ganham dinheiro e fazem parte da vida real.

Entretanto, embora eu tivesse essa ciência, o aspecto sutil do nosso relacionamento continuava existindo. Dark Angel era sim um indivíduo que ocupava um espaço na sociedade, mas, para mim, ele era também esse outro ser, quase que celeste, tão imaterial e impalpável quanto um anjo, mas de uma importância que só uma pessoa de fé nessa criatura saberia descrever.

Com esses pensamentos povoando minha cabeça, continuei a leitura.

"Black Rose,

Uau, você tem o emprego mais difícil do mundo, na minha opinião. E um dos mais importantes também. Fico feliz que tudo esteja indo bem no trabalho e que você goste do que faz. Bem raro de isso acontecer nos dias de hoje. Mas, como dissemos, de fato isso é importantíssimo. Afinal, a maior parte das nossas horas é passada trabalhando.

Eu tenho um emprego muito mais entediante: sou advogado. Esse artista com quem vou trabalhar precisa de ajuda com direitos autorais de imagem.

Nada muito emocionante, mas, de vez em quando, eu acabo conhecendo pessoas interessantes e tendo experiências que fazem valer a pena. Apesar de tudo, eu gosto do meu trabalho. Não sou muito bom em muitas outras coisas para escolher mudar, de qualquer forma.

Oba, estou ansiosíssimo pra ver o que você produzirá em seguida. Não importa que seja só um rascunho, por favor, me mande. Sinto falta de apreciar a sua arte, que é tão única e fala comigo de uma forma tão intensa.

Um beijo,
Dark Angel"

Antes que eu pudesse ler a resposta que dei a ele, minha atenção se voltou a John, que estava se movendo na cama. Achei que ele houvesse acordado e fiquei esperando que se levantasse, mas em vão. Era só um sono leve, talvez até povoado de sonhos, que fazia seu corpo energizado demais para adormecer por completo. Depois de alguns instantes de espera, voltei a me entreter com os e-mails.

"Dark Angel,
É, eu acredito que ser responsável por crianças seja mesmo um dos trabalhos mais difíceis que

exista. *Mas, por um motivo ou outro, eu sempre tive facilidade com a tarefa. Inclusive, prefiro mil vezes trabalhar com crianças do que com adultos. Elas são mais sinceras e, francamente, entendem as coisas mais rapidamente do que os já crescidos, na maior parte do tempo.*

Uau, advogado... que importante! Não acho que seja uma profissão entediante, ao menos do ponto de vista do meu não muito abrangente conhecimento sobre o assunto. Acho que eu não conseguiria fazer isso, pois, além dos obstáculos óbvios (o fato de eu não ser nada boa em convencer pessoas de alguma coisa), não aguentaria a carga mental que deve estar atrelada ao trabalho. Admiro você demais por ser capaz de fazê-lo. E você disse que não é bom em outras coisas, mas eu preciso discordar veementemente: você é muito bom com as palavras!

Acabei rabiscando alguma coisa num pedaço de papel que encontrei na minha mesa e, já que você quer tanto ver alguma coisa, estou te mandando uma foto anexa. Talvez eu volte a trabalhar nesse desenho e o transforme em algo de verdade, não sei.

Um beijo,
Black Rose."

Fiz uma pausa na leitura mais uma vez, pensando nos passos que havíamos dado em nossa jornada juntos. Minha relação com Dark Angel parecia ter atingido um nível até mesmo superior de intimidade do que a minha relação com John. Era engraçado pensar que o cara com que eu transava não era tão íntimo de mim como o cara com quem eu apenas conversava pela internet, mas essa era uma verdade — uma daquelas verdades absurdas que, porém, não deixam espaço para serem questionadas ou negadas.

Meus olhos voltaram a passear por nossas conversas. Pulei alguns e-mails, parei em alguns trechos por um tempo maior do que o restante, voltei para mensagens dos primeiros dias... brinquei com a noção de presente, passado e futuro, permeando por palavras que me levavam às partículas dos momentos. Embora falsa, era boa a sensação de manipular o tempo.

≫≫⟩ ⟨≪≪

F ui interrompida por uma tossida de John. Ele se sentou, desta vez acordando de verdade. Fechei meu e-mail, fui até ele.

— Faz tempo que você acordou? — perguntou ainda meio sonolento.

— Não consegui dormir, na verdade — respondi enquanto sentava-me ao seu lado na cama.

John espreguiçou-se e logo depois me abraçou, puxando-me para junto de si. Ficamos ali deitados um tempão, sem nada dizer, apenas aproveitando o torpor da preguiça gostosa que tomava conta.

— Estou ficando com fome — murmurou John — quer sair pra comer alguma coisa?

— Claro, podemos ir sim — respondi, embora fome não fosse necessariamente uma sensação que se acentuasse em mim naquele momento.

Levantamo-nos então, e começamos a trocar de roupa e nos ajeitar para sair. Enquanto eu penteava os cabelos, reparei que ele havia parado por um momento e olhava meu desenho em cima da mesa de cabeceira. Ele não disse nada, mas sorriu para o pedaço de papel e depois, por um instante, voltou seu sorriso para mim. E logo passou a se ocupar com suas coisas uma vez mais. Contive a pontada de desapontamento, aceitando seu sorriso de meio segundo como forma de congratulação. Estava, agora, mais ou menos acostumada às suas quase nulas manifestações com relação à minha arte.

Quando estávamos prontos e prestes a sair do quarto, John abraçou-me com força por trás, beijando delicadamente a lateral do meu pescoço. Sorri e curti o arrepio que seu gesto me proporcionou, já esquecida da micro frustração de momentos atrás. Ele tinha um jeito de me fazer sentir tão extraordinariamente bem que suas faltas quase não deixavam vazios em mim, como se ele pudesse me completar mesmo sendo, por vezes, tão incompleto. Mesmo depois que ele me soltou, as sensações continuaram a pulsar em mim e, ao descer as escadas e deparar-me uma vez mais com aquela maravilhosa casa, senti, de repente, e eu podia jurar sob pena de morte, que eu era a pessoa mais feliz do mundo naquele momento.

— Vão sair, crianças? — não havíamos percebido a presença de sua mãe, que lia um livro sentada em uma poltrona na sala de estar.

— Só vamos comer alguma coisa — respondeu John — e quero mostrar um pouco da cidade pra Clara.

— Aproveitem! Mas não comam muito, eu quero os dois aqui pra jantar.

— Pode deixar — dessa vez a resposta veio de mim.

Despedimo-nos e fomos para o carro. O dia continuava imensamente lindo, com um sol que brilhava de um jeito diferente daquele que eu via em Nova Iorque. Provavelmente era por conta de não haver, ali, os altos edifícios e a camada grossa de poluição que pairava pela grande cidade. Não sei. Mas o céu era mais azul e o ar, mais leve. Podia-se ouvir, mesmo de dentro do carro, o som de pássaros cantando, ou o vento que movia as folhas das árvores. Era uma melodia que gritava aos meus ouvidos e, ao mesmo tempo, assemelhava-se tanto aos sons do silêncio.

John começou a dirigir por lugares que queria que eu visse. Paramos, por um momento, num parque que dava para um lago. As águas não eram muito azuis, como as que temos no Brasil, mas o tom escurecido parecia ornar com o resto da paisagem de uma maneira perfeita. Havia dois ou três barcos ao longe, algumas crianças que brincavam no parquinho, umas pessoas sentadas nos bancos com seus cafés gelados e um ou outro que caminhava ou corria pelos arredores. Um Central Park menor e mais aberto, eu diria. Com a diferença de que, no caso do parque da metrópole, assim que os pés alcançavam a saída, voltava-se à cidade de concreto. Aqui, o parque, o lago não eram um cercado separado do resto. A totalidade da cidadezinha se refletia ali e, naquele momento, achei aquilo uma coisa tão incrível que precisei conter algumas lágrimas que queriam expressar meu afeto por aquele pedaço de beleza tão singular.

Acabamos almoçando em um pequeno restaurante mexicano perto do parque mesmo. Da janela próxima à mesa onde estávamos, eu podia ver parte do lago. John me disse que costumava frequentar bastante o lugar quando morava na cidade e recomendou-me enchiladas de frango, que comi acompanhadas de um tradicional mojito. Como sempre, as porções gigantescas de comida daquele país fizeram com que eu deixasse metade do prato, que pedi para embrulhar pra viagem. Durante a refeição, como de costume, não aprofundamos muito as conversações. Ele me contou da sua infância e adolescência por ali, dos sítios que lhe eram familiares ao redor, e tudo que revolve esse entorno.

Depois do almoço, ele dirigiu pela cidade comigo mais um pouco. Mostrou-me a escola onde estudara, a pracinha da rua principal, a lanchonete que, segundo ele, tinha a melhor panqueca da vida... eu estava, como muito acontecia nesse capítulo da minha existência, extasiada com tudo o que via. Pensei no quão vasto é esse mundo, e no quão pouco dele eu conhecia e que, mesmo assim, tão muito eu já havia visto na minha jovem vida. Senti meu coração quentinho, se existe uma forma de expressar aquele tal sentimento.

Ao final do dia, voltamos para a casa da mãe dele. Por ali, nos esperava um jantar tão elaborado que me senti até um tanto desconfortável. Tomamos uns drinks na sala de estar, enquanto falávamos de coisas que eu jamais experienciara. Depois, fomos para a sala de jantar, comer comidas que eu não conhecia. Chegava a ser cômico ver-me ali, naquela casa enorme, comendo pato e ouvindo-os falar sobre problemas com a jacuzzi, viagens do passado à Europa, ou em como era difícil encontrar um bom jardineiro. Surrealidades que quase já faziam parte da minha rotina agora. Ou assim eu o desejava, se estivesse sendo sincera comigo mesma. Depois do jantar, sentamos novamente na sala, a TV ligada em um jogo de baseball. Os dois falavam de esportes e eu sorria de vez em quando, como se estivesse prestando total atenção ao que diziam.

À noite, fizemos amor. Bem, "amor" é uma palavra forte para a expressão, em verdade. Foi, como sempre, algo entre o fazer amor e o transar selvagem. Apesar dos movimentos agora conhecidos, sem muita variedade, quase como num roteiro, o sexo ainda era uma experiência que beirava ao divino, conectando-nos no que parecia ser corpo, alma e mente. Depois, vinha, invariável como todo o resto, o sono da exaustão.

No dia seguinte, aproveitamos o calor para ficar na piscina quase que o tempo inteiro. Cerveja, salgadinhos e petiscos foram nossa alimentação, e meus trajes foram do pijama ao biquíni ao pijama. Nada melhor que o marasmo da ociosidade nas férias — sentir o fervor do sol no rosto, a embriaguez do álcool no âmago e aquela afeição generalizada pela vida. Com a conclusão de que os dias todos daquele verão seriam assim, fui dormir contente naquela noite. Mas o amanhecer seguinte logo veio, trazendo consigo nuvens de chuva que escureceram os arredores.

— Ah, que saco — foi a primeira coisa que John disse ao acordar quando viu que eu olhava as águas caindo com força pela janela.

— É... — respondi apenas.

John se levantou, espreguiçou-se, o de sempre. Continuei observando a vista. Era bela a chuva, apesar de tão controversa. E eu gostava de olhar para as coisas belas. Pensei que Dark Angel talvez também apreciasse os encantos singelos da natureza. Eu definitivamente sentia falta de nossas conversas.

— Bem — disse John, tirando-me de minhas divagações — já que está chovendo, pensei que talvez pudéssemos aproveitar para almoçar com meu pai. Queria apresentar vocês.

— Ah, sim, ótima ideia.

Eu havia esquecido completamente que seu pai também morava na cidade. Fiquei pensando se eu chegaria a conhecê-lo não fosse pela chuva. Esquisito. Bom, na verdade, nada mais corriqueiro que a mãe ser a protagonista da vida dos filhos. De qualquer forma, fosse pelo que fosse, concluí que era uma coisa boa o fato de que eu conheceria mais um pedacinho da vida de John.

Depois de um café da manhã elaborado com a mãe dele, ele ligou para o pai, então, combinando de encontrá-lo em um restaurante que, pelo nome, deveria ser italiano. Passamos os momentos antes do encontro conversando trivialmente e passeando pelas áreas comuns da casa, sem muito saber o que fazer além de preencher silêncios. Depois do que pareceu uma eternidade, finalmente deu a hora de sair.

A chuva nos pegou um pouco no caminho até o carro e, depois, do veículo até a entrada do restaurante, mas não me incomodei. Era boa a sensação das gotas geladas me tocando, como que me acordando com sua energia.

Sentamo-nos a uma mesa e esperamos. O lugar era bem bonito e aconchegante, quase uma cantina italiana. Pedi um refrigerante e John pegou uma cerveja. Não falamos muito por alguns bons momentos. Percebi que eu estava mais nervosa do que pensava, sem ter ideia alguma de como seria seu pai. Ele não havia me falado lá grandes coisas a seu respeito, e eu não havia parado para imaginar como seria seu progenitor, o que era um tanto surpreendente, já que minha mente parecia sempre estar fantasiando sobre tudo. De qualquer forma, antes que eu pudesse começar a conceber qualquer coisa, o pai de John adentrou o restaurante.

No momento em que o vi, sabia que era ele. Seus traços eram imensamente parecidos com os de John. Além disso, havia qualquer coisa no olhar daquele homem que fazia inegável seu parentesco com o filho. Logo que entrou, ele localizou nossa mesa e aproximou-se, um sorriso largo no rosto. John levantou-se e eles trocaram um abraço frouxo, porém, afetuoso.

— Pai, essa é a Clara — disse ele apontando para mim. Levantei-me e estendi a mão para cumprimentá-lo — Clara, esse é meu pai, Robert.

— Muito prazer — afirmei com um sorriso automático.

— O prazer é meu — respondeu ele, também de forma automática, e sentou-se conosco.

Os primeiros momentos foram esquisitos. As palavras de suposto interesse escapavam dos lábios ali presentes, mas a aura era de desconforto. Entre "O que você faz?" e "Está gostando de Nova Iorque?" etc etc, os silêncios eram incômodos. A conversa, durante toda a refeição, não passou muito da superficialidade já tão parte do cotidiano. John acabou pedindo mais uma cerveja, e mais uma, e mais uma. Seu riso se fazia mais fácil, e eu

241

comecei a me preocupar um pouco. Seu pai não havia tomado nada além de água com gás. Ele fingia, assim como eu, que a sobriedade não desagradava em face da embriaguez cada vez mais evidente de seu filho.

— John, você não quer pedir uma água? — disse ele em certo momento, tão casualmente quanto conseguiu, via-se.

— Água? — respondeu John, logo depois tomando o último gole de cerveja de seu copo — Não, preciso de mais uma — fez, então, menção de chamar o garçom com um gesto, mas seu braço parou na metade do caminho, bloqueado pela mão de seu pai.

— O que é isso? — perguntou John, um tom indignado e em um volume que chamou a atenção de algumas pessoas que estavam em mesas próximas.

— Você está dirigindo, filho — respondeu Robert suavemente, enquanto soltava o seu braço.

— É, sim, sim, eu sei como você é responsável, não é mesmo, papi? — John exibia agora, em concordância com seu tom, um sorriso irônico. Seus olhos, porém, carregavam o que parecia ser uma certa angústia — ou uma dor, talvez.

— John, não vamos fazer isso aqui, tá bem? — Robert olhava do filho para mim, apreensivo e claramente envergonhado.

— Por que não? Não quer que eu conte pra Clara que a mamãe te deixou porque você bebia? Ou então não quer que as pessoas aqui em volta saibam que você é membro do AA?

Robert fechou os olhos por um instante, provavelmente sem saber o que fazer consigo mesmo. Abriu a boca em certo momento, mas parecia que as palavras estavam engasgadas em sua garganta e nada foi dito, no fim.

— John... — comecei a dizer, mas fui interrompida por uma gargalhada tão sinistra que foi-me difícil acreditar que vinha dele.

— Ah, vamos embora, Clara. Garçom! Garçom! A conta!

O rapaz que nos atendeu trouxe rapidamente o recibo com as despesas, certamente querendo se livrar do problema que estávamos nos tornando o mais rápido possível. Robert tentou pagar a conta, mas John recusou agressivamente. Seu pai cedeu logo, também, notadamente desejando encerrar aquele encontro.

— Eu preciso ir ao banheiro — disse John depois que o garçom saiu para fazer o pagamento com seu cartão. Cambaleou, então, em direção aos sanitários, e eu fiquei ali sentada com Robert no que, naquele momento, pareceu a situação mais desconfortável que eu já havia vivido.

243

— Sinto muito, Clara — disse ele após alguns instantes de incômodo silêncio — Ele geralmente não bebe tanto assim. Quero que você saiba disso.

— Eu sei. Não se preocupe.

— Vocês precisam de uma carona? Ou um táxi talvez?

— Não, eu vou dirigir. Obrigada.

Robert suspirou aliviado, a primeira emoção positiva que ele manifestou naquele almoço. John não demorou a retornar. Assinou o recibo, deixou um dinheiro de gorjeta e pegou delicadamente em meu braço para me conduzir para fora. Antes de sairmos, estendi a mão para seu pai.

— Foi um prazer conhecê-lo — eu disse, sem saber que outras palavras poderiam sair dos meus lábios que fizessem algum sentido.

— O prazer foi meu — respondeu forçando um sorriso, que o fez parecer mais triste do que antes. E, voltando-se para John:

— Se cuida, filho. Depois nos falamos.

John não respondeu. Saímos do restaurante, deixando seu pai para trás — alívio — e encontrando, lá fora, uma chuva ainda mais forte. Ao chegar no carro, peguei as chaves da mão dele, que não protestou. Vacilei. Havia tempo que eu não dirigia. A chuva e o fato de eu não saber os caminhos da cidade me atingiram com força; minhas pernas tremeram um pouco. Fechei os dedos na chave com firmeza, ignorei os sinais de ansiedade do meu corpo, e coloquei-a na ignição. Pus o endereço de sua mãe no GPS do celular e nos conduzi de volta, por fim, num trajeto de não mais que vinte minutos — longos minutos, de caos e tormenta. Mas, afinal, chegamos à casa sem grandes problemas, a não ser os que se escondiam dentro de mim, protegidos por uma fachada de normalidade. Ao entrar, deparamos com sua mãe, que assistia TV. Ela logo percebeu a ebriedade do filho, lançando um olhar de repreensão em sua direção.

— Como foi o almoço? — perguntou de maneira que fez parecer neutra.

John abriu a boca para começar a dizer algo, mas eu fui mais rápida:

— Foi bom. Mas ele acabou bebendo um pouco demais — dei uma risadinha casual, como se contasse uma anedota divertida. E, voltando-me para John — acho melhor você tirar uma soneca.

Ele não me respondeu, mas se deixou conduzir até o quarto em que estávamos hospedados. Lá chegando, jogou-se na cama e imediatamente adormeceu. Tirei seus sapatos e virei-o de lado para que ficasse mais confortável. Depois eu mesma me deitei junto dele, conseguindo, finalmente, respirar. Pensei nos acontecimentos do almoço, mesmo sem o querer. Revivi o constrangimento, refleti sobre as novas informações que eu tinha sobre a vida de John. Seu pai era alcoolista, então. Eu não sabia bem como relacionar esse fato ao resto do que já me era conhecido dele. Não tentei muito, porém, voltando-me mais para as minhas próprias questões. Recordei-me do medo ao tomar o volante nas mãos — um controle sem controle. Minhas pernas ainda estavam trêmulas. Perguntei-me o que faria se tivesse que morar no subúrbio americano — sem metrô, sem ônibus, sem calçadas em muitos casos. Agradeci mentalmente pela amada e odiada Nova Iorque ser minha morada.

Meus pensamentos trouxeram-me aos olhos algumas lágrimas isoladas. Não sei bem o porquê. Eu não estava necessariamente triste ou angustiada; era só muita coisa. Muita coisa ao mesmo tempo. Muita coisa acumulada. Eu estava cansada emocionalmente. Fechei os olhos por um instante, tentando adormecer. Talvez o cansaço físico aliviado me desse alguma tranquilidade mental também. Mas, antes que eu conseguisse cair no sono, senti vibrar meu celular, que estava no bolso da minha calça. Pensei em ignorar qualquer que fosse a notificação, mas minha mão foi até o aparelho quase como se tivesse vida própria. Assim que desbloqueei a tela, meu coração palpitou fortemente.

Meu amigo Dark Angel havia me enviado um novo e-mail.

Sentei-me na cama, agora totalmente alerta. Abri a mensagem rapidamente, já sorrindo ainda antes de começar a ler. Acho que nunca havia ficado tão feliz ao receber notícias dele como naquele momento. As emoções de poucos instantes atrás estavam agora em qualquer lugar de insignificância rasa num segundo plano da minha mente. E, sem me demorar em raciocínios de ponderação ou prudência, comecei a ávida leitura do seu e-mail.

"Black Rose,

Desculpe-me por ter ficado algum tempo sem te escrever. Eu tenho trabalhado muito — até demais, na verdade — e isso acabou se refletindo na minha saúde. Peguei uma gripe fortíssima e, em vez de me cuidar, continuei labutando, o que acabou dando numa pneumonia. Enfim, estou melhor agora, mas tive que deixar as telas do celular e do computador de lado por um tempo; a enxaqueca foi um dos sintomas dessa enfermidade e ela não é nada divertida.

Fora isso, não há muitas novidades por aqui. Mais do mesmo, como sempre. Ah, exceto que comprei um quadro novo. Ele está no meu quarto, bem acima da cabeceira da minha cama. O estilo é parecido com o seu, embora, obviamente, nada se compare ao seu trabalho. E não se preocupe: assim que você resolver me vender um quadro seu, ele vai substituir este imediatamente.

Como estão as coisas por aí? Curtindo as férias da faculdade? Aproveitando o verão? Espero que esteja tudo bem.

Sinto saudades das suas artes. Alguma coisa nova? Espero que você tenha tempo, entre uma diversão e outra, de produzir alguma coisa.

Um beijo,
Dark Angel"

Li e reli sua mensagem — de novo e de novo e de novo. Eu andava faminta. Queria intensamente alguém que desejasse saber da minha arte, da minha vida. Não, "alguém" não — ele, meu Dark Angel. Uma droga irresistível a euforia experimentada sempre que minha "fome" era saciada. Mas saciada não era a palavra, pois que eu queria sempre mais. Estava viciada, irremediavelmente.

Levantei-me da cama e fui até a mesinha que ainda abrigava meu último desenho. Tirei uma foto do papel com meu celular para mandar ao meu amigo. Mas não o fiz imediatamente. Em vez disso, saboreei o fato de que agora eu tinha novamente o controle. Agora, ele estava na posição de espera. E eu queria alimentar essa espera para que sua "fome" ficasse tão intensa quanto a minha própria. Essa sensação de poder também era viciante. Dark Angel me supria de sentimentos compulsórios e eu me deixava mergulhar em todas as pequenas obsessões que provinham dele sem mais nenhum medo de afogar-me naquelas águas tão perigosas.

Olhei para John, tão vulnerável naquele momento em particular. Minha empolgação pela nossa relação sucumbiu um tanto. Senti-me superior a ele, mesmo meu julgamento condenando o sentimento. Sentia que meu anjo negro era também superior, mesmo sabendo ser essa comparação agudamente injusta. Afinal, Dark Angel tinha a vantagem de seus aspectos mundanos serem, para mim, um fantasma. Era muito mais fácil continuar fascinada por um espectro sem rosto.

Cansei-me um pouco dos meus próprios pensamentos. Decidi, então, deixar de lado os pequenos jogos e responder meu amigo, afinal. De repente, não fazia mais muito sentido deixá-lo esperando, já que isso significava que eu também sofreria da agonia do aguardo. Depois de anexar a foto que eu havia tirado do meu desenho na resposta do e-mail, comecei a digitar.

"Dark Angel,

Fiquei muito feliz de receber sua mensagem. Eu senti falta das nossas conversas. Sinto muito que você tenha adoecido. Sei bem o quanto é complicado lembrar de cuidar de si mesmo quando tantas outras prioridades (que não o deviam ser) tomam conta. Mas estou feliz que você esteja melhor. Por favor, cuide bem da sua saúde.

Fiquei curiosa para saber desse quadro que você comprou. Deve ter gostado muito para tê-lo enfeitando um lugar tão íntimo quanto o seu quarto. E com relação a vender minha arte para você, mesmo que eu tivesse chegado ao status de poder comercializar meus quadros, eu jamais te cobraria.

Por aqui as coisas estão bem. Estou sim aproveitando as férias de verão. Eu certamente estava sentindo falta do calorzinho gostoso com o qual cresci... mesmo sendo às vezes difícil conviver com a quentura intensa, eu prefiro muito mais do que lidar com o inverno cruel daqui.

Com relação a produzir, não é muito, mas fiz um desenho que estou te enviando. Estou tentando não deixar de lado a arte, mas, ao mesmo tempo, quero aproveitar o tempo sem muitas obrigações. De qualquer forma, nunca se sabe quando a inspiração vem, não é mesmo?

Espero que você esteja aproveitando um pouco o verão e que consiga não deixar o trabalho ser o seu centro. Não fique doente de novo.
Um beijo,
Black Rose"

Depois de enviar o e-mail, pensei em tentar dormir — ingenuamente, claro. Cada átomo em mim sentia a potência do meu existir energético. Eu não queria nem ficar deitada, na verdade. Fui até a janela olhar a chuva por um instante, que continuava caindo na mesma intensidade que antes, alheia às tempestades particulares que coexistiam consigo. Depois andei pelo quarto sem saber o que fazer comigo mesma, ruminando sobre os acontecimentos do dia e pensando sobre o futuro próximo. O dia seguinte seria o nosso último ali. Fiquei imaginando se alguma coisa mudaria entre mim e John depois do que dividimos naqueles dias de verão, depois que entrei em sua casa, sua infância, suas dores familiares até. Pensei também na obscuridade de não estar com ele o tempo inteiro. Aqueles poucos dias me acostumaram a dormir e acordar ao seu lado, fazer as refeições juntos, compartilhar cada minuto do dia um com o outro.

De súbito, enquanto meu cérebro perambulava por esses cantos da mente, veio-me um pensamento inspirado. Fui até a mesinha onde estava o desenho que eu havia acabado de mandar para o meu amigo virtual, destaquei uma folha de papel em branco do caderno que usara e, com uma caneta preta, comecei a desenhar. As formas foram fluindo — naturais, orgânicas. E vi a imagem quando findei o trabalho: era John deitado na cama, olhos fechados. Sereno. Sem saber os saberes que atormentam as almas. Pela primeira vez, um desenho meu retratava uma pessoa que não fazia morada apenas na minha imaginação. Gostei da ilustração. Tinha uma paixão ali, que escolhia cegar a si mesma. Eu não queria, porém, que John a visse. Por algum misterioso motivo. Assim sendo, dobrei a folha de papel e coloquei na minha bolsa, que estava pendurada numa cadeira. Pronto. Fim. No nada da minha bolsa...

Depois de desenhar ou pintar, a exaustão, esperada, sempre tomava conta. Era como se minha energia fosse, de repente, canalizada naquela arte, deixando de estar no meu corpo. E, claro, dessa vez não foi diferente. Voltei à cama. Deitei-me ao lado de John, abracei-o por trás, fechando os olhos, deixando o sono me tomar aos poucos. Geralmente a posição em que dormíamos era invertida, com ele envolvendo-me com seus braços. Mas eu gostei de estar assim, como que dominando aquele espaço que antes era dele. E ele, sem escolha, submetia-se. Não sei bem quanto tempo se passou, mas, ao dar por mim, já estava completamente envolvida num adormecimento profundo. Quando despertei, John ainda estava envolvido em meus braços, mas eu pressenti que estivesse acordado. Ao perceber que eu me mexia lentamente, ele se virou para mim, agora abraçando-me de frente, e beijou-me delicadamente na testa.

— Dormiu bem? — sussurrou com uma voz rouca.

Ainda sem estar completamente desperta, os olhos semicerrados, bocejei antes de responder.

— Dormi sim e você?

— Sim, apaguei totalmente.

Ficamos um tempo ali deitados sem nada dizer, apenas olhando um para o outro. E o seu olhar, percebi, era de vergonha — não sei se do porre em si, ou de seu pai, ou ambos. Passei os dedos por seu rosto com doçura, sorri. Quis assegurar-lhe que estava tudo bem.

— Algum traço de ressaca? — perguntei, tentando trazer alguma leveza ao momento.

— Ah, só bastante sede. E ainda sinto que estou um pouco tonto, mas ao menos não estou com dor de cabeça nem nada.

— Que bom! Vamos descer, então, pegar uma água e passar o resto do dia com a sua mãe.

John sorriu com ar de agradecimento. Talvez ele estivesse esperando encontrar uma Clara raivosa ou decepcionada ao acordar. Mas, curiosamente, eu estava, na verdade, quase feliz. O fato de tê-lo visto tão vulnerável, em um momento de descontrole e no meio de um drama de família, me fez sentir mais próxima dele.

— Sinto muito pelo que aconteceu — disse ele, o sorriso se esvaindo e sua expressão transformando-se em pesar.

— Eu entendo. Essas coisas acontecem.

— Eu quero que você saiba que eu não bebo desse jeito sempre. Apesar de o meu pai... eu não tenho problemas com bebida.

— Eu sei disso.

Ele beijou meus lábios suavemente e o assunto se encerrou. A chuva havia cessado quase que por completo, embora alguns pingos insistentes ainda teimassem em cair. Levantamos da cama, fomos seguir com o dia. Quando descemos as escadas, encontramos uma Dorothy sorridente.

— Oi, crianças! Dormiram bem?

— Como bebês — respondi.

— Se um dos bebês tivesse tomado um porre de mamadeira — acrescentou John com uma risadinha, que logo nos contagiou a todos.

— Bom, você está de férias. Acontece — disse sua mãe. E, um pouco mais séria agora — mas vamos tentar nos controlar, certo?

— Certo — respondeu seu filho com os olhos baixos.

Nenhuma surpresa de que qualquer resquício do que poderia vir a ser alcoolismo no próprio filho deveria apavorar aquela mulher, que, sem dúvidas, tivera já sua cota de martírio ao lidar com o ex marido. Nada, porém, foi mais dito em relação ao incidente. Passamos o resto do dia conversando sobre amenidades e como ela estava triste que iríamos embora tão logo. Pedimos comida japonesa para o jantar e depois ficamos bebericando vinho na sala enquanto a TV nos entretinha com um *reality show* sobre uma competição de chefs de cozinha. Na verdade, John preferiu ficar só na água, mas eu aproveitei bastante a leve embriaguez e o sabor adocicado da bebida, entregando-me ao estado de relaxamento proporcionado pelo néctar de Dionísio.

Em dado momento, decidimos nos recolher. Dorothy estava claramente sonolenta, fechando os olhos vez ou outra ali no sofá mesmo. John e eu, ao contrário, ainda estávamos acordadíssimos, até pela longa soneca de há pouco. De qualquer forma, fomos para o quarto. Lá chegando, comecei a abrir a pequena mala que trouxera com intenção de começar a empacotar para o dia seguinte, já que planejávamos partir logo após o café da manhã. Porém, fui interrompida por John, que me agarrou pela cintura, levantando-me os pés do chão, me fazendo rir com prazer. Ele me levou até a cama e encheu meu rosto de beijos estalados. Estávamos os dois gargalhando com cócegas mútuas e também, claro, pelo contentamento daquele momento.

Os beijos logo ficaram mais intensos e os risos transformaram-se em gemidos roucos, e os nossos corpos, uma vez mais, se juntaram numa dança coreográfica de pureza e prazer. A morosidade agradável seguiu o gozo fácil, e ficamos ali curtindo as sensações da moleza gostosa, abraçados num encaixe perfeito. Eu não escolheria, naquele momento, estar em nenhum outro lugar do mundo.

— Como você está se sentindo? — perguntou John de súbito, o que muito me surpreendeu. Era a primeira vez que ele me perguntava aquilo.

— Estou ótima. E você?

— Também.

Fiquei esperando que ele acrescentasse alguma coisa àquele diálogo inusitado, mas o que se seguiu foi o silêncio de antes. Eu, por minha vez, não tinha nada a dizer também. Mas fiquei pensando, por um longo tempo, no porquê de tal questão. Não sei se ele se referia ao aspecto físico do que havíamos acabado de experimentar ou se ele queria saber das minhas emoções e sentimentos. Mas minha resposta cobria ambos os sentidos. Meu corpo e minha mente e minha alma estavam perfeitamente harmonizados em uma atmosfera de satisfação.

O tempo refletindo passou ligeiro e percebi que John havia adormecido novamente. Olhei a hora no celular — meia noite e meia. Chequei meu e-mail, mas ainda não havia resposta do meu amigo virtual. Chequei as redes sociais também, mas nada vi além de mais do mesmo. Era engraçado como as mesmices conseguiam me entreter, porém. Principalmente as que me faziam rir. Meus olhos grudados na tela não se fecharam até quase duas da manhã. E, mesmo depois disso, meu sono foi interrompido por várias vezes. Mais revirei-me na cama do que dormi de fato naquela noite. Quando dei por mim, o sol nascia uma vez mais.

Decidida a não mais tentar, em vão, adormecer novamente, deixei-me acordar de vez. Com um movimento automático, peguei de novo meu telefone, intencionando voltar aos memes e fotos e pensamentos dos meus amigos, mas fui surpreendida por um e-mail de Dark Angel. Ele havia acabado de me escrever e, como sempre, meu coração parou por um segundo, logo depois voltando a palpitar na intensidade apaixonada já conhecida. Abri sua mensagem sem hesitar.

"Black Rose,

Também senti falta das nossas conversas. Imensamente. Teria sido muito mais fácil passar pela enfermidade tão irritante se eu tivesse o consolo da sua companhia virtual. Mas o importante é que agora voltamos ao normal. É engraçado como eu mal consigo lembrar de um tempo antes da nossa amizade. Sinto como se você estivesse por aqui a minha vida toda.

Não se preocupe, eu aprendi minha lição. Não vou mais deixar o que quer que seja vir antes da minha saúde. Muito menos o trabalho. Como é fácil, porém, priorizar o nosso ganha-pão...

Eu tirei uma foto do quadro e estou enviando pra você. Como eu disse, não é um original Black Rose, mas gostei bastante. Está sendo bom para mim ter esse pedaço de arte tão perto, poder apreciar sua beleza antes de dormir e ao acordar. E, quando você me vender seu quadro (jamais deixarei de pagar por um trabalho tão incrível), como eu disse também, ele será a minha admiração de cada dia.

Fico feliz que você esteja aproveitando o calor. Pelo que parece, você é de um lugar mais quente.

Eu devo confessar que prefiro o frio. Vai entender, não é mesmo?

Como sempre, sua arte me trouxe um imenso contentamento. É inacreditável o que você consegue fazer com tão poucas ferramentas. Um pedaço de papel, caneta, e é isso — uma obra-prima. A complexidade de uma arte criada na mais pura simplicidade. Como eu gostaria de ter um dom tão incrivelmente fantástico como o seu. Orgulhe-se!

Meu verão certamente não está sendo tão bem aproveitado como o seu, mas eu com certeza estou deixando o trabalho ser o que ele é — um trabalho. Já é alguma coisa. E, quanto a não ficar doente, prometo tentar ao máximo.

Um beijo,
Dark Angel"

Ah, como aquelas palavras nutriam meu ser! Uns rabiscos num pedaço de papel viravam uma obra-prima aos olhos dele. Onde mais eu teria isso? Certamente não de John. Não com tal entusiasmo dos meus amigos. Meu anjo negro era o único capaz de me proporcionar tal afeto com meu próprio ego. Deliciei-me com a sensação por uns bons minutos. Então, lembrei de abrir a foto anexada do tal quadro que enfeitava seu quarto. A foto enquadrava a pintura, mas eu podia ver parte da parede também.

Era uma daquelas feitas com textura. Tinha uma cor escura — marrom ou preta, não podia ver bem pela foto — e contrastava bastante com o quadro em si, que continha cores mais claras. Tive uma sensação um pouco estranha ao descobrir essa fração minúscula dos arredores da vida do meu amigo. Eu havia entrado em seu quarto, onde ele dormia, onde ele fazia amor e contemplava belezas e sonhava.

Quanto à arte em si, retratava um pedaço de natureza no inverno. Árvores com seus galhos secos, alguma neve aqui e ali. A pintura era muito bonita. Lembrava um pouco aquele primeiro desenho que eu havia postado no blog que agora jazia às moscas. Perguntei-me se inconscientemente ele havia escolhido aquele quadro por conta disso. Ou, quem sabe, até mesmo o fez com ciência. De qualquer modo, fazia-me feliz imaginar esses seus motivos.

Antes que eu pudesse mesmo intentar responder ao seu e-mail, John acordou subitamente, virando-se para o meu lado e espreguiçando-se longamente. Coloquei o celular de lado, na mesinha de cabeceira, e sorri para ele.

— Bom dia — eu disse com entusiasmo.

— Bom dia — respondeu ele, entre um bocejo e outro — Alguém acordou de bom humor.

Meu eufórico deleite estava, então, bem evidente. Tentei contê-lo um pouco — o porquê envolvido em mistério — embora sem muito sucesso.

— É, eu tive uma boa noite de sono — menti.

— Eu também dormi muito bem — respondeu ele, fechando os olhos e bocejando uma vez mais.

Observei-lhe o semblante ainda inchado pelo sono e como seus músculos se contraíam ao alongar os braços e espreguiçar-se com prazer. Mesmo depois de todo aquele tempo juntos, eu ainda não havia me acostumado à sua beleza tão envolta em harmonia e imponência.

— O que foi? — perguntou John ao perceber meus olhos sobre ele.

— Ah, nada... — repliquei casualmente. E, mudando de assunto — Melhor começarmos a nos arrumar pra ir, né?

Ainda sem muito ânimo, ele se levantou e foi ao banheiro, enquanto eu começava a guardar nossas coisas. Uma animosidade começou a tomar conta de mim com a perspectiva do futuro próximo, em que eu estaria no meu apartamento com Kat e veria John só aos finais de semana e, quando voltassem as aulas, algumas manhãs apenas. Tentei afastar o pensamento, mas o sentimento continuava me rodeando. Mesmo quando eu exibia sorrisos de agradecimento à sua mãe pela hospitalidade nas despedidas, ou quando apreciava as paisagens do caminho de volta, ou quando ria de alguma piada de John no carro, a sensação de estranheza, angústia até, permanecia.

⤞⤝

Não demorou muito para que os prédios altos e cinzas voltassem a aparecer pela janela. Agora os ruídos das buzinas, as sirenes de polícia, as pessoas falando alto machucavam meus ouvidos de maneira quase ensurdecedora. Os faróis de trânsito, as luzes dos carros, os postes e edifícios e a poluição eram por demais evidentes e me perguntei se era mesmo possível que aquele fosse o lugar que eu chamava de lar.

Antes de devolver o carro, que era alugado, John me deixou em casa. Ele estacionou na frente do prédio e beijou-me com ternura nos lábios. Um toque leve, quase fraternal.

— Obrigado por ter ido comigo. Eu me diverti muito — disse ele, exibindo um sorriso que harmonizava com o beijo sereno de há pouco.

— Eu que agradeço — respondi tentando encontrar aquela aura de tranquilidade que emanava dele — sem êxito. A angústia de voltar à realidade ainda estava muito viva em mim.

— Desculpe-me novamente por... você sabe — sua voz ainda era mansa, mas seu rosto contraiu-se alguns milímetros, ainda muito provavelmente carregando a vergonha do fatídico episódio com seu pai.

— Não, sem mais pedir desculpas, por favor — respondi enquanto acariciava seu rosto — eu me diverti muito e amei demais conhecer sua cidade natal.

Seu sorriso voltou à habitual calmaria e, sem nada dizer, saímos do carro para pegar minhas coisas no porta-malas. Despedimo-nos uma vez mais e eu segui meu caminho para a vida real. Ainda no elevador, já comecei a sentir a agonia da solidão se intensificando. Não queria deixá-lo. Queria ligar para ele e propor que fossemos jantar naquele mesmo dia, e que ele dormisse ao meu lado de novo, mesmo que na minha cama minúscula. E que passássemos o dia seguinte também juntos. E...

A porta do elevador se abriu e arrastei-me até meu apartamento. Kat me recebeu com um sorriso amigável, ao que respondi também sorrindo, como se não houvesse uma ânsia tomando conta da minha alma.

— Você voltou! — disse ela com entusiasmo — Como foi a viagem?

— Ah, foi incrível! — respondi, deixando minhas coisas em qualquer lugar e sentando-me ao lado dela no sofá. Passei ali uma boa meia hora contando detalhes da experiência, omitindo, é claro, o incidente com o pai de John.

— E como foram esses seus dias? — perguntei depois de finalizar meus relatos.

— Ah, o de sempre — respondeu ela com uma expressão de tédio — trabalho, bares, caras...

Depois de trocarmos novidades, a conversa logo morreu. Foi, então, substituída pelo entretenimento da televisão, que apreciamos por horas a fio. Já quase noite, fui comer alguma coisa e depois para a solidão do meu quarto — que tentei por demais postergar, mas, uma hora, uma hora, não há mais saída. John não havia me enviado nada — e, ingenuamente, eu esperava algum... algo — e a solitude voltou a ser um peso em meus ombros. E, a fim de curar-me um pouco, decidi responder ao último e-mail de Dark Angel. Abri minha caixa de entrada no celular, mas, por um segundo, não encontrei sua mensagem. Não sei se meus olhos me pregavam peças ou se o aplicativo estava com algum problema. Minha respiração parou por um momento e senti, ali, o quão grande era o medo de perdê-lo.

Fechei minha caixa de mensagens e abria-a novamente. O alívio de descobrir que seu e-mail continuava ali foi de tal potência que eu quase gargalhei. E chorei. Tudo ao mesmo tempo. Percebi que os dedos que eu utilizava para abrir a mensagem suavam. Recompus-me como pude, muito ciente de quão ridícula era minha reação. De repente, me peguei observando a pessoa que eu vinha sendo naqueles últimos dias — ou seriam meses? Minha própria companhia parecia não ser mais o suficiente e eu ansiava por... alguma coisa. Minha atenção passava de John a Dark Angel a John novamente a Dark Angel novamente. Esse ser neutro que me olhava por dentro concluiu que não podia ser saudável essa dinâmica. Mas deixei que fosse só uma voz no fundo dos meus pensamentos. Quase inaudível, decidi. Voltei-me, então, mais uma vez, à tarefa de responder meu amigo. Calando a mim mesma.

"Dark Angel,

Eu tenho a mesma sensação de que não existe um tempo pré-você. E fico imaginando que não há também um futuro pós-você. Muito profundo? Desculpe, ando um tanto contemplativa. De qualquer forma, fico feliz que tenhamos o tempo presente, que já é suficiente pra mim. E obviamente fico feliz que você esteja disposto a se cuidar mais. É muito fácil mesmo priorizar o trabalho quando este deveria ser só uma pequena (e irritante, eu diria) parte do nosso existir.

Eu gostei muito do quadro que você comprou. Seu olho para arte é incrível. Egoisticamente, esse fato me faz ficar muito satisfeita por você apreciar o meu trabalho. Quem sabe um dia não estará, então, em seu quarto um quadro meu?

Sim, sou de um lugar bem quente. Não consigo me acostumar com o frio desse país. Mas suponho que ele tenha sua serventia. Ao menos podemos contar com aquecedores nesses tempos modernos (fico pensando como era antes de tal tecnologia e se eu sobreviveria só de lareiras).

Você não sabe o quanto me deixa contente que você aprecia minha arte, mesmo que esta seja só um pedaço de papel rabiscado. Como eu já te falei algumas vezes, essa apreciação me motiva a continuar produzindo.

Bem, eu espero que o resto do seu verão seja tranquilo e que você possa, de fato, deixar de lado um pouco o trabalho.

Um beijo,
Black Rose"

Eu estava um pouco cansada, não sei bem se física ou emocionalmente. Minha mente pairava por entre ideias opostas e percepções contraditórias, mas eu tentava desesperadamente silenciá-la, o que consegui até com certo sucesso. Entretanto, havia ainda algo que me esgotava as forças. Deitei na minha cama, deixando o celular de lado. Pensei em levantar e desenhar ou pintar, mas a verdade é que eu queria apenas o não-ser naquele momento.

F echei os olhos e, ao abri-los novamente, não tinha certeza se havia ou não adormecido. Mas já era dia. E era uma segunda-feira. As aulas da faculdade ainda não haviam recomeçado, mas eu precisava voltar ao trabalho. Eu sentia falta da minha bebê. Era surreal ser essa pessoa que acompanhava tão de perto o seu crescimento. Suas palavras balbuciadas foram crescendo em sentido e seus passinhos hesitantes logo se transformaram em correrias e danças e pulos. O trabalho não era fácil, mas valia a pena, sem dúvida.

Não quis me levantar de imediato. Aproveitei a preguicinha, ócio que deu uma renovada na minha energia, tão densa na noite anterior. Peguei, ainda deitada mesmo, o meu celular. Pela primeira vez em muito tempo, não fui direto para o meu e-mail ou para as mensagens de texto esperando notícias de John ou Dark Angel. Entrei na minha sessão do site da universidade para ver as notas daquele semestre — tudo conforme o esperado. O contentamento com meu desempenho envaideceu-me. De repente, uma notificação de nova mensagem. Era John. Abri um sorriso de prazer e fui ver o que ele me dizia.

"Hey, Clara! Obrigado de novo pela viagem. Como você tá?"

Como era boa a falsa sensação de um universo cor-de-rosa; mesmo que por uns segundos apenas. Era como se não existissem mais problemas — meus, do mundo. Respondi-o imediatamente.

"Oi, John! Eu que agradeço! Tô bem e você?"

Engraçado o quão facilmente se mudavam os focos dentro da minha cabeça, e o quanto os pensamentos refletiam no resto de mim — nos sentidos e sensações físicas até. Às vezes eu me enojava com as mazelas da sociedade e, às vezes — agora —, tinha um infinito afeto pela humanidade. Parecia-me, de repente, que nada emanava da Terra a não ser amor.

As reflexões foram, uma vez mais, interrompidas por John.

"Bem também. Um saco voltar ao trabalho. Quer fazer algo esse fim de semana?"

Ah, o peso das feridas me deixando! As cores do deleite tomando conta! Quão fácil era viver naquele instante!

"É, eu volto hoje também, mais tarde. Quero sim, nos vemos no fim de semana"

Sua resposta, quase instantânea, consistia em uma carinha sorridente. Até sua falta de palavras me era cara agora. E, com essa nuvem de ternura rodeando a minha aura, levantei-me para começar meu dia. Das ações cotidianas, como escovar os dentes, tomar café, até os acontecimentos mais ternos, como encontrar minha bebê, que me recebeu com um sorriso amoroso na hora do trabalho, o dia seguiu com fluidez.

À noite, ao chegar em casa, eu me vi cansada, mas feliz. Kat estava em seu quarto e, pelos barulhos suspeitos que de lá vinham, parecia estar acompanhada. Fui até a cozinha pegar algo para comer. Ultimamente minha alimentação consistia em comidas congeladas, disponíveis vastamente por aquele país — a conveniência nociva, mas conformada. Depois da minha refeição de micro-ondas, fui para o meu quarto. Era perto do quarto de Kat, o que significava que os sons vindos de lá ficariam mais evidentes, mas, ponderei, melhor do que correr o risco de estar na sala e deparar com um cara aleatório e ter que conversar sobre o tempo com alguém vestindo suas roupas íntimas. De todo modo, chegando ao quarto, coloquei os fones de ouvido e fiquei ouvindo música enquanto perdia tempo fuçando as redes sociais e as banalidades da internet.

Chequei rapidamente meu e-mail, mas não havia ainda resposta de Dark Angel à minha última mensagem. Pensei bastante no meu amigo e depois em John. Não havia, ultimamente, muitas outras pessoas. Meus laços mais íntimos e antigos estavam no Brasil. Eu tinha minha bebê, claro, mas, no fim do dia, eu a devolvia para a mãe e acabava meu expediente. Era difícil a solidão e, por isso, eu era grata por qualquer afeto que chegasse até mim. Tirei o fone dos ouvidos e já não havia som nenhum vindo do quarto ao lado. Suspirei aliviada, pois o sono já dava o ar de sua graça. Não demorei muito a adormecer.

270

Os dias, naquela semana, não foram muito diferentes da minha segunda-feira — manhãs de ócio, tardes de trabalho e noites de convívio com os prazeres de Kat, que, pelo visto, havia se libertado das amarras sociais em que ela antes se deixava envolver. Não sei se ela estava saindo com alguém específico ou com pessoas diferentes, mas, seja como for, parecia estar contente. E eu estava prudentemente feliz por ela; é difícil diferenciar se alguns comportamentos têm a ver com libertação ou inquietação. Fora isso, tudo ocorreu mais ou menos dentro da normalidade. Na sexta-feira, finalmente, recebi uma resposta de Dark Angel. Eu estava voltando do trabalho quando vi a notificação. Abri-a no metrô mesmo, o coração palpitando levemente.

"Black Rose,

Jamais se desculpe por reflexões tão espontâneas. Eu não imagino, também, um futuro sem que você exista nele. É um tanto amedrontador até, mas, por agora, não procuro pensar muito nisso (como você mesma disse, o presente já é um deleite).

Definitivamente, estou me cuidando mais, sim. Não dá mais pra priorizar tanto as partes mais banais da existência, de fato. Espero que você esteja fazendo o mesmo.

Fico feliz que você tenha gostado do meu quadro. Se você aprecia minha opinião sobre o assunto, o contrário é ainda mais verdadeiro. Afinal de contas, seu olhar vem do outro lado da coisa. Eu só observo; já você, cria. E, acredite, na primeira oportunidade, eu quero ter um original seu na minha casa, sem dúvidas.

Você é de outro país? Nossa, eu jamais imaginaria. Seu inglês é excelente (assumo que seja sua segunda língua?). De qualquer forma, espero que você se adapte ao inverno por vezes rigoroso daqui. Antes dos aquecedores eu não sei nem se eu mesmo sobreviveria.

Um papel rabiscado definitivamente não é como eu descreveria nada que eu já tenha visto você produzir. Eu fico extremamente feliz de que você se motive a continuar fazendo sua arte e, se depender de mim, você sempre terá alguém que a aprecie.

Espero que as coisas estejam bem com você. Quero que saiba que, embora nosso contato seja (questionavelmente) superficial, eu me importo contigo.

Um beijo,
Dark Angel"

Era bom me nutrir com as suas palavras. Apesar de agora já fazer parte da minha rotina ter meu ego agraciado por suas mensagens, todas as vezes que eu recebia um e-mail novo, a sensação ainda era quase a mesma — puro êxtase. Eu me decidi a respondê-lo de imediato, porém, fui interrompida por uma mensagem de John:

"Meu dia foi um caos. Posso passar na sua casa? Tenho vinho."

Quão afortunada eu era, e o sabia. Não pude deixar de sorrir. Mais. Eu já ansiava pelo final de semana para vê-lo, e agora o encontraria ainda antes do previsto — que mágico aquele enleio! Fechei minha caixa de entrada de e-mails e respondi-o em seguida:

"Claro, vou adorar te ver. Chego em casa em dez minutos."

Ele me respondeu com um "ok" — breve, repleto, inteiro — e eu já comecei os planos para a noite na minha cabeça, que não cessava de abrigar todos os tipos de pensamento. Chegar em casa, tomar um banho rápido, pedir alguma coisa para comer, jantar, ver um filme, beber vinho e conversar noite afora, fazer amor. E eu, que ainda estava sentindo a privação do dormir e acordar ao lado de John, eu ambicionava o instante que se aproximava como um corpo cansado espera pelo conforto de uma cama quente.

Não demorei muito a chegar em casa. Kat não estava e, como era sexta, imaginei que ela ficaria fora por um tempo. O banho e o ajeitar-me e o arrumar do apartamento, especialmente bagunçado naquele dia, foi rápido, meio frenético, ávido. E já logo mais não tive tempo de pensar no ademais, pois John estava agora à minha porta.

Abraçamo-nos longamente assim que nos encontramos. Ele me apertou em seus braços com força, beijou-me várias vezes a testa. Não que ele não fosse uma pessoa carinhosa, mas estranhei um pouco tal ânsia em seus gestos.

— Está tudo bem? — perguntei quando nos separamos.

— Sim, só problemas de trabalho. — respondeu ele, evasivo — Estou feliz de te ver.

Sorri em contentamento. Ele estava feliz de me ver, feliz como eu — e sentamo-nos no sofá. Abri a garrafa de vinho que ele havia trazido e papeamos enquanto bebericávamos a bebida. Falamos um pouco do trabalho e dos prospectos de voltar à faculdade logo mais, e outras insignificâncias. Conforme o vinho era sorvido, as palavras ficavam mais soltas e o volume da conversação e das risadas fáceis que dela vinham ficava mais alto. Esquece-mo-nos até que deveríamos jantar alguma coisa.

Depois de algum tempo, os assuntos foram morrendo, apesar de o riso ainda estar presente. Sem muito pensar, em um acordo mútuo silencioso, a conversa cessou e vieram os beijos e afagos que, a cada segundo, ao que parecia, ficavam mais intensos. Meu ser, que era só sensação naquele momento, deixou-me levar pelo seu toque, seu cheiro, seu sabor — e me deixavam quase em um estado de febre, de fome. Suas mãos urgentes passeavam por meu corpo agora, buscando livrar-me de minhas roupas. Quando eu estava já quase desnuda, o desejo me consumindo por inteiro, fomos, de repente, interrompidos pelo barulho da porta que se abria.

Kat estava visivelmente bêbada. Cambaleou por alguns segundos antes mesmo de reparar em nossa presença ali. Quando seus olhos depararam conosco, ela ficou sem reação por um instante, mas logo desatou a rir.

— Ops, desculpa, gente, eu não sabia que vocês estariam aqui — disse ela, ainda entre risinhos, a voz vacilante.

Tentei cobrir-me o máximo que consegui e John deu um pulo no sofá, libertando-me de seus braços.

— Não, desculpa a gente — respondi enquanto ainda lutava para ocultar minha nudez — deveríamos ter ido pro quarto.

Kat não respondeu, mas continuou sua risada e, para minha surpresa, aproximou-me de onde estávamos, sentando-se entre mim e John no sofá.

— Ah, imagina... — disse ela — vocês são lindos, podem fazer o que bem desejarem. Podem até me incluir se quiserem.

E caiu na risada uma vez mais, fazendo menção de abraçar John; mas eu a contive com gentileza e levantei-a, conduzindo-a ao seu quarto. Eu havia desistido das minhas roupas naquele ponto e guiei-a para sua cama com dificuldade, já que eu mesma não estava cem por cento sóbria. Assim que se deitou, ela imediatamente caiu no sono. Voltei, então, para a sala.

— Desculpe, eu não imaginei que ela agiria assim — eu disse enquanto pegava minhas roupas e caminhava para o meu quarto, seguida dele.

— Não precisa se desculpar — ele respondeu. Seu tom, não consegui identificar muito bem.

Quando fechei a porta do quarto, John me enlaçou em seus braços com sofreguidão, conduzindo-nos à cama logo em seguida. Ele parecia ainda mais faminto, beijando-me e apertando-me com ansiedade. Não demorou muito. Foi um sexo ávido, com força. Quando gozamos, eu estava exausta e caímos em um sono profundo nos braços um do outro.

❧

O dia seguinte veio de mansinho, acordando-me com gentileza. Abri os olhos devagar, que sorriram ao encontrar John ainda dormindo. Levantei-me com cuidado para não acordá-lo e fui fazer um café. Encontrei Kat na cozinha, sorvendo um copo d'água com afinco. Ao me ver, colocou-o de lado e, de olhos baixos, disse:

— Clara, mil perdões por ontem! Estou morrendo de vergonha do meu comportamento.

Sorri para ela e respondi prontamente:

— Não precisa se desculpar. Você estava bêbada; tá tudo bem. Nós é que não deveríamos estar em uma área comum da casa.

— Eu espero que vocês não fiquem bravos comigo. Eu não quero jamais fazer vocês se sentirem desconfortáveis ou desrespeitados.

— Kat, sério, está tudo bem.

— Ah, você é a melhor!

Ela me abraçou por um momento e depois voltou a se ocupar com sua água. Eu comecei a preparar o café e, enquanto esperava a cafeteira fazer seu trabalho, ouvi passos vindos do meu quarto. Era John, claro, que logo se juntou a nós, dando um bom dia geral, ainda sonolento. Kat desculpou-se também com ele, que garantiu a ela que estava tudo bem. Ainda assim, com tudo resolvido, podia-se sentir uma estranheza no ar, um quê de desconforto. Mas nada podíamos fazer a respeito e, irremediavelmente, só seguimos com nosso dia. John acabou passando o fim de semana todo comigo. E Kat quase não ficou em casa naqueles dias. Ela sempre tinha festas para ir ou amigos para encontrar, e sua ausência ajudou um pouco, por fim, a amenizar a aura que a situação da noite de sexta deixara.

De todo modo, daquele dia em diante, mesmo que inconscientemente, passei a evitar levá-lo para casa; em vez disso, eu preferia que ficássemos no seu apartamento. E ficamos — todos os finais de semana daquele resto de verão. E, nos dias de semana, eu continuava a trocar e-mails com Dark Angel. E as coisas seguiram mais ou menos essa mesma rotina de felicidade (límpida, genuína) por um tempo — tempo em que vivi o prazer do acaso da boa fortuna, sem muito pensar no depois. Entretanto, quando as folhas passaram a secar e o clima começou a transformar-se, levando embora o calor e trazendo um arzinho frio ao entorno, as coisas também acabaram se transmutando de maneira que aquele mundo, uma vez estável, agora mudava de modo invariável, tal qual a folha que cai ao chão não volta mais a exibir suas cores no topo da árvore.

Outono

Mal chegavam as mudanças de estação e eu já sabia que o outono seria a minha favorita. Andar pelo Central Park naqueles tempos era como caminhar por um literal devaneio de perfeição. As folhas secas formavam um tapete vermelho-amarelado que cobria o chão todo a perder de vista. O calor intenso ia embora, mas o sol ainda reinava pela maior parte do tempo, compartilhando o espaço com sopros gelados ocasionais que o vento trazia. As coisas mudavam de sabores. Era época de maçãs e abóboras, e os cafés, as tortas, os pães e tudo mais tinham um gosto muito característico. As pessoas se preparavam para o dia das bruxas e, logo depois, para o dia de Ação de Graças em novembro, uma celebração tão grande no país que competia até com o Natal. Via-se já muitas abóboras enfeitadas a adornar as casas e os comércios. E uma das melhores sensações do mundo era respirar o ar outonal nas primeiras horas da manhã quando eu saía para a faculdade.

Foi um pouco difícil voltar à rotina de aula e trabalho no início, mas, logo, como somos ensinados, já me adaptei à nova-velha realidade. De qualquer forma, o lado bom de ver John durante a semana compensava as destemperanças. E estávamos cada vez mais próximos. Embora nunca tivéssemos falado concretamente do assunto, eu considerava agora que vivíamos um relacionamento oficial. Quando falava dele em uma conversa com alguém, eu sempre me referia a John como meu namorado, por exemplo. Bastavam-me, mais que os silêncios que nos rodeavam, os gestos e hábitos e afeições que cercavam a nossa relação.

Por falar em John, as primeiras semanas de aula foram difíceis para ele, que andava chegando atrasado quase todos os dias. Aparentemente seu trabalho exigia cada vez mais dele, como o fazem por diversas vezes os ofícios dos assalariados. Então, por isso, nossa interação no tempo que dividíamos na faculdade era bem inferior ao que eu gostaria. Entretanto, como que para compensar alguns vazios, outra pessoa se fazia mais presente em minha vida naquele ambiente: Alex. Quando voltamos das férias de verão, como ambas chegávamos sempre mais cedo na universidade, acabávamos passando o tempo papeando e, aos poucos, os laços foram se estreitando.

Também havia o trabalho. Apesar de cansativo, ia bem. A bebê crescia tão rapidamente quanto as mudanças das estações, e eu tinha que me adaptar às suas transformações diárias — que davam a ela cada vez mais energia e me deixavam cada vez mais cansada ao final do dia. Mas era, ainda assim, demasiadamente recompensador acompanhar aquele crescer — mesmo a exaustão me acometendo pela correria, as brincadeiras, o constante inventar de novas atividades para entretê-la, a preocupação com seu desenvolvimento — tão forte quanto o amor carregado no meu viver, mesmo nossos laços sendo, tecnicamente, estritamente profissionais.

E, claro, eu continuava a trocar e-mails com Dark Angel. Nossa relação também caminhava de maneira mais rápida do que eu antecipara — se é que houvesse passado pela minha cabeça que ela sequer caminharia para algum lugar. Ele já sabia, agora, das minhas origens brasileiríssimas, o que levou a questões e comparações culturais, e intimidades do meu passado, meus gostos, minha família... e os paralelos e correlações desses aspectos de mim mesma com a sua própria vida e cultura fizeram com que ele também se abrisse mais. Um dia, quase que de brincadeira, perguntou meu nome. Eu desconversei e ele silenciou a curiosidade, mas tive que refletir sobre o quanto eu estava disposta a deixá-lo entrar na minha vida real. E a verdade é que eu não tinha uma resposta definitiva àquela questão — e não necessariamente desejava ter.

Assim seguiam meus dias. Eu estava ora na faculdade, ora no trabalho e, quando em casa, ocupando-me com tarefas das aulas ou labutas domésticas. O pouco tempo livre que eu tinha, passava ou trocando mensagens com John, ou e-mails com Dark Angel. Quando não havia novas mensagens, eu me entretia lendo conversas antigas. Há tempos não lia um livro ou trabalhava em alguma nova arte, embora meu anjo negro sempre insistisse para que eu voltasse a produzir. Eu dizia estar sem tempo, o que era parcialmente verdade, mas, na mais absorta realidade, aquela que não admitia a mim mesma, andava mesmo sem vontade de fazer qualquer coisa que remetesse minimamente a trabalhar ainda mais. Kat continuava com sua rotina de alternar trabalho com farra e, no mais, o mundo continuava girando, como sempre.

Num desses dias comuns, eu estava sentada na sala de aula aguardando a chegada do professor enquanto rabiscava meu caderno de anotações. De repente, fui tirada do meu torpor entediante por um

283

toque no braço. Era John, que, pela primeira vez em muito tempo, chegava a tempo na faculdade.

— Hey, você não está atrasado hoje! — eu disse sorrindo, enquanto ele se sentava na cadeira bem ao lado da minha.

— É, nem acredito que acordei cedo — respondeu ele, logo depois me dando um beijo na bochecha em cumprimento.

Antes que pudéssemos dizer mais alguma coisa, o professor chegou e, mal ajeitando suas coisas na mesa, já iniciou as aulas — e anunciou, num certo ponto, um projeto que valeria quase metade da nota do período. O trabalho consistia em escolher uma teoria sobre recursos humanos e como seria colocá-la em prática em uma empresa fictícia que criaríamos. As conclusões e os pensares escritos formalmente nas normas do acadêmico, claro — a tarefa seria feita em dupla.

Ao fim do período, John, como vinha fazendo no recente cotidiano, disse que precisava correr, não sem antes propor que fizéssemos o trabalho juntos e eu, que não havia sequer cogitado trabalhar no projeto com qualquer outra pessoa, na verdade, obviamente concordei. O que era quase engraçado. John era inteligente, claro, mas negligente com as coisas da faculdade. Eu não tinha nem certeza de que ele passaria em todas as matérias.

Mas, obviamente, a perspectiva de passar ainda mais tempo com ele vencia os empecilhos — de longe. Nos estreitos segundos antes de sua partida, então, decidimos começar o trabalho já no fim de semana seguinte. Eu decidi, melhor. E era ainda segunda-feira, e a promessa do nosso encontro, como sempre, já pulsava de ansiedade em mim. Por agora, porém, o trocar mensagens de texto bastava — fragmentos de sua companhia, alimentando-me das migalhas que compraziam e adoeciam.

Aquela semana se arrastou. Toda vez que eu tinha o prospecto de ver John, isso acontecia. Agora, ainda mais. Ultimamente, desde que havíamos voltado com as aulas, não nos víamos mais todo santo final de semana. Ele andava ocupado — muito trabalho. Mas dava-me orgulho de que ele fosse tão dedicado à sua vida profissional. Qualquer pequena coisa que ele fazia me causava admirá-lo mais e mais. Eu não estava acostumada a reverenciar dessa forma um cara com quem eu estivesse saindo. Era revigorante namorar alguém que tinha paixões e empenhos e ambições — mesmo que eu ficasse, consequentemente, em segundo plano de suas intenções.

De qualquer forma, apesar de dolorosamente lenta, a semana chegou ao seu fim inevitável. O sábado veio, dia em que marcamos de ele me encontrar em casa. Kat estava fora da cidade, completando o cenário perfeito para nossa clausura intelectual. Apesar de não termos combinado um horário, assumi que ele chegaria cedo. Não atentei para sua já conhecida frivolidade com os aprendizados formais. As horas, então, foram passando e ele ainda não estava ali comigo. Eu não quis importuná-lo com mensagens. Não combinamos mesmo uma hora exata, besteira ansiar pelo que eram só minhas expectativas. Esperei. Deixei o computador pronto, anotei algumas ideias. Parei para comer. Liguei a TV. Desliguei a TV. Mexi no celular. Voltei a anotar ideias. Finalmente, quando eram já quase oito da noite, resolvi questioná-lo.

"Hey, você ainda vem hoje?"

A mensagem de texto parecia casual, pensei. Nem dava para perceber que eu havia passado todas as horas daquele dia esperando, esperando... Fiquei olhando para a tela do celular por uns bons cinco minutos. Depois, deixei o aparelho de lado e liguei a televisão mais uma vez. O noticiário estava passando. Mudei de canal até encontrar uma série de comédia popular dos anos noventa que sempre me distraía. Depois de uns dez minutos, a notificação chegou, acelerando meu coração.

"Desculpe, Clara, fiquei ocupadíssimo hoje. Posso ir agora?"

Ah, a calmaria! Tão doce, tão fácil.

"Claro, sem problemas."

Continuei vendo TV, agora uma leveza gostosa como que me derretendo. John não demorou a chegar. Recebi-o com um aperto sôfrego, me deixando dissolver em seus braços, que me envolviam com carinho. Não começamos o projeto; eu não liguei. Não falamos muito. Eu não perguntei do seu dia, nem ele do meu. Os abraços e apertos e beijos nos levaram à minha cama. Naquela noite, eu não gozei, mas não tinha importância. A experiência do sexo com John era diferente agora. Mais... espiritual. A carne ficava em segundo plano. Logo, adormecemos.

Acordei no dia seguinte; ele não estava ao meu lado. Ouvi o barulho da televisão ligada na sala, concluí que acordara muito cedo e não quis me incomodar. Emocionou-me seu cuidado. Sorri sozinha, aproveitando a sensação, fazendo uma força consciente para não gargalhar de prazer. Não queria que ele ouvisse, que ele soubesse. Por fim, levantei-me, afinal, coloquei algo confortável para cobrir minha nudez e peguei meu computador, levando-o para a sala, e também um caderno de anotações. Ao me ver, John desligou a TV.

— Pensei em começarmos o trabalho — eu disse, sentando-me ao seu lado e ligando o *notebook*.

— Sim, é uma boa ideia — ele respondeu — Que bom que você é assim responsável, pois, se dependesse de mim, não começaríamos nunca.

— Eu também tenho um pouco de preguiça — quis ser solidária.

— Não quer um café antes?

Assenti, e ele foi para a cozinha. Embora a cafeteira fizesse o trabalho sozinha, ele se demorou ali até que o pó de café se transformasse, exalando seu cheiro de amanhecer pelo apartamento inteiro. Tão vagarosamente quanto possível, pareceu-me, derramou a bebida na xícara, adoçou, mexeu com a colherinha, mexeu... quando não havia mais a se fazer, voltou para a sala, enfim.

Peguei meu café, abri o *notebook*, tão ligeira quanto sua lentidão de antes. Acessei alguns arquivos no computador com artigos sobre os assuntos que eu achava interessantes, depois peguei o caderno e uma caneta.

— Pensei em escrevermos ideias e depois organizar o que queremos fazer; devíamos planejar um cronograma para não perder o prazo e designar o que cada um fica responsável por cumprir.

Ele concordou com a cabeça. Mostrei-lhe os artigos e assuntos que eu gostava e fui falando rapidamente das ideias que eu já tinha.

— Basicamente, eu acho que devemos falar sobre diversidade no ambiente de trabalho. Pensei em simularmos como funcionaria uma empresa que tivesse uma política de inclusão na contratação de funcionários.

Havia certa paixão em meu discurso? Sim, percebi a chama, mesmo ainda fraca, que se acendia em algum lugar de mim. E o contentamento que surgia da descoberta, pois, invariavelmente, eu me pegava pensando em como eu não necessariamente amava aquela área. Mas, quem diria, podia haver ali uma oportunidade para a construção de um mundo melhor. O meu trabalho poderia ser, afinal, relevante para a sociedade.

— Sim, é uma boa ideia — respondeu John. Saí do meu êxtase epifânico para encontrar o que parecia ser um homem entediado; e também contente que eu estivesse tomando as rédeas do projeto.

Continuei:

— Pensei primeiro que podíamos falar da coisa no geral, mas eu acho que, se formos mais específicos, podemos nos dedicar de verdade aos problemas enfrentados por um grupo em particular, já que cada minoria tem suas particularidades quando se trata de conseguir emprego.

John fez um gesto de assentimento e aguardou que eu continuasse. Tomou um gole do meu café — por algum motivo, não havia trazido sua própria xícara —, bocejou.

— Bom, meu primeiro pensamento foi para as mulheres, obviamente. Você sabe, não serem contratadas por terem a possibilidade de engravidar ou a questão de ter ou não filhos, o salário menor... mas, apesar de ser ainda muito ruim, há pessoas falando sobre o tema e uma discussão está definitivamente acontecendo.

— Uau, você realmente pensou no assunto, não? — interrompeu-me John.

— Bom, eu... vivo o assunto.

Ele ficou calado, guardando para si o que pensava ou sentia. E não consegui ler suas profundezas na expressão neutra de sua face. Continuei, então:

— Em todo caso, pensei que podíamos falar de algo relevante e que não estivesse sendo tão amplamente discutido ainda. O que você acha de trabalharmos em implementação de políticas para pessoas transgêneras na nossa empresa fictícia?

John ficou em silêncio por alguns instantes. Ele andava aperfeiçoando a arte das reticências, cauteloso em sua quietude. Mas, desta vez, claro como águas intocadas pelo homem, seu semblante era de dúvida.

— Ah, bem, eu... eu não sei. Nem imagino por onde começaríamos.

— É, eu sei. E isso é justamente parte do problema. Acredito que ninguém pense nisso, muito menos executivos e donos de empresas.

Ele ainda hesitava, via-se. Fiquei sem entender por que era uma coisa tão difícil de aceitar. Na minha cabeça, parecia uma ótima ideia, e eu pensei até mesmo em conversar com Alex para ter uma noção mais clara de quais eram os maiores problemas que essa população enfrentava no mercado de trabalho. Esperei por sua resolução por alguns instantes, mas não obtive nada.

— John? O que você acha?

Após mais alguns momentos de incerteza, ele finalmente respondeu:

— Se você acha que conseguiremos, eu estou com você. Podemos falar sobre isso sim.

Pus-me, então, a fazer anotações com os tópicos que eu achava relevantes de abordarmos, e também métodos de pesquisa e um rascunho do nosso cronograma. Eu rabiscava sem parar, um entusiasmo há muito perdido nas noções erráticas do mundo acadêmico, e do seu depois. John apenas aceitava tudo o que eu sugeria, sem opinar nem propor nada de novo. Nem tampouco se ofereceu para a parte prática da coisa, o escrever ou digitar ou...

Quando finalizamos, já era hora do almoço, e ele sugeriu que saíssemos para comer. Eu fui trocar de roupa e, enquanto me arrumava, uma sensação singular, esquisita tomou conta de mim. Ele não se importa com o projeto, foi o pensamento que vociferou em minha cabeça, cristalino. Mas, mais importante, ele não se importa com o que eu falei sobre inclusão e minorias. Não, não, ele tem que se importar. Só nunca tinha parado pra pensar nisso. Claro. Mas eu terei que ficar responsável pela execução do trabalho tanto quanto o fui para a sua idealização. Ah, pensamentos que eu não chamava e não paravam de flutuar perante minha ingenuidade. Ele me ajudaria, sim. Com o trabalho. Com tudo. Os pormenores, não, mas não tinha importância. Eu queria afugentar os meus pensares, mas havia o preço a se pagar por me aprofundar em alguém.

No almoço, em uma lanchonete ali por perto, ele me falou, enquanto comíamos, sobre o quanto seu sábado havia sido ocupado e estressante. E o quanto ele estava feliz em estar comigo hoje. Pronto. Toda a estranheza de antes, as dúvidas e as angústias se evaporaram. Estava, afinal, tudo bem. Ele não era lá muito sensível socialmente, nada de outro mundo. Eu sabia que ele era, invariavelmente, uma pessoa boa. E, depois de ter trabalhado tanto, ainda mais em um sábado, eu estava lisonjeada por ser o alguém que deixava seu dia mais alegre.

Terminamos nossa refeição, pagamos a conta. Eu ia perguntar-lhe se queria ver um filme ou tomar um sorvete, mas, antes que pudesse fazê-lo, ele sacou do bolso seu celular enquanto dizia:

— Nossa, quase não há carros disponíveis hoje no aplicativo.

Fiquei calada por alguns instantes, sem entender bem. Ele iria embora já? Eram pouco mais de duas da tarde apenas. Quis questionar os seus porquês, mas, em vez disso, sorri desajeitadamente e, da forma mais natural possível, retruquei:

— Nossa, que estranho.

Ele não me respondeu, ainda com os olhos grudados na tela do seu aparelho. Um vislumbre de sorriso apossou-se de seu rosto por um segundo.

— Ah, consegui! Ele chega em cinco minutos.

Minha expressão era de informalidade. Natural, despojada. Comentei novamente sobre como não

293

era comum não haver tantos motoristas àquela hora do dia. Talvez houvesse algum evento por perto do qual não tínhamos conhecimento. E o tempo estava bom até, nem chovia nem nada. E que bom que ele havia conseguido, de toda forma. Mas qualquer coisa, pediríamos um táxi mesmo.

Os cinco minutos passaram com uma pressa incomum. Seu motorista o aguardava lá fora. Saí da lanchonete caminhando ao seu lado, braços se tocando. Ansiei por segurar-lhe a mão no curto caminho até o carro, mas não o fiz. Ele beijou-me na bochecha. Sorri. Entrou. Deixou-me.

Fui andando de volta para casa, um pouco atordoada, um pouco sem rumo. Quer dizer, eu sabia onde meus pés me levavam, claro. Mas era só. Olhei o celular, tola esperança de ele ter me enviado uma mensagem explicando-se. Dizendo que precisava ir embora cedo por causa do trabalho. Mas dane-se o trabalho, estou voltando pra você, Clara. O carro está dando a volta, me espere na frente do seu prédio. Vamos tomar sorvete, o de pistache, seu preferido, e depois ver um filme de terror. Mas a tela preta do aparelho nada me deu.

No elevador do prédio, não soube conter algumas lágrimas solitárias. Ora, que besteira! Ele não precisava passar cada segundo comigo. Na verdade, eu nem queria um tipo de relação com tal codependência. Eu era uma mulher independente e ele, um homem também livre. Dois indivíduos completos. Exceto pelo fato de que eu mesma não me sentia completa naquele elevador solitário. Olhei-me no espelho que refletia uma Clara um tanto diferente da que começara aquela jornada nos Estados Unidos. Eu tinha, ainda, sonhos. Mas eles agora haviam mudado sem que eu me desse conta. Meus sonhos encontravam os caminhos deles. Dele. Se houvesse forças invisíveis em algum lugar, eu pediria a elas, mais do que qualquer coisa, que John estivesse ali. Eu imploraria a elas que ele estivesse ali.

Cheguei ao apartamento vazio e senti-me, de repente, inabitada. Só. Pensei em começar minha parte do trabalho, mas não conseguiria me concentrar naquele momento. Liguei a televisão, mas as imagens e sons que vinham da tela não faziam sentido. Meus olhos voltavam-se para o celular a todo momento, esperando... abri a caixa de conversas com John, pensei em mandar algo. Mas o quê? Saí do aplicativo de mensagens, por fim, pois não sabia o que dizer a ele. Fui até meu e-mail, então. E, sem muito pensar, comecei a escrever.

"Dark Angel,

Como você tem passado? Meu final de semana está sendo um tanto... tristonho. Para dizer a verdade, estou me sentindo um pouco só e não sabia com quem falar. Espero que você não se importe de ler meu desabafo.

Tenho mil coisas para fazer da faculdade, mas não consigo focar no que é importante neste momento. Ah, meu amigo! Ao menos eu tenho você para conversar. Minha colega de apartamento não está em casa e, mesmo que estivesse, como já comentei contigo algumas vezes, não sou tão conectada a ela.

Sinto-me um pouco infantil de estar te escrevendo agora. Com tantos problemas de verdade no mundo, o meu acaba sendo só a solidão. Egoísta da minha parte até me entristecer, mas não consigo evitar.

Eu espero que você esteja bem. Desculpe qualquer coisa.

Um beijo,
Black Rose"

Não mandei de imediato o e-mail. Meus dedos hesitavam. Que patética eu pareceria! Mas não tinha escolha. Se não fosse ele, não seria mais ninguém. E eu já sentia a dor do abandono de John naquele dia. E ele, meu Dark Angel, sempre, sem-

pre me fazia sentir melhor. Eu precisava daquele
pedaço de felicidade. Finalmente, sem muito mais
pensar, toquei no botão de enviar. Pronto. Feito.
Agora o esperar, de novo. Como era dorido o aguardo!

Mas, alívio! Não durou muito a minha espera.
Nem cinco minutos haviam se passado quando recebi a notificação de novo e-mail. E, antes mesmo
de abri-lo, meu coração já deixou ir uma parte do
peso que carregava. E não precisei mais me esforçar
para segurar o pranto. Abri sua mensagem imediatamente.

"Black Rose,

*Oh, minha querida rosa, você não precisa jamais
se desculpar por nada! Ao contrário, fico extremamente feliz que tenha encontrado em mim alguém
com quem você se sinta à vontade para conversar.*

*Sinto muito que a solidão te aflija neste momento,
e que seja tão difícil lidar com ela para você. Se
eu pudesse, te abraçaria forte agora. De qualquer
forma, sinta-se abraçada. E ouvida.*

*Os problemas do mundo não devem te fazer sentir
mal por vivenciar suas próprias dores. Gostaria que
tivesse algo que eu pudesse fazer para te ajudar. Se
tiver, por favor, me diga.*

Por que você não aproveita e transforma sua angústia em arte? Algo me diz que isso vai te fazer sentir melhor.

Não se esqueça que, mesmo nesta realidade nada convencional do nosso relacionamento, eu me importo demais com você.

Um beijo,
Dark Angel"

O choro de antes que mal se continha transformou-se, de súbito, em sorrisos. Senti-me calma, acolhida. Meu anjo negro jamais me decepcionava. Não respondi seu e-mail de imediato. Não precisava. O sono agora começava a me envolver. Eu nem havia percebido que era noite lá fora. Devagarinho, levantei-me, coloquei um pijama e fui para a cama. Mergulhei para debaixo das cobertas. Respirei. Meus olhos se fecharam e, quando abriram-se novamente, já era dia. O sol entrava pela minha janela, como que anunciando um bom presságio.

>>>>> <<<<<

Então você quer saber todas as minhas experiências com o mercado de trabalho? — perguntou Alex num tom curioso. Senti-me um pouco desconfortável com minhas próprias inquisições, mas respondi até com certa firmeza:

— Só as coisas que você achar mais relevantes. Você sabe, enquanto mulher trans, quais as peculiaridades que já te aconteceram no mundo corporativo?

Ela deu uma risadinha amarga.

— Peculiaridades... — repetiu. Depois, fez uma pausa que pareceu preencher com memórias e pensamentos. Continuou:

— Pra dizer a verdade, eu não tenho tantas experiências assim. Em escritórios, tenho só uma. Fui fazer uma entrevista para recepcionista. Eu já tinha transicionado, mas ainda não havia mudado meu nome nos documentos e tudo mais. Então, quando a moça do RH chamou um nome masculino e eu respondi, ela achou que eu não tinha entendido. Expliquei. Ela estava visivelmente desconfortável. A entrevista durou menos de cinco minutos. Ela disse que me ligaria, mas, claro, não ligou.

Olhei para o meu caderno de anotações sem saber bem o que escrever. Rabisquei palavras aleatórias: nome de batismo; transição; desconfortável. Busquei forças para parar de encarar o caderno e voltei-me a ela novamente.

— Teve a vez que levei meu currículo para o supermercado do meu bairro. Mas, pro meu azar, o gerente era um cara que tinha frequentado a escola comigo. Ao me ver, cochichou alguma coisa no ouvido de uma das caixas e os dois riram. Eu quis dar a volta e ir embora, mas estava desesperada por um trabalho. Eu era novinha na época, uns dezessete anos, acho. Fui em frente. Disse oi, sem resposta. Expliquei que vi o anúncio de que estavam contratando. Entreguei a folha de papel com meu currículo. Ele demorou para pegar e usou as pontas dos dedos somente, como se fosse um objeto radioativo. Agradeci e, quando ia perguntar sei lá o que, na minha frente mesmo, ele jogou meu documento na lata de lixo que tinha ali ao lado. A moça com quem ele tinha cochichado colocou as mãos na boca, mal segurando o riso. Eu, então, saí correndo dali.

Cochicho; risadas; lixo — anotei no meu caderno. Olhei para Alex, mas nada disse. Via-se que ela reconhecia meu lamento. Deixei-a continuar:

— Os meus primeiros empregos consegui quando ainda era "menino", então, eu tinha alguma experiência, até. Trabalhei adolescente em um cinema e de assistente em uma loja de artesanato. Mas, quando comecei a transição, isso não importava — nem o fato de eu ter as melhores notas na escola, nem de saber computação ou falar espanhol. Só consegui trabalhar de novo quando eu já era passável.

— Desculpe — interrompi-a — passável?

— Ah, sim, quando eu já tinha a aparência completamente feminina. Você sabe, peitos, cabelo grande e tudo mais.

— Entendi.

— Mesmo assim, só consegui trabalhos informais, porque ainda não tinha conseguido mudar meu nome. Só depois consegui alguma coisa formal.

Fiz mais anotações no meu caderno.

— E como você conseguiu as coisas informais?

— Ah sim... bem, eu ganhei minha passabilidade quando tinha uns vinte e três anos. Conheci um cara que era DJ e ele conseguiu um bico de bartender pra mim. Fiquei lá um bom tempo, mas, de algum jeito, o dono do bar descobriu minha "identidade secreta" e arrumou uma desculpa qualquer pra me demitir.

Bartender; bico; demissão.

— Depois consegui de garçonete, mas eu ganhava muito mal. Praticamente só gorjetas. Depois fui bartender de novo em um outro lugar e, por um tempo, fui atendente no balcão de uma lanchonete.

— E o que aconteceu quando você mudou seu nome?

Alex sorriu com uma expressão que não pude decifrar. Um pouco de desgosto misturado com resiliência talvez?

— Consegui um emprego de garçonete em uma balada, por meio dos contatos que eu já tinha. Lembro-me que foi muito esquisita a entrevista porque o dono do lugar só me perguntou coisas normais, como experiência e disponibilidade de horários e pretensão salarial... uma estranheza pra mim não ser perguntada o que eu tenho no meio das pernas ou como era meu nome "de verdade" ou ser alvo de nojo ou de risadas.

Paramos por um momento, interrompidas por uma moça que veio nos pedir informações. Ela queria saber onde era o prédio da Psicologia. Alex direcionou-a, mas eu permaneci calada. Sentia-me um pouco enjoada, até achando, por um momento, que poderia vomitar. Devia ser minha pressão. Um nó na garganta, um entalo no peito. Uma dor singular; dor que não era minha, mas doía mesmo assim. A menina foi embora e Alex voltou-se para mim mais uma vez.

— Você está bem? — perguntou em tom preocupado.

Olhei-a de novo, como que vendo-a pela primeira vez. Ela devia achar que eu estava louca, pois, em vez de responder sua pergunta, fiquei encarando seu rosto, contando suas marcas de expressão, questionando quais histórias seus traços teriam para contar.

— Você tá pálida — continuou ela, tirando-me do meu transe — precisa ir pra enfermaria?

— Ahn, não, não... — respondi — acho que minha pressão caiu um pouco, só isso. Acontece.

— Tem certeza?

— Tenho sim. Obrigada.

Alex não pareceu muito convencida. Pegou uma garrafinha de água de dentro de sua mochila e ofereceu-a a mim. Aceitei. Bebi com sofreguidão; só então percebi que eu estava com sede.

— Se você quiser, podemos continuar depois. Já já começam as aulas, de qualquer forma — disse ela enquanto eu sorvia a última gota de água da garrafa.

— Claro, pode ser. Você se importaria de me encontrar no fim de semana? — questionei, lembrando-me que era já sexta-feira; mais uma sexta.

— Pode ser. Vou te passar meu telefone e combinamos.

Entreguei-lhe meu aparelho para que ela colocasse seu número nos meus contatos e, enquanto o fazia, avistei John chegando. Ele havia voltado a usar sua jaqueta de couro, já que os dias mais frios agora o permitiam, e seus cabelos, antes cuidadosamente cortados, estavam ficando mais longos — as madeixas castanho-claras chegavam quase ao seu ombro. Ele era tão extremamente belo que, mesmo depois de tantos meses, ainda fazia-me perder o ar.

— Oi, bom dia — cumprimentou-nos assim que chegou perto o suficiente.

Respondemos sua saudação — eu com um sorriso entusiasmado e Alex com os olhos baixos, como sempre.

— Estou trabalhando no nosso projeto — expliquei a John, depois que ele sentou ao meu lado e beijou-me na bochecha — Alex está sendo uma grande ajuda!

Ele sorriu de modo sóbrio e, dirigindo-se a ela:

— Muito obrigado.

Seu tom não era lá muito animado, mas, ultimamente, ele não se mostrava animado com quase nada, em verdade, muito menos com algo relacionado à faculdade. Alex fez apenas um gesto de cabeça como resposta.

— Qual é a boa do fim de semana? — perguntou John. Surpreendi-me. Fazia tempo que não fazíamos planos juntos. Ele estava sempre tão ocupado com o trabalho que eu tinha sorte se conseguisse vê-lo por algumas horas num domingo à tarde.

— Ah, Kat vai chamar alguns amigos pra ir em casa amanhã. Vamos só beber, ouvir música e tal. Se você quiser dar uma passada lá...

— Claro, vou adorar!

Meu coração pareceu dar um salto e quase veio parar na garganta. A sensação foi tão forte que precisei fazer um esforço tremendo para não chorar. Chorar? Por quê? Não sei bem... mas guardei as lágrimas engasgadas.

— E Alex, por que você não vem também? — consegui dizer depois de engolir o pranto.

Ela pareceu hesitar por um momento.

— É, acho que pode ser... — disse por fim.

— Ótimo! Se você puder, dá até pra ir mais cedo e me ajudar com o projeto um pouco mais. Se não for incômodo, claro.

— Imagina, incômodo nenhum.

— Perfeito — disse John — mal posso esperar!

Fomos, depois, para as nossas respectivas aulas. Eu ainda estava atônita. Teria meu John logo no dia seguinte! Obviamente estava profundamente feliz. Mas havia algo mais que dividia espaço nos meus sentimentos. Contudo, sem saber o quê, ignorei essa "outra coisa". Deixei-me sentir apenas o doce prazer de fantasiar o futuro próximo. Eu merecia me permitir, com tantas angústias e irresoluções e desconsolos de não saber o que se passava em sua cabeça ultimamente. Era, então, só deleite. Só por um instante.

A música alta, um tipo de pop latino com um pouco de hip hop, me inebriava. Todos estavam felizes. Até mesmo Alex dançava desenvolta, trombando em algum móvel vez ou outra. Kat beijava um cara no sofá. John conversava com algumas pessoas sobre esportes, acho. Todos riam. Eu me ocupava do meu copo de cerveja e das risadas que mal se continham. Acabara de engolir alguns cogumelos especiais que os amigos de Kat trouxeram para a festa. Eles faziam tudo ficar muito engraçado. Alguém me passou um *vaper* com erva. Dei um trago, tossi, respirei, bebi mais cerveja, gargalhei mais um pouco. A vida era boa.

— Clara, vem dançar! — era Alex quem me chamava. Fui até ela e nos deixamos embalar pelo ritmo gostoso da música. Kat juntou-se a nós também e ficamos as três rodopiando, movimentando nossos corpos como em um ritual de irmandade. Percebi-me amando aquelas mulheres — todas as mulheres. Amei a mim mesma também e, por um breve instante, até esqueci que John estava ali. Por um momentâneo segundo, não me lembrei do seu existir. Mas o átimo de tempo passou. Olhei para o seu rosto tão belo, que sorria e olhava para minha direção. Eu o amava também — agora o sabia. Será que eu deveria dizer isso a ele? Por que não? Mas logo os pensamentos se desviaram de novo para o ritmo da melodia que enchia nosso entorno.

Ficamos ali por um bom tempo, Alex, Kat e eu. Canções começavam e terminavam e começavam de novo. Não cansávamos. Eu tinha a impressão que meu corpo aguentaria dançar a noite inteira. Algumas pessoas juntaram-se a nós. John também veio depois de um tempo. Ele era meio desengonçado, mas parecia não se importar. Foi dançar perto de mim, corpos numa proximidade perigosa. Ele passava a mão nos meus cabelos de vez em quando, bagunçando-os. Eu ria de seus gracejos. Em dado momento, apertou-me forte, trazendo-me para perto de si. Beijou-me, acariciando minha cintura, pressionando seu corpo contra o meu. Eu podia sentir seu entusiasmo. Depois do beijo, continuamos dançando. Ele estava cada vez mais solto, via-se. Foi dançar com outros amigos, arrancando risos prazerosos de quem estava por perto. Chegou perto de Kat. Eles se movimentavam ritmicamente ao som da música. Virei-me para Alex, giramos de mãos dadas. Quando voltei-me do rodopio, meu riso tão fácil, de repente, se quebrou.

Foram só alguns segundos, mas os movimentos pareciam ser percebidos por mim como se estivessem sendo feitos em câmera lenta. John colocou os braços em volta da minha colega de apartamento e aproximou seu rosto do dela, puxando-a para perto dele — como havia feito comigo há pouco. Ela pareceu confusa; o rosto contraiu-se um tanto. Ele chegou mais perto e, em uma tentativa de alcançar seus lábios, chegou a encostar seu nariz no dela. Kat empurrou-o. Ele tentou beijá-la uma segunda vez. Ela o empurrou novamente, uma expressão de fúria no olhar.

Depois disso, uma névoa de sentidos. Não percebi muito bem o que acontecia ao meu redor — senti o olhar de lamento de Kat e as mãos de Alex pegarem meus braços e levarem-me para o meu quarto. Joguei-me na cama. A música estava mais baixa. Olhei para o teto branco, mas não vi muita coisa, pois as lágrimas cegavam meus olhos. Alex deitou-se ao meu lado; me abraçou. Ouvi a porta se abrindo — era Kat. Ela também se deitou ali comigo e abraçou-me junto. Não falamos nada. Ouviam-se apenas meus soluços entrecortados pela música animada.

— Ele foi embora — Kat quebrou o silêncio que restou depois que acalmei um pouco o pranto. Apenas assenti com a cabeça.

Ele foi embora. Ele foi embora. Embora.

Era a terceira vez que ele me ligava e ainda eram onze da manhã. Minha cabeça doía horrores. Meu coração também. Os olhos mal se abriam, cheios, doridos — podia senti-los inchados sem ter nem que olhar o espelho. Não queria olhar o espelho, dar de cara com a triste figura patética da minha dor.

Eu havia acordado por volta das oito, com o telefone tocando. Alex estava ao meu lado e Kat acabara dormindo no chão. Todas foram despertadas pelo som do celular. Mostrei a tela com o nome dele para elas e apertei "ignorar". Coloquei o aparelho no modo silencioso, voltamos a dormir. Acordei e dormi dezenas de vezes. Umas dez e pouco levantei de vez. As meninas ainda dormiam.

Fui fazer um café. Algumas pessoas tinham dormido no sofá. Três ligações perdidas no celular. E uma mensagem de texto:

"Clara, por favor, me ligue de volta"

As imagens da noite anterior estavam vivíssimas na minha memória, mas não chorei mais. Acho que gastei todas as minhas lágrimas. Fiquei com vontade de quebrar alguma coisa. Ou gritar. Em vez disso, contentei-me em tomar meu café preto — amargo, pra combinar com o momento — e começar a limpar a cozinha, que estava uma zona. E limpei. Obsessivamente, como se minha vida dependesse disso. Uma hora, estava tudo feito. As pessoas foram indo embora curar suas ressacas. Alex ficou. E ela e Kat me afagaram de palavras encorajadoras. Que eu era boa demais para ele. Que eu encontraria alguém melhor. Que ele era um filho da puta. Que eu merecia mais.

Ficamos ali juntas, comendo besteiras e vendo filmes pelo resto do dia. Alex foi embora à tarde e disse que me ligaria depois. Kat tinha um trabalho naquele dia, mas pediu-me que avisasse se precisasse de alguma coisa. Fiquei sozinha, então. Onze chamadas perdidas no celular. Perdidas, como eu.

Pensei em mandar uma mensagem para Dark Angel. Ele sempre me fazia sentir melhor. Era bom pensar que eu ainda tinha aquele anjo na minha vida agora que havia perdido John — ah, a dor ainda ardia, implacável! Abri meu aplicativo de e-mails no celular e, quando estava prestes a começar a escrever, uma batida na porta me interrompeu.

Não fiquei muito surpresa ao ver John. Achei que talvez ele aparecesse por ali. Fiquei olhando para o seu rosto, tão bonito, sem nada dizer. Não convidei-o para entrar. Não tive vontade de chorar. Nem de meter um tapa na sua cara. Algo havia se quebrado e, apesar de tudo, era triste. O êxtase de antes, com o coração acelerado ao tê-lo por perto, o sorriso fácil, o tesão... mortos. Ele também ficou em silêncio, talvez esperando minha reação. Quando percebeu que eu não quebraria a quietude, se colocou a falar:

— Clara, você... você está bem?

Tive que pensar por um momento. Eu estava bem? Não. Mas também não estava de todo mal. O que era uma sensação muito estranha. Sentia-me anestesiada, fria, como se fosse incapaz de amar agora. Antes que eu pudesse fazer qualquer menção a responder, John continuou:

— Eu queria te pedir desculpas por ontem. Não foi nada legal dar em cima da sua amiga. Eu sei que não temos nada sério, mas, mesmo assim, não deveria ter feito isso.

Minha expressão deve ter mudado, dada a minha surpresa. Voltei-me para dentro de casa, sentei no sofá. Ele veio atrás de mim, fechando a porta. Sentou-se ao meu lado. Pegou-me as mãos:

— Estamos bem? — perguntou.

— Quê?

— Você e eu... podemos continuar saindo? Eu adoro a sua companhia, gosto muito das nossas ficadas.

Fúria. Pura em forma. Ele podia ver em meu olhar, pois soltou minhas mãos e afastou-se um tanto.

— Estamos saindo há meses! Viajamos juntos; eu conheci sua família... — minhas palavras saíam dos meus lábios num fluxo, sem muito filtro. Como que tentando compreender o absurdo de nossa falha de comunicação.

— Ah, sim, é verdade, mas... — ele hesitava, procurava as palavras, via-se — nunca conversamos sobre o assunto. Eu achei que estávamos tendo uma relação casual. Sinto muito que você pensou...

— Você sai com outras pessoas? — interrompi-o. Não sei o porquê da pergunta, mas não pude evitar. As palavras pareciam ter vida própria, saíam sem pensar.

Ele não disse nada. E, com isso, disse tudo. Eu queria fazer mil perguntas, mas não tinha sentido. Nem mesmo se ele pudesse responder às minhas questões.

— Eu achei que você gostasse de mim... — disse mais para mim mesma. Nada que eu falasse dali em diante teria propósito.

— Eu gosto, Clara! Gosto muito de você. Só não acho que tenhamos um futuro juntos... eu... eu não sinto...

Meus olhos iam para seu rosto e depois para baixo, encarando minhas pernas cruzadas, e depois, de novo, ao seu rosto. Não queria, mas derramei uma única lágrima. Fraca. Burra. Rejeitada. Inamável.

— Não — eu disse depois do que pareceram séculos de silêncio.

— Não... o quê? — perguntou John, olhos confusos. Desfrutei de sua incerteza por uns longos segundos.

— Não estamos bem. E não vamos continuar saindo.

Levantou-se, olhos baixos.

— Eu entendo. Sinto muito, Clara. Você é uma mulher incrível, que merece ser feliz.

— Eu sei.

"Dark Angel,

Eu tive meu coração partido hoje. Estou triste, mas também, o que é extremamente estranho, aliviada. Olhando para trás, a relação não era ideal. Achei que tivéssemos muito em comum, mas, na verdade, não tínhamos quase nada. Porém, ainda assim, está sendo difícil sentir-me tão só.

Eu não deveria me sentir sozinha, pois tenho o apoio de amigas, e tenho você. Mas ainda me sinto. Não consigo evitar de pensar só nas partes boas do

que eu, burramente, achei que era um relaciona-
mento. Boba, né?

Ele acabou de ir embora da minha casa. Da min-
ha vida. E estou vazia. E amanhã verei-o na fac-
uldade. E não sei como vai ser, e essa incerteza me
consome. Se por acaso ele tentar se aproximar, não
sei se terei forças para dizer não.

Que patéticas palavras, que parecem vir do
coração de uma adolescente. Mas não. Uma mulher
adulta se presta a este sentir.

Eu não sei se vou te enviar esse e-mail, na ver-
dade. Tão pessoal. Mas acho que o farei, porque,
nestes tempos, você é uma das únicas luzes da min-
ha vida.

Espero que seu final de semana tenha sido melhor
que o meu.

Um beijo,
Black Rose."

Depois de mandar a mensagem, senti-me um pouco melhor. O suficiente para me propor a distrair a cabeça, ao menos. Assisti vídeos de gatinhos na internet. Sorri um pouco, quem diria. Ignorei a ligação de Alex — eu não queria pensar por agora. Mandei-lhe uma mensagem de texto explicando que amanhã falaríamos. Então, por sorte, consegui adormecer.

314

Despertei no meio da noite, com um pesadelo. Depois de acordar, por um milésimo de segundo, achei que estava tudo bem. E aí lembrei que John não fazia mais parte da minha vida. Um golpe. Fui ao banheiro e, depois, pra cama, pois havia caído no sono no sofá. Kat havia me cobrido com uma manta, que levei comigo ao quarto. Chequei rapidamente a hora no celular: três da manhã. Em ponto. A hora das bruxas, dizem. Ou dos demônios? Qualquer dia pesquisaria na internet. Coloquei meu alarme para as seis. Fechei os olhos. Pensei em John. Em Dark Angel. Em minhas amigas. Minha família. Meu país — qual deles? Pensei em mim mesma. E depois, no nada. E em tudo. No que era real e no que era fantasia. Como era difícil diferenciar os dois.

Você tá com a cara inchada, mas não está tão ruim. Deixa ver, eu tenho corretivo na bolsa.

Alex abriu sua bolsinha de maquiagem dentro da mochila. Ela possuía de todos os tipos. Sempre dizia que tinha solução pra tudo na sua necessaire. Pegou o corretivo e aplicou embaixo dos meus olhos, na pontinha do meu nariz e em algumas outras áreas

315

do rosto. Ela estava muito concentrada enquanto espalhava o produto com os dedos mesmo. Era a terceira vez que eu havia lhe perguntado como estava meu rosto, se eu parecia ter chorado nos dias anteriores. Ela me garantiu que eu tinha uma "cara de segunda-feira". Normal. Como se eu tivesse passado o final de semana farreando e estivesse agora carregando as consequências das minhas inconsequências.

— Pronto — disse, por fim, quando se deu por satisfeita. Guardou suas coisas, deixando de fora só um espelhinho, que me ofereceu. Olhei para meu reflexo. A pele estava boa, sem olheiras, nem nada. Mas os olhos estavam tristes. Bom, ninguém me olharia nos olhos de qualquer jeito.

— Obrigada — eu disse enquanto lhe devolvia o espelho. Contei-lhe, então, da noite anterior e de como ele percebia nossa relação de maneira tão diferente de mim. E que havia ido embora sem ao menos tentar mais nada. E que eu sentia falta dele. Ela me ouviu em silêncio. Não disse nada, nem mesmo quando terminei meu relato. Pegou-me as mãos apenas, apertando meus dedos, como em um discreto abraço. Retribuí seu afago com gratidão.

— Você sabe, não há o que fazer agora pra amenizar muito a dor — acabou dizendo, por fim — só o tempo cura essas coisas. Clichê, né? Mas pior que é verdade. E o seu tempo vai ser maior ainda, porque ele frequenta as suas aulas.

Suspirei. Estava cansada e aquele era só o começo da jornada. Como superar um cara que eu veria sempre? E naquele lugar que, apesar de já chamar de lar, eu não era pertencente ainda — e provavelmente jamais o seria? Alex tinha razão, porém. Eu não tinha escolha. E como dói para esperar passar esse tempo tão necessário! Naquele instante, faziam sentido todas as músicas e poemas e pinturas que falavam de amor. De perda. De dor.

— É, eu sei — respondi apenas. Nossas mãos ainda estavam unidas, e assim o ficaram até a hora de ir para a sala de aula. Despedi-me dela e foi difícil deixar seus dedos livrarem-se dos meus. Mas fui. Com lentos passos, um de cada vez. Até chegar à sala. Até chegar à minha mesa. Não havia sinal de John, mas ele sempre se atrasava. O professor chegou. Olhei em volta. Os rostos presentes alheios aos meus anseios — e eu, aos deles. John não havia chegado. Nem chegaria no resto daquele dia. Nem dos próximos. Suspeitei que não o veria mais por ali pelo resto do ano letivo.

"*Black Rose,*

Sinto muitíssimo por você estar triste e se sentindo sozinha. Não te conheço mais do que por palavras e arte, mas já é o suficiente para saber que quem quer que tenha partido o seu coração cometeu um erro terrível.

Não sei se te consola, mas não imagino alguém nesse mundo que seja merecedor de sua sensibilidade e maravilhosidade. E, por isso, é normal que você se sinta só. Não é justo, claro. Mas quem pode culpar os reles mortais por não conseguirem te fazer companhia em patamar tão alto?

Quando você o vir na faculdade, olhe-o com pena; por ter perdido uma alma tão incrivelmente bela como a sua. E por saber que ele jamais conseguirá encontrar outro alguém assim.

Também é normal que você se sinta boba ou "patética". Afinal, essas dores mundanas sempre fazem os artistas sentirem-se assim. Sua profundidade é grande demais para lidar. Mas você é, antes de tudo, humana. E, com isso, vêm todas as adversidades que carrega nossa humanidade. Não tenha, portanto, medo de sentir. Nem vergonha. Você precisa dessa angústia. Use-a. Faça arte. Leve-a para o seu nível de compreensão.

No mais, nunca se esqueça de que estarei por aqui. Do jeito que você quiser. Na frequência que precisar. Tão intimamente quanto me deixar.

Ah, e se você voltar aos braços deste pobre miserável que te deixou, não sinta que falhou. Às vezes precisamos de certos afagos na alma, no ego, na carne... você tem todo o direito de se dar algum conforto. Só não se esqueça de abandoná-lo tão logo essa necessidade esteja satisfeita. E que seja logo.

Mais uma coisa: escreva-me sempre que quiser ou precisar. Jamais hesite em me enviar os e-mails que são seus desabafos. Sou seu amigo, seu anjo negro. Estou aqui. Sempre.

Um beijo,
Dark Angel"

Que estranho. Eu estava esperando sentir aquele afago familiar ao ler seu e-mail. Suas palavras sempre me satisfaziam de tal forma que era até difícil respirar — um sufoco de felicidade, um sopro de deleite. Mas, daquela vez, não. De repente, o fato de ser meu anjo negro uma entidade sem rosto e sem nome salientou-se, como um tapa na cara ou uma onda gelada inesperada num mar calmo até então. Nossa relação parecia falsa agora. Durante muito tempo, achei-a mais verdadeira que todas as outras

319

que eu havia tido naquele país — até mesmo a que tive com John; mas agora eu percebia. Tão óbvio.

Fiquei ali olhando para a tela do celular, minutos sem fim. Apesar de ilegítimo nosso relacionamento, nunca havia sido desonesto. Ao menos de minha parte, refleti. Cliquei em "responder".

"Dark Angel,

Obrigada pelas suas palavras. Acho que só o tempo mesmo vai me fazer sentir melhor. Aos poucos. Agradeço muito por me deixar desabafar com você. E agradeço que tenha essa imagem tão positiva de mim.

Geralmente, ao ler um e-mail seu, meu coração se enche de alegria instantaneamente. Parece até mentira, mas suas mensagens serviam-me como um remédio para as dores. Ou uma droga para os dias entediantes.

Entretanto, desta vez, eu preciso confessar que não tive esse sentimento. Você ainda o tem? (isto é, se é que se sentiu assim alguma vez)

Não sei bem o motivo, mas hoje caiu a minha ficha do quão platônica é essa nossa relação. Você é um emaranhado de palavras bonitas e eu, de rabiscos e pinturas que, por algum motivo, te tocam.

Não me leve a mal, por favor. O que você e eu temos é único. Você é único. Mas é Dark Angel. Não tem nome, nem endereço, nem rosto. E eu sou Black Rose. Da era perdida dos blogs. Do esquecimento das artes.

Não sei o que fazer com essas novas percepções, na realidade. Mas só queria ser sincera com você. Espero não machucá-lo com essas minhas novas verdades. É a última coisa que eu desejaria.

Um beijo,
Black Rose"

Enviei o e-mail e fui para a cama. O que se destacava em minhas sensações era a calmaria. Pensei que o remorso ou o arrependimento me tomariam depois de escrevê-lo, mas a verdade é que eu sentia, pela primeira vez em muito tempo, uma certa paz. Nada da euforia de outrora, quando meu coração parecia querer explodir, não. Pelo contrário: era um sossego de não ter amarras; não sei. Só sei que, naquela noite, dormi bem. Um sono pesado. Sem sonhos, nem pesadelos. Sereno.

Tirei a nota máxima pelo meu projeto sobre inclusão de pessoas trans no mercado de trabalho, além de receber os parabéns do professor, que se disse impressionado com os meus resultados.

John havia abandonado o curso, aparentemente, então, acabei fazendo tudo sozinha. Não que ele fosse grande ajuda, de qualquer forma. Senti-me quase realizada e com a sensação de que as coisas se encaixavam. Como tinha de ser. Aquele clichê...

Alex me esperava no fim da aula e fomos almoçar para comemorar. E foi uma refeição embalada em alegria. Conforto também. Pedimos comidas que traziam bons sentimentos. Alimentos pra alma. Agradeci-lhe, mais uma vez, por ter me ajudado a enxergar — para eu poder passar pra frente um pedacinho de sua realidade. Ela me agradeceu também. Depois, vida que segue. Trabalho. Casa. Aula. Até o final de semana seguinte, descanso dos proletários.

Fazia duas semanas que Dark Angel não me mandava nada. Pensei que ele tivesse talvez se ofendido por meu último e-mail. Não sei. Eu não estava triste, porém. Deixei que a indiferença, ou sei lá o que, tomasse conta. Estava tudo certo, no fim. Essa certeza era uma coisa doida, que eu não sabia de onde vinha. Mas era tudo o que importava agora. E também as gentes de verdade, de carne e osso, que faziam parte da minha vida. Pessoas que eu tocava, que ouvia o som da risada, sentia o cheiro e sabia se tinham mudado de perfume ou trocado o penteado. Alex e Kat e Elena e os amigos dos amigos, os colegas de classe, os professores, o zelador e a mulher da limpeza, a moça do caixa do mercado, o atendente do banco e meus chefes e minha pequena que tanto dependia dos meus cuidados.

Deixei, portanto, passarem os dias, sem muito esperar ou ansiar. Sem me obcecar pelo tic-tac do relógio. Sem visitar o futuro tantas vezes, e por tanto tempo. Aprendendo a respirar. Não duraria pra sempre, é claro, a calmaria. Mas tudo bem. Tudo morria. E nascia. E padecia de novo. A ressurreição era tão real quanto os giros da Terra.

⁂

Finalmente recebi o e-mail. Não abri de imediato, pensando se seria o último. O final é sempre um pouco triste, apesar de tudo. Mas enchi-me de coragem, afinal.

"Black Rose,

Agradeço demais sua sinceridade. Acho que nossa relação não merece menos do que isso, não é? E nunca duvidei da sua honestidade ao escrever-me, claro, mas este e-mail foi mais uma prova da transparência que existe aqui.

Confesso que demorei-me de propósito em te dar uma resposta. Muito porque eu não sabia bem o

323

que dizer. Estava triste. Pensei em nem mesmo te escrever mais nada, deixar pra lá. Mas como deixar pra lá? Não sei.

Você me perguntou se eu sentia essa alegria ou euforia que descreveu em sua mensagem. Sim. Ainda sinto. Há poucos sentires tão intensos na vida cotidiana e as suas palavras e, principalmente, a sua arte, me enchem com o êxtase que, acredito, todos buscamos na vida.

Mas a sensação esvaiu-se de você. E eu entendo seus porquês. Por um tempo, é muito mais fácil confiar em alguém que usa uma máscara e um codinome, claro. Mas, depois, a realidade "de verdade" acaba se deparando conosco. E é preciso mais. Um fato. Uma identidade. Uma cara.

Então, minha querida Black Rose, eu te ofereço esse mais, se é o que você necessita agora. Meu nome é Thomas Jones. Tenho quarenta e um anos. Moro na cidade de Nova Iorque. Sou divorciado. Anexei uma foto minha e vou deixar os links dos meus perfis nas redes sociais. Você pode saber o que quiser de mim. Se não estiver na internet, fique à vontade para me perguntar por aqui.

Não esperarei por uma resposta sua, mas, se eu receber mesmo assim, ficarei muito feliz. Cuide-se. Sempre.

Um beijo,

Dark Angel."

Fiquei um pouco chocada. Eu não esperava que Dark Angel — Thomas — fosse revelar sua identidade. Abri a foto. Ele era completamente diferente do que eu havia imaginado. Bom, em verdade, eu nunca tinha tentado formar um retrato seu na minha cabeça, mas, se eu tivesse, não seria aquele que a imagem aberta na tela do meu celular refletia. Ele tinha cabelos pretos e uma barba bem feita; traços marcantes; seus olhos eram pequenos, mas intensos, e seus lábios, bem contornados e cheios. Era muito bonito. Um charme desses que se vê em atores de Hollywood — tipo Antonio Banderas, acho.

Eu não queria revelá-lo, mas minha curiosidade falou mais alto. Entrei em suas redes sociais. Fotos de viagens, opiniões políticas, artes, fotos de bichos de estimação, indicação de músicas para malhar. A perfeição. Muitos amigos. Thomas Jones. Não mais Dark Angel.

Fechei os aplicativos abertos, larguei o celular no sofá. Thomas. Thomas... de repente, eu não sabia mais quem ele era. Agora eu tinha todas as informações que poderia querer, mas as certezas de antes, do meu anjo negro, não existiam mais. Dark Angel tinha palavras, sensibilidade. Thomas tinha amigos, cachorros, emprego. Eram duas pessoas diferentes na minha cabeça. E esse novo indivíduo, Thomas Jones, eu não conhecia. Nem sabia ao certo se gostaria de conhecer.

Deixei meu telefone ali mesmo e corri para o meu quarto. Abri minhas gavetas. Papel, lápis. Rabisquei, sem pensar, como sempre o era. Fluxo de sentimentos que, muito embora viessem de mim, eram mais observados do que sentidos. Rabisco, rabisco... Thomas. Dark Angel. A fluidez do lápis pelo papel. A inundação de inconsciência. Então, parei. E o lápis descansava agora, em cima da mesa. O desenho era de um anjo. Um anjo negro, claro. Ele voava para longe, as asas colossais abertas em movimento. Não se via seu rosto. Ele estava nu. De costas. Indo embora...

Voltei para a sala. Peguei meu celular, aquele instrumento de vivências. Respondi ao seu e-mail, um pouco de luto enlaçado em mim.

"Dark Angel,
Dark Angel... Ainda posso te chamar assim?
Não sei bem o que dizer. Eu não esperava que você fosse se abrir dessa forma pra mim. Por mim. Por favor, me dê tempo para absorver tantas informações. Te escreverei em breve.
Um beijo,

Black Rose"

⟩⟩⟩⟩ ⟨⟨⟨⟨

P assou-se um tempo — povoado dos mais anedóticos momentos.

Primeiro veio o Halloween, o Dia das Bruxas. Kat me levou à sua cidade natal em Nova Jersey num final de semana, e fomos colher maçãs e abóboras numa fazenda de verdade; nada mais pitoresco pra menina de cidade grande que eu era. Uma espécie de charrete nos levou às plantações. Havia muitas crianças e famílias ao nosso redor. Boas vibrações. Estava frio, mas um solzinho acolhedor fazia-o suportável. Compramos duas sacolas no mercado que pertencia à fazenda e enchemos com maçãs, quantas quiséssemos. Kat comeu algumas ali mesmo. Depois, fomos colher abóboras — uma cada. O campo as tinha a perder de vista.

Depois das colheitas, aproveitamos para tomar cidra de maçã — quentinha, diferente de qualquer bebida que eu já havia experimentado — e comemos donuts, também de maçã. Kat me explicou que era uma coisa típica da época. Eles tinham tudo do sabor: sorvete, bolos, tortas... Sentadas nas mesas ao ar livre, ao lado do mercado, víamos crianças saboreando suas guloseimas e algumas corriam felizes depois de brincarem nas atividades oferecidas: um labirinto na plantação de milho, um lugar com animais com quem elas podiam interagir, um gigantesco pula-pula. Fiquei pensando em como a pequena Clara se divertiria naquele lugar. Frequentemente eu pensava nas coisas de infância que eu teria se tivesse crescido naquele país — mas também das que eu perderia.

Voltamos para a casa dos pais de Kat. Eles eram extremamente doces e hospitaleiros, beirando o desconfortável, às vezes. Eu não sabia como reagir a tais demonstrações. A mãe dela aproveitou as maçãs para preparar uma torta, que comemos mais tarde com sorvete de baunilha. Já as abóboras foram destinadas a virar lanternas de outono. Tiramos as "entranhas" da abóbora de dentro da casca, por meio de um corte no topo do vegetal. Meus dedos e roupas e arredores ficaram cobertos das "tripas" cor de laranja. Senti-me quase como uma cirurgiã. Depois, com facas de pontas afiadas, cortamos a "cara" da nossa criação. Eu segui o desenho clássico das abóboras que vemos nos filmes. Já Kat decidiu fazer a sua com um rosto mais assustador, uma boca larga e cheia de dentes e olhos demoníacos. Colocamos velas de led dentro de nossas abóboras e dispusemos nossas criações na frente da porta de entrada da casa. À noite, podíamos ver os olhos brilhantes que tenebrosamente iluminavam o entorno. Perguntei-me se alguma vez havia me sentido, naquele país, tão dentro da cultura. E, naquela noite, fui dormir com uma sensação gostosa — de pertencimento.

Havia passado quase um mês desde meu último e-mail para Dark Angel — ou melhor, Thomas. Era estranho ficar sem falar com ele por tanto tempo, ainda mais com a ciência de saber que tinha sido uma escolha minha. Entretanto, havia o bálsamo da liberdade que eu sentia com tanta força agora. Livre de que? Da dependência das sensações que ele me trazia, talvez. Mas também tinha um vazio, e esses sentimentos todos se misturavam nos meus dias e noites.

***

Um dia, era Ação de Graças, o Thanksgiving. O final de novembro já ia mandando embora as folhas secas e trazendo o frio que prenunciava a iminente chegada do inverno. Eu não estava ansiosa para a mudança de estação. Já havia até uns sinais de neve em certos dias.

Naquele feriado, por insistência de Kat, voltamos para Nova Jersey passar com sua família. Não só seus pais desta vez. A celebração era para re-

329

unir famílias, igual no Natal. Conheci seus tios e tias e primos e primas. Conheci sua irmã mais nova, já casada e obscenamente grávida. E também uns agregados, amigos da família — minha categoria, suponho. Estávamos na casa de um dos tios dela, o anfitrião daquele ano. Ele tinha um marido e dois cachorrinhos minúsculos e peludos: um clichê. Estavam todos arrumados e maquiados. Todos levaram alguma coisa para contribuir com o jantar. Eu comprei um vinho e fiz uma sobremesa: pavê; eles acharam bem exótico e chamaram o prato de *trifle*.

Durante todo o tempo em que as pessoas interagiam antes do jantar, a televisão estava ligada em um jogo de futebol americano. Kat me contou que fazia parte da tradição, não só dela, como do resto do país. Aparentemente, era um jogo importante. Acredito que somente as crianças compartilhavam da minha indiferença ao placar. Então, eu passei boa parte do tempo brincando com elas. Era tão mais fácil o relacionar-se. Adultos, ah, te fazem ficar cheia de dedos, medindo as palavras e os modos. E tinham suas curiosidades, mas era falta de educação ficar perguntando. Já as crianças, sem filtros, não hesitaram em questionar meu sotaque engraçado, ou porque eu não estava vendo o jogo, e qual era minha música favorita, e onde ficava esse tal

Brasil que eu dizia ser minha terra natal. Os pais, de vez em quando, falavam para eles pararem de me incomodar, mas eu fazia um gesto de que estava tudo bem e, via-se, eles davam graças aos céus, e voltavam aos seus vinhos e ao seu jogo.

O jantar foi servido por volta das cinco da tarde. Estranhei ser tão cedo, mas não questionei. Sentamo-nos todos à mesa, menos as crianças, que tinham uma mesa menor só para elas. Eu não estava com muita fome, pois havia comido aperitivos quase que o dia todo: queijo e torrada, batata *chips*, verduras e frutas. Mesmo assim, coloquei de tudo um pouco no meu prato para experimentar. Eu nunca tinha visto algumas daquelas comidas: molho de cranberry, que eu descobri depois que se traduz para oxicoco no português; purê de batatas com marshmallows; inhame; macarrão com queijo; um tal de *stuffing*, recheio, que não sei bem do que era feito; e, claro, o prato principal, o peru. Um dos tios de Kat, dono da casa, cortou os pedaços como se fosse parte de uma cerimônia religiosa: de pé, solene, vagaroso. Todos brindaram depois do primeiro corte.

Era um pouco estranho a mistura de doce com salgado das comidas, mas eu gostei muito dos sabores. De sobremesa, todos queriam experimentar meu pavê e elogiaram meus dotes culinários. Eu comi um pedaço de torta de abóbora com creme chantilly. E, depois, voltamos para a sala para beber um pouco mais. Alguém sugeriu que brincássemos de dizer pelo que éramos gratos naquele dia. Afinal, o significado do feriado era esse: agradecer. A gratidão de todos era mais do mesmo: obrigado pela minha família, pela comida na mesa, pela saúde... as crianças eram gratas por estar chegando o natal, e por seus pais, e seus brinquedos. Quando chegou minha vez, eu disse o que era esperado. Sou grata pela minha família e amigos e blá blá blá... mas pensei comigo mesma: eu era grata, na verdade, pela arte e pela emancipação.

Estava frio naquela manhã. Tive que tirar do fundo do guarda-roupa o meu casaco de inverno, que eu comprei assim que cheguei no país, quase um ano atrás. Eu deveria entrar no prédio, que tinha aquecimento, mas quis ficar um pouco no sol. Havia poucas pessoas passeando pelo campus àquela hora, mas via-se uma meia-dúzia de gatos-pingados carregando seus cafés quentíssimos ou correndo com suas roupas de ginástica e casacos por cima, uma empolgação além da minha mundana compreensão.

Eu tinha também meu copo de café, que agora descansava ao meu lado no banco de concreto. Dei umas goladas ocasionais enquanto lia um livro. Era um romance romântico, com encontros épicos e momentos de surpresa que acompanhavam a vida da heroína: bela, casta, gentil, claro. E o herói, seu par, corajoso, nobre e generoso. Palavras fáceis, narrativa simples; um livro que alguém como Alex jamais perderia tempo lendo. Mas eu estava cansada de reflexões e profundidades e sentimentos muito intensos. Eu queria ser entretida enquanto beijada pelo sol e abraçada pelo ar gelado da manhã.

— Oi Clara.

A voz familiar interrompeu minha leitura. Não reagi de pronto. Fiquei pensando que talvez fosse minha imaginação. Mas não. Ali estava John, de pé em frente a mim, a mesma jaqueta de couro, mesmo corte de cabelo. A única diferença em sua figura era a barba um pouco crescida. Seu aroma também era o mesmo; como não o notara antes?

Coloquei o livro de lado, junto ao meu café, vagarosamente. Lembrei, por uma fração de segundos, de quando era ele que me levava café antes das aulas. Não desta vez. Não em muito tempo. Eu havia feito meu café em casa. Café brasileiro. E comprei um copo de viagem reutilizável. O sabor era muito melhor do que os que ele trazia para mim tempos atrás.

— Oi — respondi, sem dúvidas transparecendo meus questionamentos com o olhar. Esperei que ele dissesse algo em retorno, mas ele só sorria. Um sorriso um tanto débil, desajeitado. Então, continuei:

— O que faz por aqui?

— Eu estou pensando em retomar o curso no ano que vem e vim conversar com a direção para ver o que tenho que fazer.

— Ah...

Ficamos ali, os dois, como duas baratas tontas, sem falar por mais tempo do que era suportável. Suas mãos abriam e fechavam, parecendo empunhar um não sei que invisível a cada milésimo de segundo. Meu coração batia forte, mas não do mesmo jeito que antes. Eu não sentia mais o tesão, a fantasia, a atração de outrora. Mas o que John foi, o que eu fui, me abalava ainda, sem dúvidas.

— Você quer tomar um café? — disse ele, um tanto hesitante.

— Já tenho o meu — respondi de pronto, apontando para o meu copo e até tomando um gole antes de colocá-lo de novo no banco. E continuei — Além do mais, eu não acho que isso seja uma boa ideia.

— É, você tem razão. Bom ver você, Clara. Se cuida.

— Você também.

Assisti John se virando, um pouco constrangido — ou seria só minha imaginação? — e vi sua silhueta ficando menor e menor até desaparecer ao longe. Peguei meu livro, minha mochila e meu café e fui para dentro; eu estava cansada, agora, do frio.

◈◈◈ ◈◈◈

É engraçado como certas coisas acontecem todas de uma vez. No mesmo dia que fui surpreendida pela presença de John, recebi um e-mail de Dark Angel. Não abri sua mensagem de imediato, mas, à noite, sozinha no quarto, uma taça de vinho na mão, decidi enfrentar suas palavras.

"Black Rose,

Eu sei que deveria esperar pela sua resposta, mas a verdade é que não posso mais me conter. Já me segurei demais para não te enviar este e-mail antes e sinto que a ansiedade vai acabar me matando.

Não sei se estou em posição de te pedir alguma coisa, mas acho que nossa relação me dá alguma abertura para tal. Posso estar enganado, não sei. Mas tentarei mesmo assim.

Eu sei que você precisa de algo mais do que a natureza platônica do nosso relacionamento. Acho que eu também, em certa medida. E eu pensei que, te dando meu nome, rosto e tudo mais, isso estaria resolvido. Mas foi ingenuidade da minha parte. Mesmo com as informações sobre mim que você tem agora, eu sou só uma persona online. Umas fotos, uns posts nas redes sociais, sei lá.

Parece óbvio agora, eu sei, mas a obviedade vem me fugindo ultimamente. Acho que, quanto mais emoções há, mais difícil é o pensar racional, não é mesmo? E você tem a arte, mas eu não tenho nada. Assim sendo, perdoe-me pela falha em reconhecer a lacuna que existe entre as suas necessidades e o que eu te ofereci.Dessa forma, minha querida Black Rose, o que quero te dar é a minha presença. Não sei onde você está. Mas, se não tão perto, podemos nos encontrar no meio do caminho. Ou posso ir até você. O que quer que funcione para ti. Esse é o único final possível para essa nossa história, você não acha?

Fico aguardando sua resposta.

Um beijo,

Thomas"

Thomas. Não mais Dark Angel. Fiquei olhando para sua assinatura ao final do e-mail, obcecada por seu nome. Um gole de vinho tinto. Thomas. Thomas... thomas. Desliguei a tela do celular. Voltei a ler meu livro. Mas o nome ainda ecoava no interior da minha mente. Uma reverberação incômoda. Uma repetição irritante. Um vácuo.

Mais um pouco
de inverno

A primeira tempestade de neve da estação chegou dois dias antes do natal. A cidade estava coberta com o manto de branquitude. Era bonita a paisagem quando vista das janelas, ao longe da poluição das ruas. Os galhos secos das árvores estavam cobertos também, como nos pinheiros de natal do Brasil que imitam a neve com algodão. Durante o dia, podia-se ver criancinhas brincando de guerra de bolas de neve, que explodiam em mil partículas quando atingiam seu alvo. Ou então, construíam bonecos de neve; a maioria bem pequeno e feio, mas, de vez em quando, encontrava-se um grande e bonito como nos filmes.

Naquela manhã, decidimos fazer chocolate quente. Alex havia comprado mini marshmallows quando foi fazer mercado no dia anterior, justamente com essa finalidade. Kat derreteu o chocolate no leite quentinho e depois derramou a bebida em três copos. Completou sua arte com chantilly e os marshmallows por cima. Tomamos acompanhado de cookies com gotas de chocolate, que eu havia feito no dia anterior. Um café da manhã tão doce quanto o sabor de uma boa notícia.

Sentamo-nos, as três, no chão da sala, que era coberto por um fofo carpete. Alex insistiu que pegássemos um apartamento encarpetado. Tivemos sorte de encontrar este, que uma amiga de Kat estava nos alugando. Três quartos até que grandes, uma cozinha com lava-louças e dois banheiros. Ligamos a TV e ficamos assistindo um programa de culinária; era uma espécie de tradição quando estávamos as três de folga e acordávamos cedo o suficiente.

— Podíamos fazer pernil para o jantar de natal — sugeriu Alex depois de tomar um gole de seu chocolate.

— Ou peru — eu disse.

A véspera seria já no dia seguinte e não havíamos ainda decidido o que fazer de comida. A depender de Kat, pediríamos pizza ou comida chinesa, mas Alex fazia questão de preparar um jantar, com a mesa posta e tudo mais. E eu... eu estava feliz só de ter a companhia delas.

339

A véspera de natal foi uma coisa bem diferente do que eu estava acostumada. No Brasil, ficávamos acordados até depois da meia noite — minha família, particularmente, insistia em comer só então. Havia música. Todos se arrumavam, usavam roupas novas, mesmo que fosse para ficar em casa. Comíamos peru, chester, salpicão, sobremesas sem fim. E abríamos os presentes.

Minha noite com as meninas foi um jantar às quatro da tarde, vestindo aqueles suéteres natalinos bem bregas e bebendo. Os presentes estavam todos debaixo da árvore de natal e só seriam abertos na manhã do dia seguinte. Elas me disseram que as crianças acordam cedíssimo no dia de natal e que há panquecas com gotas de chocolate e canela e as famílias gostam de usar pijamas combinando.

Depois de comer, ficamos assistindo a filmes com a temática de natal — outra tradição americana, aprendi. Alex pegou no sono em cinco minutos. Kat e eu terminamos o segundo filme e resolvemos que era hora de ir para cama.

Naquela noite, sonhei, como quando era criança, com a chegada do tal Papai Noel, que eles chamavam de Santa Claus nos Estados Unidos. Ah, o símbolo do capitalismo desmedido, mas que conseguia deixar os finais de ano tão doces. Ele não era um velhinho vestido de vermelho naquela madrugada da minha inconsciência, porém. Vestia, em vez disso, um casacão branco, que se confundia com a neve no chão e fazia parecer que estava flutuando, até. Estava de costas e eu gritei seu nome — que nome não sei, não me recordo, mas não era nenhum pelo que geralmente era conhecido este ser mítico. Virou-se e sorriu para mim e percebi que era, na verdade, uma mulher. Jovem de rosto, mas com cabelos totalmente brancos e barriga saliente. Sorri de volta e ela seguiu seu caminho. Acordei com uma sensação de paz.

Assim que abri os olhos, percebi que havia alguma movimentação nos arredores da casa. As meninas já haviam acordado. Um cheirinho bom vinha da cozinha — café e canela. Levantei-me, coloquei minhas pantufas e fui até elas, que estavam na sala, comendo as tais panquecas e bebendo suas xícaras de café enquanto assistiam ao noticiário na TV.

— Bom dia — disse Alex, sorridente, ao me ver — Feliz Natal!

— Feliz Natal — respondi, dirigindo-me às duas.

— Tem panquecas e café na cozinha — disse Kat — Estávamos te esperando pra abrir os presentes.

Fui pegar meu café da manhã. Café preto, brasileiro. Panquecas de canela com xarope de bordo e manteiga. Sentei-me com elas no chão da sala mesmo, e comemos juntas. Eu estava feliz. Na televisão, reportagens sobre o espírito natalino — muita gente alimentando os famintos, dando presentes para as criancinhas sem pais, doando e doando... quisera fosse assim a humanidade cristã o ano todo. Mas eu me recusei a reclamar internamente. A gratidão de estar ali vendo tais atos de bondade me derretiam um pouco o coração e afugentavam o cinismo.

Depois de comer, sentamos perto da árvore. Kat foi distribuindo os presentes conforme os nomes que colocamos nos embrulhos. Eram muitos. Descobri cedo que os americanos adoram lotar suas árvores de natal. Elas me disseram que, em casas em que há crianças, é ainda mais absurdo. Contei que no Brasil só ganhávamos um de cada pessoa — e olhe lá. Ao menos foi assim que eu cresci na minha casa de classe média-baixa.

Eu ganhei uma provisão de materiais de pintura: pincéis, telas, tintas, um livro da história da arte. Também brincos, um cachecol, pijamas, blusinhas. Para Alex, dei uma tradução para o inglês de Dom Casmurro, de Machado de Assis, uma paleta de sombras, cacarequinhos fofos que encontrei em lojas de departamento. Para Kat, roupas, uma garrafa do seu vinho preferido e uma bolsinha.

Após a troca de presentes, elas foram se arrumar para sair. Passariam o resto do dia com suas respectivas famílias. Ambas me convidaram para acompanhá-las, mas decidi que preferia ficar sozinha. Fiz uma vídeo-chamada com meus familiares no Brasil, depois almocei as sobras do jantar da noite anterior. Tomei um longo banho de banheira. Ouvi música. Li. Não me incomodava mais o estar só. No final da tarde, começou a cair uma leve nevasca. Eu quase podia ver os flocos de neve em sua infinita individualidade. Era bonito. O sol já se punha, sempre cedo no inverno, e a paisagem tinha cores alaranjadas que misturavam-se com o branco dos cristais de gelo, quase transparentes tão suave era sua aparição.

Abri uma das minhas novas telas de pintura. Sem pressa, sem ambições. Peguei minhas tintas e meus pincéis. Meus dedos deslizavam-nos pela tela com suavidade, com liberdade. E retratei aquele céu tão peculiar na minha arte. Não era *minha*, na realidade, era da natureza. Mas não tinha problema. No fim das contas, mesmo o que vinha da minha imaginação para as telas ou pedaços de papel foram primeiro do mundo. Eu era só instrumento.

343

P assei a virada de ano em um bar. Acho que foi minha experiência mais divertida em todo aquele tempo nos Estados Unidos. Eu e as meninas nos arrumamos juntas, ouvindo música, criando maquiagens elaboradas, com muito glitter e muita cor. Ao contrário do Brasil, não era tradição vestir branco, mas eu o fiz mesmo assim. Expliquei para elas algumas das coisas que fazíamos para ter sorte no ano seguinte: comer lentilha, pular sete ondinhas na praia... elas ficaram intrigadíssimas. Não tinha muito disso ali; era só mais uma celebração. Havia, claro, as promessas de final de ano. Kat disse que queria perder não sei quantos quilos (*pounds*, na verdade). Alex disse que leria mais, não só os livros obrigatórios da faculdade. E eu, ao contrário de anos anteriores, não pensei em nenhuma resolução. Pela primeira vez, tentei entrar em uma fase nova sem muitas expectativas. Viver o tal um dia de cada vez. Veremos como aquilo funcionaria...

O bar estava lotadíssimo. Não chegava a ser uma balada, mas havia uma pequena pista de dança e um palco, que, naquela noite, seria preenchido por shows de dublagem de drag queens. O bar era LGBTQIA+, e Alex costumava trabalhar ali de bartender uns anos atrás. A música variava entre o que estava tocando nas rádios no momento e clássicos de divas pop. Muita gente já estava dançando, claramente tendo começado as celebrações bem cedo. Pedimos uns drinks especiais que Alex conhecia. Elas nos apresentou a todo mundo que trabalhava atrás do balcão. Mesmo com a música alta, conseguimos conversar um pouco. Quantas vidas, quantas histórias e cores e dores e mundos particulares. Eu estava emocionada. E feliz. E já um tanto embriagada.

Quando começaram os shows, a galera toda foi para a frente do palco. Seres apaixonados dançavam ao som de Cher e Madonna e Whitney. Eu estava inclusa. As luzes coloridas combinavam com a extravagância do resto do todo. Eu dancei até doerem-me as pernas e ri até doer-me a barriga. Alguns dos artistas faziam performances mais cômicas e caricatas, enquanto outros eram mais sérios. Depois de algumas apresentações, houve uma pausa e as músicas voltaram a ser tocadas pelo DJ. E nós fomos sentar um pouco em uma mesa. Peguei uma cerveja, achei melhor dar um tempo com os drinks. E estava com sede também.

Kat não parava de agradecer a Alex por ter sugerido aquele bar. Eu também estava cheia de gratidão. Como era difícil, às vezes, deixar em segundo plano as coisas "importantes" da vida e só sentir os prazeres tão simplórios de uma boa gargalhada, por exemplo. Não havia mesmo preço para o privilégio de poder esquecer as angústias, mesmo que só por uma noite, um momento, dentre tantos momentos que há na existência de cada um.

A meia noite não demorou muito para chegar. Fizemos a contagem regressiva junto com a TV, ligada na transmissão do show que havia todos os anos na Times Square. Eu até tinha cogitado passar a virada lá, mas o frio intenso me desencorajou. Naquele ano, ainda, chovia — o que não impediu que o local estivesse tão lotado como sempre. Enquanto contávamos de trás pra frente e a tal bola caía na televisão, fiquei pensando em como aquele ano havia sido maluco; perguntei-me se todos estariam pensando nisso; se não no passado, provavelmente no futuro. Todas as vezes esperamos que o tempo que está chegando seja melhor do que aquele já caminhado. Mas quem sabe? Só podemos esperar...

Na hora da virada, uma chuva de confetes, abraços e beijos. As taças de champanhe se tocavam, algumas com delicadeza, outras tão fortemente que faziam o líquido derramar em quem estivesse perto — não que alguém ligasse. Ouvia-se, além da melodia das taças de vidro, também cornetas e gritinhos e muitos "Happy New Year". Bebi meu champanhe, que era, na verdade, prosecco, e abracei minhas amigas, uma de cada lado. Kat foi procurar alguém para beijar na boca, um costume do país. Alex foi dançar quando a música voltou a tocar. E eu fiquei ali sentada no balcão do bar, observando a euforia dos seres cheios de esperança que ali se encontravam. Esperança de um ano melhor.

➤➤➤ ⫷⫷⫷

O mês de janeiro passou voando — tão rápido, tão alto no céu quanto a águia que os norte-americanos usam como símbolo. E, assim como a ave majestosa e assustadora, ninguém pareceu perceber que passava sob nossas cabeças o tempo. No Brasil, meus amigos se preparavam para o carnaval que logo vinha. E eu continha as saudades dos bloquinhos de rua de São Paulo e me contentava em ter que assistir aos desfiles das escolas de samba pela televisão. Ou, mais provável, pelo computador.

Já nos Estados Unidos, as pessoas ansiavam pelo dia de São Valentim, o equivalente ao dia dos namorados, comemorado em fevereiro por aqui. As lojas enfeitavam-se com corações vermelhos e cor-de-rosa, e os comerciais da TV mostravam que presentes comprar para o seu companheiro ou companheira que fariam com que eles se apaixonassem ainda mais por você. As crianças também brincavam disso, fazendo cartõezinhos e trocando miudezas com seus coleguinhas de escola. Aqui presenteavam-se não só os casais, mas também os amigos, parentes, professores e por aí. Era meio que um dia do amor. Eu gostava do conceito, embora, na prática, sabia mesmo que os maiores consumidores da data eram aqueles que estavam em um relacionamento amoroso.

Impossível, então, não pensar na solidão inevitável do sentir de quem é solteiro. De vez em quando, ela me vinha. Eu não era infeliz por isso, mas, vez ou outra, numa noite escura ou num dia bonito, eu pensava que até que seria legal ter um namorado para me fazer companhia. Inevitável, também, pensar em meu passado recente e me perguntar o que estaria fazendo John. Eu o havia bloqueado das redes sociais e, de qualquer forma, ele não postava nada nunca. Fiquei imaginando se ele estaria com alguém. Senti um pouco de pena da tal pessoa. Mas, talvez, ele seja bom para ela. Talvez com outra ele seja diferente.

Pensei também, claro, em Dark Angel, pois que esses dois homens estavam meio que interligados na minha vida. Que doideira tinha sido tudo aquilo. A observadora em mim o sabia desde sempre, claro, mas agora a verdade era tão cristalina que não sei como meu eu do passado não percebia.

Eu estava no trabalho. Enquanto a bebê dormia sua soneca da tarde, fui tomada de nostalgia ou não sei quê, e abri meu aplicativo de e-mail no celular. Digitei na busca "Dark Angel". Uns segundos de procura, carregando, carregando... tão demorado, pensei, no alto dos meus hábitos modernos. Pronto. Resultados. Uma só mensagem. A última correspondência. Era um pouco triste, mas, também, muito libertador. Abri o e-mail que apareceu na minha busca.

"Dark Angel
Foi um prazer dividir parte da minha jornada com você. Que seu voo te leve a lugares nunca imaginados — nem pelas mentes fantasiosas dos artistas.
Um beijo,
Black Rose."

Já havia relido minha resposta ao seu último e-mail muitas e muitas vezes — quando chegava a tal da nostalgia —, às vezes para lembrar, às vezes para me reafirmar (de quê?), às vezes sem um motivo específico. Só para não deixar morrer de vez o que foi — ou, talvez, para viver o luto do que inevitavelmente morreu? Não sei. Mas era bom, de alguma forma. Olhar para o passado vez ou outra me fazia voltar para o presente.

Tantos feriados vieram e se foram. Tantas estações. Artes. *Dates*. Provas da faculdade. A dança que a vida faz quando gira a Terra. Eu compreendia um pouco mais, mas, ainda, não sabia nada. A bagunça do meu quarto o dizia — apostilas jogadas na mesa ("O mercado de trabalho na América do Norte", "A Psicologia dos Recursos H umanos"...) dividiam espaço com rascunhos de desenhos em pedaços de papéis. Alguns dos meus quadros estavam pendurados na parede e, outros, guardados no fundo do meu guarda-roupa — junto com as minhas malas de viagem. Minha estante era abarrotada de livros, até de poesia, e também de pincéis sujos de maquiagem — também havia os porta-retratos, embora mal se conseguisse vê-los: uma foto só minha, uma com a menininha que eu cuidava, uma da minha família (mãe, pai, irmão) e outra com Alex e Kat, que havíamos tirado em um lindo dia de sol no Central Park.

A tão distante formatura da minha pós-graduação agora já não estava mais tão distante. E eu tinha decisões a tomar e reflexões a fazer. Mas não já. Por agora, eu fazia olhar pela janela do meu quarto, para a noite escura. As luzes da cidade iluminavam suas pessoas apressadas — poucas, mas ainda ali — e os seus veículos barulhentos. Mas dentro, um cheirinho de bolo de carne, um som de risadas abafadas pelas grossas paredes. Um chamado:

— Clara, a Alex acabou o jantar, vem comer!

Fechei a persiana da minha janela. Sorri, respirando o aroma de comida caseira, já antecipando o sabor da refeição. Da comunhão. Meus passos me guiaram para a mesa, já posta. Kat serviu-me um vinho e, antes de comer, brindamos as três.

— Pela amizade — propôs Alex.

— Pela amizade — respondemos enquanto nossas taças tilintavam.

Enquanto comíamos, papeamos sobre as relevantes banalidades da vida. Kat teria um encontro com alguém que achou num aplicativo. Alex contou da entrevista de emprego que havia tido mais cedo. Quem havia visto a nova série daquele serviço de *streaming*? Amanhã o dia estará lindo. Sabia que o fulano de tal, ator, morreu? As eleições presidenciais estavam um caos. Podíamos fazer um piquenique esse final de semana; estaria até quentinho...

Aqui dentro, o negrume da noite não chegava. Protegida do frio sereno, das más intenções, das distâncias e das proximidades, senti-me bem. Eu não sabia o que seria, é claro, mas o consolo de estar já era suficiente para mim — por agora.

Sobre a Autora

Nascida e criada na capital de São Paulo, Dani Santos Lang realizou as primeiras tentativas de expressar-se por meio da escrita aos oito anos. Desde então, entre prosa e poesia, não parou de escrever.

Publicou seu primeiro poema, "Noite fria", em 2007, por meio de concurso, na coletânea "Panorama da Literatura Brasileira Contemporânea – Poemas selecionados – Volume I". Também em 2007, teve duas crônicas lidas no programa "Arquivo musical", da rádio Bandeirantes, no quadro "Crônica do ouvinte", intituladas "Meias na janela" e "Heróis".

Em 2010, publicou o poema "Entre a rima e o discurso" na versão online da revista Continuum Itaú Cultural, edição novembro-dezembro.

Formou-se em Letras em 2011 e, em 2013, mudou-se para os Estados Unidos, onde escreveu seu primeiro livro, "Meninas que falam ou histórias de todas nós", com a primeira edição publicada em 2020.

Nos EUA, começou a se aventurar por escrever também na língua inglesa. Seu segundo livro, "Afetos na terra da bandeira estrelada", foi o primeiro a ganhar sua versão em inglês. Navegando entre dois idiomas e duas vivências, Dani continua sua infinita jornada pelo mundo da literatura.